CONTENTS

エデンの初恋

レンタルショップ『エデン』は、住宅街の片隅にひっそり煌々《こうこう》と輝いて佇《たたず》んでいる。

「――いらっしゃいませ」

夜十時半。カウンター横にある出入り口の自動ドアを通って、スーツ姿の男性が来店した。きちんと切りそろえられた清潔感のある黒髪と、知的に感じられる縁なし眼鏡。カウンターを横切って店の奥へすすむしゃんとした背中と歩きかたにも、若干の疲労はうかがえるものの厳格さがあり、堅物って印象を持つ。

彼はそのまま一直線に、迷いなく右奥の小部屋へのれんをくぐって入っていった。

数分後、カウンターにきた彼からすっとさしだされ、「ありがとうございます」と受けとったディスクは二枚。新作映画とアダルト作品。

「一週間レンタルでよろしいですか?」

「はい」

レンタル料金を告げたら、お金と一緒に会員カードをくれた。

柏樹《かしわぎ》透《とおる》さん――俺が二年前にアルバイトを始める前から通い続けてくれている常連客だ。

おつりとカードを渡して彼が財布にしまい終えたのを見計らい、ディスクの入った袋を渡す。まっすぐ見あげて顔を間近で観察すると、眉《まゆ》のラインも瞼《まぶた》のカーブも唇《くちびる》のふくらみも、すべて定規をつかって描いたのかってぐらい綺麗に格好よく整っているのがよくわかる。

この人がたまにゲイ向けのAVを借りていくなんて、きっと世界中の誰ひとり想像しない。今夜のオカズは『ブレザーDKタクマ君のハジメテ』。初々《ういうい》しい美少年が好みっていうのも、俺ら『エデン』の店員ぐらいしか知らないんだろうな。

「……ありがとう」

たまに聞く声まで完璧に素敵な彼は、低くそう言って会釈《えしゃく》し、身を翻《ひるがえ》して去っていく。

「またのお越しをお待ちしております」

俺もこたえて、ひろい背中が自動ドアを通り、暗い夜道に消えていくのを見送った。

「……要《よう》、いまのカッシーだったろ」

バイト仲間のイサムが小声で言って、あくびしながらカウンターに入ってきた。

金髪ウルフカットのやや派手な外見をしたイサムは、柏樹さんに〝カッシー〟とあだ名をつけている。

「うん、だった」

「また美少年借りてった?」

「てった」

「だよな。あの人週末にヌく率高《たけ》えもんな」

「しーっ」

店内にお客さんがいるし、個人的な事情は知らんふりするのがマナーだろ、と諌《いさ》めるようにイサムを睨《にら》むと、フッと口端を持ちあげて笑われた。

「ばれなきゃいいじゃん。ヌきたくなるのも生理現象で、恥じることでもねーしな」

目を細めてにやりとするイサムは同い歳なのに無駄に色気があって、その蠱惑的《こわくてき》な瞳に捕らわれるとこっちは怒りも容易《たやす》く呑《の》まれてしまう。デリバリーホストの経験もあるイサムのオトナな発言には、妙な説得力もあった。

「でもまじでおもろいよな。カッシーってスーツとか身につけてるものとか見ててもそこそこいい暮らししてると思うんだよ。おまけにあの顔面偏差値の高さ……なのにゲイっていうね。いったい何人の女が泣いてるのやら……ひははっ。世の中奇妙におもろくまわってるよなあ」

「おもろいのかな、それ」

「おもろいよ。カッシーの金と容姿に惹《ひ》かれるクソ女は泣きを見るってわけさ。ざまーねえ」

イサムは老若男女《ろうにゃくなんにょ》問わず抱いたり抱かれたりしていて、性指向に偏見を持っていない一方で、どういうわけか一部の女性に対する嫌悪が激しい。

「ほんとにお金持ちなのか、ゲイなのか、俺ら柏樹さんのことなにもわかんないじゃん」

反論すると、呆《あき》れ返ったようすで「はあ?」と肩を竦《すく》められた。

「ばあか、ゲイに決まってんだろ。めっちゃ頻繁《ひんぱん》に美少年ゲイビ借りてくんだぞ。女のAVは一度も借りてったことがない。女じゃヌけねえからだ、あからさまだっつの」

「女性、駄目なのかな……」

「ノンケがゲイビを何年もレンタルし続けてる事情ってなんだよ」

「想像つかないけど、でもいろんなお客さんがいるからさ」

「フン……まあな。思いもよらなかったやべえ性癖の奴だってごまんといるしな。俺もデリホスしてたって言うとビビられるし」

「ビビんの？」

「ん？」

「失礼だね、デリホスだって立派な仕事なのに」

「……ふふん」

にやけたイサムにいきなり腰をくすぐられて、「やっ」とふたりで笑ってすこしじゃれた。

「なら、カッシーって実際のところどんな人なのかねえ……」

勝手な妄想でつくりあげた〝カッシー〟が、俺らのなかでまた未知の存在に戻っていく。

眠そうなイサムがでっかなあくびをした瞬間、ちょうどお客さんがやってきてカウンターに数枚のディスクがおかれた。

「ありがとうございます、一週間レンタルでよろしいですか？」

イサムとそろって背筋をのばし、にっこり営業スマイルで仕事を再開する。


バイトが終わると自転車に跨《また》がり、コンビニに寄ってからひとり暮らしのアパートへ帰った。アパート前の駐輪場に自転車をとめて鍵をかけ、一〇三号室の自分の部屋にいく。

玄関へ入ってすぐ右手にあるキッチンを通りすぎて奥の自室へ移動すると、灯《あか》りをつけてリュックをおろした。コンビニ袋も中央のテーブルにおく。むんとする部屋の換気をしたくて、ベランダのガラス戸も半分あける。

九月になって秋がきたというのに、まだ蒸し暑い。ガラス戸をあけていたら虫が入ってくるからクーラーを入れたいけど、大学生のひとり暮らしでは贅沢《ぜいたく》もできない。電気代節約だ。

扇風機は風呂をあがってからつけていい、とマイルールがあるので、うちわをとってぱたぱた扇ぎ、コンビニで買ってきたペットボトルのスポーツドリンクを飲んだ。

「んっ……あっ、あっ、ひゃあっ、せんせ、ぃ……ぎもぢいいっ……」

鈴虫《すずむし》の鳴き声が響き渡る秋の夜のもの悲しい静謐《せいひつ》に、とんでもなく不似合いなエロい喘《あえ》ぎ声がまざって聞こえてきた。ああ、観てるな柏樹さん……。

イサムにも誰にもなんとなく言えずにいるんだけど、柏樹透さんはアパートの俺の部屋の上、二〇三号室に住んでいるのだった。しかも『エデン』で借りたAVを、俺みたいに部屋のガラス戸を開けた状態で鑑賞しているらしく、全部だだ洩《も》れ、まる聞こえ。

柏樹さんは俺が下の部屋に住んでいることも、外にAVの喘ぎ声が洩れ聞こえていることも、たぶん知らないいんだろうな。聞かせたい性癖……とかなのかな。いやまさか。

引っ越してきたとき、俺は上の階の柏樹さんに挨拶《あいさつ》をしなかった。生活していてすれ違ったこともない。なぜ俺が彼のことを知っているかというと、このガラス戸からアパートの裏庭の花壇横にある共同ゴミ捨て場が見えて、ゴミを捨てて出勤する彼を見かけるからだ。

柏樹さんを最初に知ったのもそのとき。朝、大学へいく準備をしていたら、とても格好いいスーツ姿のサラリーマンがゴミを捨てて出勤していった。

スズメが鳴くうららかな春の朝に、白い朝日を浴びてゴミ袋をおいた彼の気難しげな横顔は俳優ばりに整っていて、このアパートにはあんな男前も住んでるのか……と眠気も飛んだ。

それで『エデン』でバイトを始めたら彼がきた。映画好きなんだ、と心のメモ帳に記しているとさしだされたのは美少年がおしりをだしているAVだったから、口から魂が抜けかけた。

家に帰って確認したポストには、自分ちの真上の部屋に会員証とおなじ『柏樹透』の名前。ゲイなのかな、という困惑にまざっていた恐怖心は、二年経ったいまでもうまく説明できない。ゲイである事実を厳重に隠して生きてきた俺に、神さまが唐突に押しつけてきた仲間——そう思ったら、〝好みの男だろ〟と見透かされて嘲笑《あざわら》われているような、焦燥《しょうそう》と恐怖に苛《さいな》まれて混乱した。

おまけに彼がＡＶを観ている時間まで、こうやって洩れてくる喘ぎ声とともに共有させられている。シている姿を想像するな、っていうほうが無理だ。部屋だっておなじ間取りのはず。ここらへんに座って、テレビを前にしてこすってるって、結構鮮明に想い描けてしまうよ。

妄想する。ドーベルマンみたいに凜々《りり》しく厳格そうな柏樹さんの頰《ほお》が赤く昂奮《こうふん》して、吐息を洩らすセクシーな表情……俺は怖がってどきどき緊張しつつも、キジトラ猫ばりのクールさを装って〝自分でシて気持ちいいの？〟って訊《き》く。すると、蕩《とろ》けた瞳をこっちへ色っぽくながした彼が俺を見返して〝……抱けるなら、きみがいい〟って求めてくれる……——なんて。

しかし現実は妄想に遠く及ばない。

その証拠に、週末の彼の部屋に数ヶ月前から女の人がくるようになっていた。しっかり一泊して日曜日に帰っていく。その人も小柄で美人の綺麗な女性で、美少年ならぬ美少女って感じ。ふたりで仲よさそうに外出していく姿も何度も目撃した。

会話は聞こえずとも、彼女が『透さん』と呼ぶ声だけは耳にしたこともあって、どうやら妹とかでもなさそうだった。ゲイを隠して女性とつきあっているのか、はたまたバイで、ひとりでヌくときは男相手の性欲を発散しているのか……いくら考えてみても、答えは闇のなか。

本当はこの二年間、なにかきっかけさえあれば声をかけてみたいと思っていた。神さまに〝いい加減、妄想ばかりしてないで前進しろ〟とスパルタ教育されている気もしたから、この不思議な出会いにぶつかってみよう、と。でもいまは、恋人になりたがるのは当然無理な話で、ゲイ仲間の友だちになりたいっていう願いさえ、叶う気がしない。

「あっあっ、せんせっ……せんせえぇっ……」

タクマがハジメテを捧げたのは教師か。学生のころ男に抱いてもらっているだけじゃなく、柏樹さんのオカズにまでなってるとか羨《うらや》ましすぎる。

ふん、とうちわをぱたぱた扇ぎ、スポーツドリンクを一気に飲む。くだらない妄想をするのはやめよう。親父の真似事みたいな、こんなばかげたことをするのは。

はあ、とため息を放った夜のベランダに、鈴虫がリンリン鳴いている。

土曜日もほとんど『エデン』のシフトを入れている。だいたい午後から。

「要、おまえデートとかしないの。こんな昼間っから働いちゃってさ」

返却されたディスクを棚に戻して整頓していたら、隣にきたイサムに肘《ひじ》でつつかれた。

「イサムもだろ」

俺もつつき返して作業を続ける。

「俺は散々遊び疲れてひとり満喫中なだけ。可愛い処女ちゃんの要とは違《ちげ》ーぜ？」

「うっさいなも～」

『エデン』は土曜の昼もしずかだ。近ごろは映画もネットで観る人が多いし、当然かなと思う。窓からゆるい日ざしがおりて、店内も明るくゆったりしている。ＢＧＭは店長が好きなお洒落《しゃれ》な洋楽。ディスクをならべる音。足音。たまに聞こえるかすかなしゃべり声。

「出会い系アプリやるとか二丁目いくとかすりゃいいじゃん、なに怖がってんだよ」

イサムも俺が持ってきたディスクの束から数枚抜きとり、ケースに入れて戻していく。

「怖いよ。出会い系なんか、相手の腹が見えないもん」

「可愛いこと言っちゃって。勇気なくても性欲はあるくせに」

「あるけど、好きな人とシたい」

「あれか、王子さまのお迎えを待ってるってか？　女子かよ」

イサムとは通っている大学も違うし、『エデン』で会うだけのバイト仲間でしかないけれど、自分の本当の姿を、ありのままさらしてつきあっている唯一の相手だ。

人生で初めてイサムには言えた。イサム自身がオープンで、偏見もないうえにセックス経験まであったから。『ゲイもバイも全然気にしないぜ』と言うイサムの言葉に、口先だけの偽善や同情じゃないんだ、と信頼が芽生えたら、するっと吐露《とろ》していた。俺も、とたったひとこと。俺も――これさえ言えなかったんだな、と愕然《がくぜん》としたのも苦々しく憶《おぼ》えている。

「要、世界も心も狭《せま》かった中高生のころとは違うだろ。行動してみろよ」

空ケースにディスクを入れてイサムをふりむいたら、にっ、と笑顔をむけられた。

「それとも俺が抱いてやろうか？　ふっふふ」

「ごめん、イサムをそーゆー目で見たことないや」

「ンだと。俺超モテんだからなっ」

軽く脚を蹴られて、声を殺して笑った。イサムもくっくと笑う。

「すみません……イサム君」

ふいにイサムの右肩に背後から手が乗って、視線をむけるとお客さんがいた。

「イサム君……その、きみが持ってる新作のBlu-ray、いいかな」

挙動不審で視線も泳ぎまくっているぼさぼさ頭のおっさんが、落ちつきなくゆらゆら揺れながらイサムの手もとにあるBlu-rayをしめす。

イサムのことを追いかけまわしてるやばい客だった。

「あー……はい。これっすね。ほかに借りるのなければ、レジへどうぞ」

「はい……はい、お願いします」

イサムが俺に真剣な目で〝とっとと帰してくるわ〟みたいな合図を送ってくる。そして彼をカウンターのほうへ誘導していった。

前に教えてもらった。前山《まえやま》さんという彼は、イサムがデリホスをしていたころのお客さんで、『エデン』で偶然再会してしまったんだ、と。デリホスでも仕事って枠を勘違いして入れこむタイプだったから、『厄介な客に見つかっちまった』と唸《うな》っていた。

微妙にストーカーちっくで、こっちが冷たくしようものならキレてなにをするかわからなそう……っていうのはさすがに失礼だけど、店長にも相談して警戒しているお客さんなのだった。

イサムが接客しているようすを心配して、それとなく見守りつつ仕事を続けた。「ありがとうございましたー」と聞こえてきて、自動ドアから前山さんが帰っていく気配を察知すると、何事もなく終わったことにほっと胸を撫《な》でおろす。

イサムががに股《また》でてれんてれん歩きながら戻ってくる。

「おつり渡したとき、めっちゃ手ぇ握られたわ」

「まじ？　平気？」

「へーき。つきあいたいとか想ってくれてんだろうなあ〜……むしろ告白でもしてきてくれれば、ふって綺麗に終われるのにな」

「だね……こっちから〝こないでください〟とは言えないもんね」

「──ま、勝手に変態にしてキモがっちゃ悪ぃよな。雰囲気がやべーっちゃやべーけど、いまんとこ一途な女子高生の片想いと変わんねーし」

「じょ、女子高生か……」

たしかに、イサムは女子高生にも追っかけられていたことがある。俺まで『イサム君のメアド内緒で教えてくださいっ』と可愛い顔で、怖いこと言われて、どんびいた。

「全部愛だぜ、愛」

イサムが歯を覗《のぞ》かせて、ひひひっ、と笑っている。


自転車をこいで、今日もコンビニに寄ってからアパートへむかった。

駐輪場に自転車をとめて鍵をかけると、アパートの二階の部屋のドアが外灯の光に照って、闇夜にぼんやり浮かんでいるのを眺めた。……柏樹さんは今夜、家にいるんだろうか。

──王子さまのお迎えを待ってるってか？

……あ、そういえば何日もポスト確認してないや、と我に返ってアパート横のポストの列から手紙やチラシをとったあと、そそくさと部屋へ帰った。

自室へ入って、いつものように灯りをつけてリュックと手紙をおき、ガラス戸をあける。うちわで顔を扇いでドリンクを飲みつつ、テーブルの前に座ってポストに入っていたチラシをゴミ箱へぽいぽい捨てた。手紙は支払い関係とか、店のDMとか……ん？　ハガキ？

珍しく手書きの文章が綴られたハガキがある。最近連絡はほとんど電話とメールで事足りているから、ハガキや手紙をくれる相手など思いつかない。

「誰？　母さん？」と思わず口にしながら読んだ。

【残暑お見舞い申しあげます。元気ですか。先日同窓会で、おまえが東京にいることを知りました。ごめんな、住所も勝手に聞いたよ。こっちに帰るときは連絡ください。また遊ぼう。あんな別れかたになってすまなかったと後悔してる。好きだと思う気持ちの種類が違った。でも俺はいまも友だちだと思ってるよ。　草壁《くさかべ》　剛《つよし》】

「えっ、誰？」

なんのこと!?　と頭上に疑問符が飛びまくって、焦《あせ》ってハガキを裏返したら『柏樹透さま』とあった。柏樹さん宛て……――あ！　郵便屋さんがポストの上と下を間違えたのか！

「まじか……」

どうしよう、だってこれって男友だちでしょ。柏樹さんの秘密をまたひとつ知ってしまった。一方的に、勝手に。

だから、つまり、柏樹さんは、男に告白した過去がある……って、ことだ。

――要、世界も心も狭かった中高生のころとは違うだろ。行動してみろよ。

……中学のとき、学校で『先輩にホモがいる』と噂《うわさ》がながれて一時期お祭り騒ぎになった。〝まじか、誰だ〟と男子も女子も興味津々《きょうみしんしん》で、相手を特定するとまた〝あの先輩、見かけたことあった〜〟〝友だちに告ったらしいよ〟〝つきあえると思ったのかな?〟〝男同士とかキモい〜〟〝てか男になんで勃《た》つの⁉　ウケる!〟と、声のでかい人たちが嗤《わら》って吊るしあげた。先輩がその友だちを三十センチ定規で怪我させて転校していったあとも、みんなの好奇心は冷めるどころかさらにふくらんで、〝愉快なスクープだ〟と喜ばれていた。

俺が意識して〝自分〟を隠すようになったのは、あの事件がきっかけだ。ああなるんだ、と思ったら、他人に心をひらくのも恐ろしくなった。どんなにいい人だろうともノンケ相手には絶対カミングアウトしたくない。そうやってずっとモブになってひっそり生きてきたんだ。

イサムに先輩の話をしたら、激怒したし心底呆れもした。『いくらなんでもまわりの奴らがガキすぎんだろ』と味方になってくれた。

――おまえもだぞ。そんなばかな奴らに傷つけられるこたねーだろ。気にすんな、純なお子さまだぜ。

このハガキ……。ポストに入れなおしておけば、それですむことだ。けど直接渡しにいけば柏樹さんとの関係を変えられる可能性が高くなる。

いままで、なにもできなかった。だけど知っている。自分が動かなければ始まらないこと。

このハガキからも怯《おび》えて逃げたら、心を閉ざした中学生のころのまま、また明日も明後日も自分を隠し続ける日々を生きて、モブとして、しずかに孤独に死んでいくことになるんだ。

──行動してみろよ。

渡しにいってみようか。渡しにいって、俺の存在を──。

「んっ……あっ、あっ、ひゃあっ、せんせ、ぃ……ぎもぢいいっ……」

「タクマっ、タクマぁっ」

「ひゃ、あっ、せ、せんせっイくっ！　でるぅっ」

……うっ。

なんだよ柏樹さん、タクマのハジメテ二周目⁉　気に入ったのかよ、もうっ。

こっちが柏樹さんのこと想って一世一代の勇気をふり絞ろうとしてるってときに、大音量でタクマとよろしくして……くそっ。

「いこう」

ていうか、いってあげなくちゃ。この音、きっと気づいてないんだよね。

ハガキと鍵だけ持って部屋をでた。建物の横の階段をのぼり、一歩ずつ二階へむかう。毎日見ている景色より目線上の夜景に新鮮さを感じる。この階段、初めてあがった。二階の通路も、枯れ葉が隅に転がっていたり牛乳ボックスがあったりする知らない情景で、自分がきちゃいけない危機感も覚える。……そして、真上のここが、柏樹さんの部屋。

ドアを前に唾《つば》を呑んだ。妄想なら何度かしたけど、恋心一歩手前の想いをひそかに抱いていた人の家へ現実に、本当にいくって緊張する。……でも大丈夫。理由だって、ちゃんとある。

左手にあるハガキを握りしめる。深呼吸して心を決め、右手を持ちあげてチャイムを押した。

室内にピンポーンと響いているのが聞こえる。ＡＶのタクマの喘ぎ声も。

『――はい』

ようやくタクマが黙ると、インターホン越しに応答があった。柏樹さんの声だ。ティッシュで手を拭いて、DVDをとめて……って、ここまでの行動も想像できてしまう……。

「あの……下の部屋に住んでる者です」

『は。下の？』

「はい。渡したいものと、お話があるので、お時間いただけませんか」

『渡したい……――はい、いまいきます』

怪訝《けげん》そうにしながらも応じてくれて、インターホンが切れた。とんとんとん、と足音が大きくなって、近づいてくる。……心臓が緊張してちぢむ。一方で、柏樹さんが俺に気がついてどんな反応をするのか知りたくもある。とうとうプライベートで、彼と対面する。

カチンと鍵があいてノブが動いた。ドアがふわっとひらいて、内側のノブにかかった右手と、彼の姿が現れる。ゆっくりと視線をあげて……おたがいの目が、ぴったりあった。スーツじゃない、長袖《ながそで》シャツとスエットの部屋着姿。彼の眼鏡の奥の目が大きく見ひらかれる。

「……さとう君、」

あの低い声で自分の名前を呼ばれて、俺も息を呑んだ。

「なんで、俺の名前」

「あ……。……いや、店の名札が、いつもエプロンについているから」

「それは、そうですけど……知っててくれたんですね」

「ああ」と彼がすっと表情をなくし、見慣れたかたい表情になった。

「どうして俺の家へ……下の部屋って、さっき言ってなかった？」

柏樹さんがしゃべってる。お客さんじゃないセリフを。……やっと見つけてもらえた、という感覚だった。いま俺どんな顔をしてるんだろう。

「言いました。……俺、じつは柏樹さんの部屋の下に住んでるんです。二年前引っ越してきて『エデン』でバイトを始めたら、常連の柏樹さんが上の部屋の人だって知りました」

それで、とハガキをさしだした。

「これ……郵便配達の人が、ポストを間違えたみたいで俺のところに」

「ハガキ？」

目を眇《すが》めて睨むようにハガキを凝視し、俺の手からそっととる。宛名を見て、裏の文章を読むうちに、厳しく尖《とが》っていた表情がゆがんでいった。目線が、また俺にちらとむく。

「……当然、読んだよね？」

ええと、と俺は横にそらす。

「はい……読みました」

正直にこたえたら、柏樹さんは唇の右端をくいとあげて、「ふっ」と苦笑した。

「残暑って、時季はずれもいいところだ。さとう君には変なところばかり見せているね」

自嘲《じちょう》気味のやるせなげな笑い顔。文章から察したとおり、相手は柏樹さんが恋した男なんだと確信した。俺がおなじアパートに住んでいることも、本当に知らなかったみたい。

「もうひとつ、その、お伝えしたいことがあります」

「……。なに」

柏樹さんが俺をうかがうようにじっと見つめてくるから、見返したくても目が泳ぐ。

「ええと、ＡＶ……というか、テレビの音、全部、外に洩れてますよ」

「え」

「いまも、観てたでしょ」

ハガキを持っている右手で、柏樹さんが額《ひたい》を押さえてうなだれた。……耳が赤い。

「忠告を、ありがとう……でももっとはやく言ってほしかったな。下手したら二年前から気づいてたってことだよね」

柏樹さんが、照れてる……。

「なにか、意図があるのかなとか、わからなくて」

「意図なんかないよ……意味がわからない、意図？」

「聞かせたい性癖かも、とか」

「……どうも俺は、きみのなかでそうとうな変態になっているみたいだね」

「や、そんなわけじゃ」

右手をふって焦って否定したら、柏樹さんが小さく笑った。

「立ち話もなんだし、俺のことが怖くなければなかへどうですか」

苦笑ではあったものの、優しく笑ってくれている。笑顔も初めて見た……格好いい。

「柏樹さんに、迷惑じゃなければ。……下半身の、具合とか」

タクマと途中までシてたでしょ。

「さとーくん」

叱《しか》る口調で軽く俺を睨んだ彼が、すぐに微苦笑して「おいで」と部屋へ招いてくれた。

……やばい。柏樹さんの声を聞くだけで、ころころ変わる表情を見ているだけで、ふたりで一緒にいるだけで、一秒ごとに〝好き〟が増していく。

「――店員のきみやAV男優さんには失礼かもしれないけど、『エデン』でレンタルしたAVに世話になったことはないんだよ」

柏樹さんがキッチンでグラスに麦茶をそそぎながら言う。

「……そう、なんですか？」

招いてもらった部屋は思っていたとおり俺の部屋とおなじ間取りだった。奥の部屋は左側にベッド、中央にローテーブル、右側にテレビと本棚、とシンプルにまとまっている。

ベッドを背にテーブルの前へ座って、本棚の足もとにあるいつも彼が持っていたビジネスバッグや、長押《なげし》にかけられた見慣れたスーツを眺めた。

液晶テレビはタクマが先生に正常位で抱かれている場面で停止している。

「じゃあ柏樹さんは、ゲイじゃないんですか？」

「んー……」と唸りつつ戻ってきた彼が、テーブルに麦茶のグラスをふたつおいて右隣へ座り、テレビを消す。

「それがわからなくてレンタルしてた。もう二十七で、家族にも〝結婚しないのか〟ってせっつかれているし、職場でそういう話題になることも多い。なのに、こう……さっきのハガキの友人とのことなんかが、どうもひっかかってしまって」

「いまも好きなんですか」

柏樹さんを見たら、彼も俺を見つめ返して黙した。思考しているようだった。白と黒の綺麗な眼球が揺れて、自分の睫毛《まつげ》や頬を観察されているのを感じる。

「……いや、違う。そういう甘い未練に縛られているというよりは、自分の性指向をはっきりさせたい思いが強い。じゃないと、もし結婚できたとしても、その後〝やっぱり男のほうが好きだ〟って我に返ったら、奥さんを傷つける恐れも消えないでしょう。他人までふりまわして、人生に汚点を残させるわけにはいかないから」

真面目で誠実だ。印象どおりのドーベルマンみたいな厳格な人。未来を見据えて失敗のないように清く正しく、他人に優しく生きようとしている。

「バイ、なんじゃないですか？　柏樹さんは男も女も差別なく、相手の性格を好きだと想えば恋できる素敵な人なんですよ」

彼の口角があがって、ほのかな笑顔になる。瞳で拘束するようにしっかり目をあわせた状態で会話をする人だから、俺もそらすのが悪いことに思えて、息をつめて見つめ続ける。

「……さとう君は優しいんだね。こんな奇妙な話にまでつきあってくれて」

「え、いえ……優しくしてるわけじゃありません。奇妙な話でも、ないですよ」

「いや、充分奇妙だと思う。ナチュラルな優しさなのなら、きみは本当にいい人なんだよ」

……柏樹さんのなかに偏見はなくとも、一般的な倫理観として常識とか世間体ってものが、根深く居座っているらしい。〝奇妙〟って言葉……俺は自分を卑下《ひげ》して言うのも、柏樹さんの口から聞くのも結構きつい。

「彼とは高校の同級生だったんだよ」

瞼を伏せた柏樹さんが、テーブルの上のグラスをとって麦茶を飲んだ。

「入学してすぐ友だちになって、どんどん親しくなっていった。そのうち彼が彼女を欲しがったり、ほかの友だちとふたりきりで遊びにいったりすると、嫉妬心《しっとしん》を感じるようになってね。度を超えた友情だと思ってみても、欲しい気持ちはおさまらない。それで告白してふられて、友だちとしてもさけられるようになって、疎遠になったまま卒業して別れたんだ」

はい、と相づちをうって、俺も麦茶を飲んだ。柏樹さんが嫉妬した男か……羨ましいな。

俺の中学の先輩ともすこし似ている。柏樹さんも友だちを好きになったんだ。きっとその人の性格を信じて告白したのに、純粋な想いごと受け容れられずにさけられて終わっていた。

「あの別れがどんなふうに辛かったかは、もう忘れてしまった。全部思春期の迷いだったようにも思うし……恋だった、とも思う。あのとき俺には、彼を抱きたい欲望もあったから」

「……はい」

「でもあれ以来、男に欲情しない。友人の面影があるＡＶ男優の作品をレンタルして観ても、とくに昂奮しないんだ。女性の身体に魅力を感じないわけでもない。自分がどういう人間か、なに者なのか、本当にわからないんだよ」

真面目すぎる彼が、途方に暮れて苦笑する横顔も艶っぽく格好いい。美少年ＡＶばかり借りていた理由も判明した。

柏樹さん、その友だちのこといまも好きってことじゃないのかな……？　バイじゃないなら性指向も超える恋なんて敵《かな》わない。話を聞かせてもらいながら、ふられている気分になるよ。

「……その人だけ、特別だったんですね。未練があるなら柏樹さんからも連絡して、ふたりですこし話してみればいいじゃないですか。ハガキにもひどいことは書いてなかったし、大人になったいまならおたがいきちんとわかりあえるはずですよ」

「未練か……たしかに彼とも話しあいは必要だね。けど彼とわかりあうのと俺の悩みは、別物なんだよ。彼に対する〝特別〟っていう感情に納得がいかないから自分の性指向を知りたい。女性の身体は特別じゃなくても昂奮するっていう、自分自身の矛盾を解明したいんだ」

「か、解明……なら、デリホスとかで男を直接触ってみたら、ちゃんと欲求がわかるかも」

左手で首のうしろをさすって「うーん……」と柏樹さんが唸る。

「……デリホスとか風俗も考えてみたことはあるよ。けど反応しなかったら申しわけないし、それで事情を説明するのも億劫《おっくう》で。もしおなじことを何件もくり返したら、過去に酔ったキモいデリホス荒しって、ブラックリストに載ったりしそうじゃない？」

「荒しっ？　そ、そうか……事態は、深刻ですね……」

柏樹さんの必死さは感じつつも、彼が夜な夜なピンク街をさまよって、男を抱けるかどうか試し続けた挙げ句出禁になる姿もリアルに想像できてしまい、失礼なのににやけてしまう。

「……さとう君、笑ったね」

「や、すみません、柏樹さんの真面目さが、なんていうか……キュートで」

「キュートって」

居ずまいを正して、にやけた顔をもとに戻す。この人みたいに自分の性指向に誠実にむきあったこともない俺が、笑うのは間違ってる。

「まあ……でも、デリホスも悪くないのかもしれないな。じつは来月引っ越すんだ。ブラックリストに載ったとしても、ここへ帰ってくることはないから」

……え。

「引っ越しですか」

二度うなずいて、「ああ」と彼がこたえる。

「ここには三年間の長期転勤できた。俺は経理の仕事をしているんだけどね、営業事務関係も含めて全システムを一新する計画が立ちあがって、東京《とうきょう》本社へ手伝いにきてたんだよ。それもようやく落ちついたから、支社へ帰ることになったんだ」

「転勤……。支社って、遠いんですか」

「京都《きょうと》だよ」

経理とかシステムとか、仕事の内容まで彼のイメージにあっている。こうしてやっとプライベートも教えてもらえたのに、あとひと月したらこの人とは二度と会えなくなるらしい。

ため息をついた柏樹さんが「デリホスか……」と呟《つぶや》いて俺を一瞥《いちべつ》し、苦笑して麦茶を飲む。

結婚するために帰ってしまう。だけど男を触りたがっている。

——要、世界も心も狭かった中高生のころとは違うだろ。行動してみろよ。

偶然が運命みたいに重なって、俺は柏樹さんの家へきて彼が苦しんでいる事柄まで知った。

そしてそれは俺自身が立ちどまって動きだせずにいた悩み事と似た種類のものだった。

一生に二度とこんなラッキーない。ここでおしまいか？　この出会いを無駄にするのか？　せっかく繋《つな》いだ縁もまた切って、結局ふりだしに戻る……？　——駄目だ、もう一度動け俺。

「……俺、とか……どうですか」

「ん？」

柏樹さんの視線が再び俺にむけられて目があい、どきっと心臓が跳ねた。

「え、と……その、俺の身体で、実験してみても……いいですよ。柏樹さんがイケそうなら」

恐怖に呑みこまれるな、と自分に言い聞かせて、頭も下半身も軽い奴っぽくへらっと笑った。

柏樹さんは、さっき俺がきたときみたいに眼鏡越しの目をまんまるく見開いている。

「え、だって、きみはノンケでしょう？」

……あ、ここで俺がゲイって言ったら、真面目なこの人は気軽に俺を触れないんじゃ……？

「ノンケです。でも、だからいいんですよ。恋愛でぐちゃぐちゃ揉《も》める心配もなく、安心して愉しめるでしょう？　俺、べつに男も気にしないし、柏樹さんは格好いいから、余計平気」

「そんな、」

「大丈夫そうなら、京都に帰るまでのひと月、俺と遊んでみませんか。思う存分触りまくれば、性指向にも答えがでるかもしれないし、帰ってさっぱり結婚できるかも。失敗しても、ブラックリストに載ることないから」

「触り、まくるって、」

……困惑が見てとれる。でもこの嘘で彼の助けになれるどころか、俺まで思い出がもらえる。

もう前言撤回したくない。もっと押さなきゃ、と意を決して右手でTシャツをめくった。

「自慢できる、身体でも、ないけど……柏樹さんが、触りたいって思う身体、少なそうだから
……どうだろ俺の裸」

胸をそらして左の乳首をだす。性的な理由で、他人の部屋で男に裸をさらしたのは初めてだ。柏樹さんも俺の顔と胸を交互に見て当惑している。やばい、めっちゃどきどきする、怖い……頼むよ、お願い神さま、柏樹さんにキモいって言わせないで。

「さとう君……気持ちはありがたいけど、駄目だよこんなことしちゃ」

「駄目って言ってるのは、いまこの世界で、柏樹さんだけですよ」

彼の倫理観に訴えてみた。ここに、俺たちを非難する世間はない。この部屋での規則とルールは俺たちがつくっていい。

「よくない、服を着、」

「恥かかせて帰らせるなんて、ひどいでしょっ」

なに言ってんだばか俺、勝手に胸まるだしにしておいて恥かかせたもなにもないよっ。

ああ恥ずかしい……申しわけない、情けない、辛い、怖い……でもひきさがりたくない。お願い、お願いっ……。

「さとう君……」

ぐっと目を瞑《つむ》って待っていたら、憐《あわ》れみに似た声で呼ばれて心臓が凍った。……呆れられてる。残念でふしだらな奴だと思われた？

やっぱ駄目か。やだな、目をあけるのも怖い。泣きたくなってきて、嫌われたくなかった……と、落胆した瞬間、いきなり左胸の下に手がまわってひき寄せられた。

え、と目をあけた。目の前に柏樹さんがいる。

「あ」

そのまま親指で乳首をさすられた。触ってくれた……俺の胸。柏樹さんが。

睨むように瞼を細めて俺の胸を見ている柏樹さんが、遠慮がちにもう一度こする。

「まいった……。……可愛いよ」

「かわ、……乳首が？」

「うん……なぜかな、ＡＶでも何度も観てたのに、さとう君の胸はここにあるだけでそそるよ。とっても可愛い」

その言葉で、俺も背中に昂奮が駆けあがるのを感じた。嬉しい……やばい。

「……さとう君の胸、かたくなってる」

親指の腹でこすったり、痛めつけないようにそっと押されたりする。……頭がくらっとした。

柏樹さんが、俺の名前を呼んで、エロいこと言ってる。妄想でもない、現実で。

「かたいのは、気持ちいいから……かも」

「嫌ではない？」

心配そうな表情で訊いてくる。

「うん、大丈夫……もっとしても、平気」

「もっといいの？」

「……もっと、いいよ」

「きみが思う〝もっと〟って、どこまでなんだろうか」

叱るみたいに乳首をわずかにつままれた。

「ンっ……柏樹さんが、満足するまで……？」

ぐっ、と右手で腰をひかれて、左手で背中を支えられながらフローリングの床へ倒された。え、なに、と不安がふくらむ前に上へきた柏樹さんが、俺の前髪を右手で撫でてくれて、胸に顔を寄せて、唇を——。

「ぁ、わ、」

乳首を口に含んだまま舌で舐《な》めあげられて、転がされた。ど……どうしよう、気持ちいい。

「ふっ……ンっ、」

嬉しくて恥ずかしくて、変な姿をさらしそうで怖くって声がでない。柏樹さんが観てたAVはめっちゃあんあんひぃひぃ言ってたのに、俺、「あ」とか「うっ」とか「ンンン」とかいう苦しそうな声しかでないよ、あんなふうにエロい声でない、どうしよう、柏樹さん愉《たの》しんでる？　大丈夫？　怖いよ。

「……さとう君」

Ｔシャツをたくしあげられて、右側の胸も舐められた。吸われて、先を舌でねぶられて、肩が震える。しゃぶってないほうは指でいじってくれる。両方とも気持ちよくしてくれてる。

「きみはこんなに、性行為に奔放《ほんぽう》な子だったの……？」

びっくりした。

「ち、ちがう……初めてです」

「え。冗談……？　俺の好みにあわせてくれてる？」

「ほんと、だよ……男の人とも、女の人とも、シたことない。胸、舐めてもらうのも、初めて。声とか、変だったら、ごめ、なさ、ぃ……」

顔をあげた柏樹さんが眉根にしわを刻んで困ったような、怒ったような顔をしている。返事、間違えた……？

「初めてにしては、男を誘惑するのがうますぎるね」

また髪と、頬を撫でられた。大きくて厚い彼の掌《てのひら》が、自分の頭と頬を覆ってくれるぬくもりと安心感に意識が眩《くら》む。自分の胸がどんなふうに変わっているのか、よく見えないんだけど、柏樹さんは再び顔をさげて、俺の胸を咥《くわ》えて吸ってくれた。

「……そ、いえば、汗、かいたままだった。不味《まず》い、かも」

「そんなことないよ、おいしい」

「お、」

おい、しいって……言ってくれた。俺の胸が、おいしいって。

「うっ……ぅっ、ン、」

左右を交互に、しばらくいじられているうちに、たまらなく焦《じ》れったくなってきた。ほかも触ってほしい。胸ばっかりだと、快感が体内に重たくたまって苦しい。辛い。

「さとう君、どうしようか……ここも辛そうだけど、触っていいのかな」

股間《こかん》に近い腰のあたりを柏樹さんが撫でる。勃ってるの、ばれてる。

「……うん。見たら、柏樹さん幻滅するかも。実験、してみて……ください。平気そうなら、触って、イかせてほし、ぃ、」

彼が唇をひき結んで、「……腰をあげて」と俺を誘導しながらジーンズをさげてくれた。下着、絶対ふくらんで濡れてる。すごい恥ずかしい。汚いの許してほしい。目をきつく瞑る。

「……さとう君、大丈夫」

囁《ささや》きながら、柏樹さんの右手が下着のなかへ入ってくる。ゴムのところを持ちあげられて、ゆっくり半分脱がされた。空気に触れて冷える。まるだしになってる。

「すみません……べたべたで、キモいですよね」

傷つくのが怖くて自虐《じぎゃく》して笑った。柏樹さんから先に〝キモい〟って言われるのだけは耐えられなかった。

柏樹さんの視線が、俺のを捉《とら》えてる。しずかな目をしている。

「……困るぐらい可愛い」

びしょ濡れに汚れているのに、柏樹さんの手に触られて、握られたのを感じた。

「ンっ」

「どうしてだろう……本当に昂奮するよ。ここまで欲望に狂ったのはさとう君の身体だけだ」

ゆるくこすられて、快感と喜びが下半身からぶわっと全身にひろがっていった。よかった、キモくないみたい。……よかった。

「可愛い、ちんこなんて……わかんな、けど……柏樹さんに気に入ってもらえて、よかった」

「全部さとう君のせいだよ」

柏樹さんが上半身を倒して俺とくっつくように顔と顔を寄せ、俺のをこすり始める。

「んっ……んっ、ン、」

声を殺して、ぎこちない喘ぎ声でこたえながら身を委《ゆだ》ねた。すぐ近くで柏樹さんも荒く呼吸している。唇と唇がつきそう。柏樹さんのおでこが、俺のこめかみについてる。熱い。

気持ちいい。人にシてもらうのってこんな感じなんだ。大きくて温かい手。信じられない、これ、柏樹さんの手。さっきまで『エデン』の店員とお客さんの他人同士だったのに、夢かな。意識、飛びそう……自分が考えていることも、もうよくわかんない。嬉しくて、泣きそう。

「は、ぁ、ンっ……あ、」

イくっ、と思ったら、柏樹さんの腕を摑《つか》んでいた。こすってくれている振動が彼の腕から自分の身体まで伝わって、俺までゆるく上下して、震えながら達した。

お腹に液が散ったのがわかった。イッた……柏樹さんの手でイッた……信じらんない……。自分が、こんな経験、できると思わなかった……しかも、柏樹さんが、相手……。

「……待っててね」

息を吸って呼吸を整えていたら、柏樹さんが左手で俺の頭を撫でてから立ちあがり、離れていった。キッチンのほうで水をだす音が聞こえてくる。音がとまると、戻ってきた彼が俺の傍《かたわ》らに寄り添い、背中を支えて半分起こしてくれてから温かいタオルでお腹を拭いてくれた。

「柏樹さん、すみません……ありがとうございます」

お礼を言ったら、きょとんとされた。

「お礼を言うのはこっちだよ。ありがとう、さとう君」

温かい瞳をにじませて彼が苦笑している。拭き終えたら、今度は俺が下着とジーンズを穿《は》く手伝いまでしてくれて、それからそっぽをむいて立ちあがった。

「……さとう君、ちょっと、俺も処理してくる。ごめんね。あ、そうか……勃ってくれたんだ。

照れくさい気分でしばらく麦茶を飲み、俺も快感と幸福感の余韻が体内から抜けていくのを感じながら待った。……麦茶がぬるくなってる。柏樹さんとシてたから。

透明なグラス、白いローテーブルや茶色いフローリング、液晶テレビ、柏樹さんのスーツ……さっきまで見ていた景色さえ、なんだか違って感じられる。

この部屋に住んでいる男の人が、柏樹さんが、自分の身体で昂奮してくれた。乳首を吸ってちんこすって、イかせてくれた。触ってくれた。嬉しかった。どうしよう……嬉しかった。

「なんだか、ごめん」

柏樹さんがトイレから戻ってきた。

「あ、いえ」

俺の右横に座りなおして、彼も麦茶を飲む。目を微妙にそらしてる……照れてくれてる。

「あの、俺のほうこそすみません。俺も、手とかですればよかったですよね。自分だけ気持ちよくしてもらって、身体拭いたりまで……すみません、本当に」

柏樹さんが俺のほうをむいた。かたい堅実な表情に戻っている。

おまえが悪い、なんでこんなことをした、と怒られそうで怖くてちぢこまったら、彼は身体ごとこっちをむいて正座した。

「ひとつ頼みたい」

思わず俺も正座してむかいあった。

「はい……なんで、しょうか」

柏樹さんは冷静で真剣な眼ざしで俺を見ている。

「さとう君の身体を遊びで弄《もてあそ》ぶようなことはしたくない。俺が悩んできたことを知って、協力してくれようとしているきみに、誠意を持って接したいよ。だから、」

「え、」

「一緒にいるあいだ、さとう君を恋人として大事にさせてほしい。……きみを抱かせてもらって、また自分のことがよくわからなくなった。でもきみといればちゃんと答えがでる気がする。一ヶ月つきあってもらいたい、きみに」

恋人として大事に……え、俺、この人に恋人扱いしてもらえるの？　一ヶ月？

どうしよう、すごく嬉しい……嬉しいし、欲望のまま恋人になるってこたえてしまいたい。しまいたいけど。

「それは、ちょっと……どうだろう、」

俺はハガキの友だちみたいな〝特別〟の存在じゃない。それにこの人は結婚したがっている。〝恋人〟とはいえあくまで〝恋人扱い〟だ。でも大事にしてもらって、優しくしてもらって、舞いあがって一ヶ月過ごしたら絶対好きになる。別れるのが淋しくなるに決まってる。

「……さとう君、やっぱり一ヶ月ものあいだ恋人、となると気持ち悪いかな」

柏樹さんが哀しげに苦笑する。

「気持ち悪くはないです、ないですよ」

焦って否定した。

「じゃあお願いしたい」

頭をさげられて、もっと焦る。

「違う、あの、だから……そもそも柏樹さんを悩ませてるのはハガキの友だちじゃないですか。俺の身体はいくらだって触っていいけど、俺と恋人の真似事をするのも、違うと思うんです。だから優しくは、しなくても……、」

「彼に未練はないんだ本当に。あのあとも何度か恋をした。俺にとっては過去に終わった恋のひとつでしかない。悩んでいるのはあくまで性指向に関してで、彼は問題じゃない」

「ン、と……」

「さとう君に一ヶ月間つきあってもらって、自分が男になにを求めているのか知りたい。バイならバイでいいのにいまはそれすら曖昧《あいまい》なんだよ。これじゃ故郷へ帰って家庭を持つって将来にも前むきになれない。助けてほしい。きみがいいんだ。そのあいだセフレ扱いはしたくない。恋人とおなじように、大事にしたい」

好きになった相手を、好きでいればいいだけの問題だと思う……けど、この人には違う。

自分の性指向にどうしようもなく迷子になっている。結婚を望んでいて、自分が将来一緒に過ごす女性を真摯《しんし》に愛したいがために、自分自身とむきあい続けて懊悩《おうのう》している。俺が知っているだけでも二年間、ひとりでAVを観ながらずっと苦しんできた。苦しいんだ、この人は。

「……わかりました。俺でよければ、柏樹さんの恋人にしてください。一ヶ月だけ。それで、柏樹さんの性指向を探っていきましょう」

本物の恋人に、なんて……望む隙《すき》もない。大事にされたら困るのに、ノンケって嘘をついてまで想い出をもらおうとして、狡《ずる》くてせこくて汚いことをした代償がこれだ。だけど、恋人になれるのも、自分がこの人の救いになれるのも嬉しい。

一ヶ月の期間限定で、別れも決まっている偽者の恋人なのなら、そのあいだ腹括って、彼のためにできることを後悔しないようにしよう。……そうしよう。

「ありがとう、さとう君。すまない」

心底安堵《あんど》したようすで、柏樹さんが今夜いちばんの笑顔をひろげた。無垢な彼を見ていると、嘘をついている罪悪感も消えずに疼《うず》いて胸が痛んだ。

「いいえ……こっちこそ、すみません。……俺なんかで」

人生初の恋人、って数えさせてもらうのもおこがましい。でも初めての、一ヶ月だけの恋人。隠れて生きてた俺を見つけて、恋人にしてくれた初めての人――。

いまは夏休みで、大学は二週間後に始まる。休み中はほぼ毎日『エデン』のシフトを入れていた。暇なひとり身の貧乏学生だから、しっかり働いて稼ごうって思っていたんだ。……でも柏樹さんと恋人になる約束をしたいま、どんなふうに生活を変えたらいいんだろう。

あれから三日経って火曜日になった。柏樹さんとは土曜の夜以来、会っていない。

「今日、雨でじめじめすんな……俺、髪がうねるからすげえめーわく」

「そうだね」

イサムが隣で愚痴《ぐち》りながら牛丼を頬張っている。俺もステーキ弁当を食べる。休憩時間で、夕飯もおたがいコンビニ弁当だった。今夜俺はこのまま日づけが変わるまで仕事をする。

こんな生活をしている俺から会いにいくべきなんだろうか。柏樹さんもそれを待ってくれていたりするのかな。彼の携帯番号とメアドを知っていればもうちょっとなんとかなっただろうに、交換もしなかった。一ヶ月しかないのに……って、その一ヶ月ってのも、来月のいつ帰るのか詳しい予定を訊いていない。時間、無駄になってるんじゃないかな。柏樹さんはとくに頻繁に会うつもりもなくて、週末だけ過ごせればいいとかだった……？

大人で社会人の柏樹さんがどういう恋人づきあいを求めるのかわからない。俺自身、恋人がいたことなどないから正解を知らない。でも一ヶ月のみの関係なら、俺は毎日でも会いたい。

別れが決まっている人と恋人をするのも淋しいけれど、淋しいからこそ、この関係と期間を大事にしたかった。

「なーなー……なに思いつめてるんだよ。悩み事でもできた？」

イサムがにやけて顔を覗きこんできた。

「なんで面白そうに訊くのさ」

「面白いから」

睨んでからステーキをひと切れ食べたら、「ひひひっ」と笑ったイサムに肩を摑まれた。

「なーんだよ、言えよ、ちゃんと聞ーてやっからーっ」

左横からゆさゆさ揺らされて食べづらい。

「いいよ」

「拗《す》ねンなってー……恋《い》バナ？」

鋭い。しかももっと卑しくにやけ始めて困る。

「イサムさ」

「おん？」

「……。やっぱいいや」

すぱん、と後頭部をはたかれた。

「いたっ、なにすんだよ」

「はっきり言えよ」

イサムのほうが拗ねだした。やば、結構怒ってるかも。

「……これは本人と話しあうしか解決できないと思うから。もうちょっとようす見て相手と話して、どうしても困ったら相談するよ」

「ふーん……相手できたんだ」

「それもいずれ話せたら話す。と思う」

また小づかれた。


イサムより先に休憩を終えてカウンターに立った。『エデン』は今夜もお客さんがまばらで、いまはおじさんふたりとカップルひと組がいるだけ。てんてこ舞いの大忙しになることはないし、かといって暇でもない。この適度に仕事を楽しめる『エデン』が好きだった。

「いらっしゃいませ」

来店音を聞いて反射的に声をかけたら、自動ドアを通ってやってきたのは長身で眼鏡の……柏樹さんだった。珍しく私服姿の彼は、俺に視線をあわせたままま っすぐカウンターへくる。

「返却をお願いします」

「……あ、はい。確認するので、少々お待ちください」

袋からディスクを二枚だす。先日の新作映画と、タクマのハジメテ。

「確認しました、大丈夫です。ありがとうございました」

返却は毎回、店の外の返却ボックスへ入れてくれていたはず。もしかして俺に会いに……と、都合のいい妄想が過《よぎ》った刹那《せつな》、柏樹さんがロングカーディガンのポケットから紙片をだして、俺の手もとにおいた。

「今夜、会えないかな」

……携帯番号と、メアドっぽい文字が書いてある。

顔をあげると、俺を見つめてはいるものの、唇をひき結んで耳を赤く染めた彼がいる。

「はい」という声は、無意識にでていた。

「あ、でも……今夜は仕事終わるのが遅いんです」

こそこそ小声で話す。

「何時ごろ」

「日づけが変わって、十二時半」

「迎えにくるよ」

「え、だけど柏樹さん、明日も仕事ですよね」

彼がとたんに頰をほころばせて、微笑《ほほえ》んで世界をとめた。

「店の外で待ってる。……あとでね」

会釈して去っていく。

軽やかで凜々しい背中が消えていくのを茫然《ぼうぜん》と見送っていたら、「カッシー？」と背後から訊かれて我に返った。イサムだ。メモを手のなかに握り入れて、「うん」と明るくこたえる。

「返却？　こっちくんの初めてじゃん？」

「そうだね……今夜は雨だからかも」

「あ？　傘が面倒だろ。つーかカッシーってさ～……意外とおまえのこと好きなんじゃね？

レジもいつもおまえのとこにいくだろ。俺あんま接客したことねーもん」

くっついてきたイサムがまたにやにやからかってくる。

「……ばか、ンなわけないだろ」

メモ、くしゃくしゃにしちまった。はやくひろげたい。迎えにきてくれるって言った。週末じゃなくても会いたがってくれるんだ。今夜、会えるんだ。

——店の外で待ってる。……あとでね。

もうとっくに、ものすごく好きになってる気がする。俺だけ、俺じゃなくなってる気がする。

かさばる紙片が掌のやわかいところを刺している。

『柏樹さん、さとうです。さっきはありがとうございました。これ俺の携帯番号とメアドです。いまバイト終わりました。本当に待っててくれてるんですか？』

『番号ありがとう。もちろん待ってるよ、店の外にいる。雨だからはやく帰ろう』

店の外って、やばいかもしれない。

スタッフルームのロッカー前で周囲を見まわし、仕事を終えた店長とイサムがテーブルを囲んで仲よく話しているのを確認しつつ、「お疲れさまでしたー」とそそくさ裏口へむかった。

今夜は雨で徒歩だったから、外にでて傘をひろげ、忍び足で店の前へまわる。……イサムたちやお客さんにばれたら困るっていう緊張感や、柏樹さんと会える嬉しさがごちゃまぜになってそわそわする。恋人が仕事終わりに迎えにきてくれるのって、こんなふうなんだ。

灯りの消えた『エデン』の前に人影があった。スポットライトに照らされる俳優みたいに、外灯横で黒い傘を持ち、きちんとした姿勢で立っている男の人。さっき見たロングカーディガンと、あの眼鏡。

「柏樹さん、」

小さく呼びかけて水たまりを飛び越えながら近づいたら、彼も俺に気づいて微笑んだ。その温かな瞳。

「お疲れさま」

格好よすぎて死にそう……ちゃんとしゃべれるか、俺。

「柏樹さんも、お仕事お疲れさまです。すみません、こんな時間に」

「俺がくるって言ったんだよ、さとう君が謝るのはおかしいでしょう。——いこう」

微笑んでうながされ、俺も「はい」とうなずき返してならんで歩き始める。柏樹さんの右側をつかず離れずの距離を保って、歩調をあわせて。

アスファルトに銀色の雨が降って濡れている。浅い水たまりと、大きくて深そうな水たまりの隙間をぬって、アパートまでは十五分ぐらい。柏樹さんはなにも言わないし、俺もこの三日間ひとりで悶々《もんもん》としていた手前、リアルの彼を前にして急に畏縮《いしゅく》してしまい、口があかない。恋人だけど恋人じゃないから、会いたかったって言っていいのかもわからない。

「雨は困るね」

沈黙を裂いて、彼が唐突に言った。天気の話題は日本人が会話に困ったときするやつ……。

「……ですね。できるだけ、家で楽しみたいですね」

へへ、と変に繕《つくろ》った笑いを浮かべて、またふたりして沈黙した。

あれ……土曜日って、どう接してたっけ。もっとナチュラルに会話できていた気がするのにそうできない。三日分の距離を感じる。柏樹さんも緊張してくれている……？　と傘に隠れて横顔をうかがった。水たまりをよけているはずなのに、スニーカーの先が濡れていく。

「バイト、夜遅くまでやってるんだね」

また話しかけてくれた。

「はい、ええと……『エデン』が十二時閉店だから、夜のシフトのときは遅いです」

「俺が仕事終わりの十時ぐらいに寄っても、さとう君、いたもんね」

「平日は大学のあとにシフト入れてるんで、夜が多いんですよ」

傘にぱつぱつ雨がぶつかっている。濡れた葉っぱの匂《にお》いがする。

「そう、その……さとう君は、大学生なんだよね」

「ン、はい。大学三年生です」

「てことは、今年二十一？」

「はい」

会話が弾み始めた。

「大学生は、いままだ夏休みじゃなかったっけ」

「はい。暇なので、バイト三昧《ざんまい》です」

「そうか」

前方から自転車をこぐおじさんがきてまた自然と会話がとまり、すれ違って、車輪が雨を弾きながら後方へ走り去る音をふたりで黙って聴いた。沈黙がおりると、どういうわけか再び口が重くなる。

コンビニが見えてきたので、今度は俺から「寄っていいですか」と明るく声をかけた。

「ン……ああ、いいよ」と彼もこたえてくれて、ふたりで店の前へいき、傘を閉じて入った。

「バイト終わると、いつもちょっとお腹空《なかす》くんで、軽食買っていくんです」

「そうなんだ」

柏樹さんが俺のいくほうへついてきてくれる。俺はジュース売り場でペットボトルのスポーツドリンクと、奥のおかず売り場でたらこおにぎりを選んだ。

「これでいいです。柏樹さんは大丈夫ですか？」

俺の買い物を見ていた彼が、我に返ったようにすこし瞠目《どうもく》して「あ、ああ」とこたえた。

「さとう君」

「はい？」

なんだか緊迫したようすで見つめられている。怒られる……？

「今夜、うちにきてくれないかな」

え……。誘ってくれた。

「でも、こんな時間ですよ。明日水曜だし、柏樹さん仕事ですよね」

「さとう君の都合が悪くなければかまわないよ」

「俺は柏樹さんがいいなら、いいんですけど……」

「じゃあそうしよう」

頰の強ばりをほどいて、彼がほわと微笑む。あれ……もしかして誘うタイミングを計ってくれていたのかな。え……やば、嬉しくてどきどきしてきた。

「……うん。そうします」

うなずいて、レジで会計をすませてコンビニをでた。

またふたりで傘をさして帰路へつく。雨音とコンビニ袋が、ぽつぽつがさがさ鳴っている。さっきよりもずっと甘酸っぱい気分でくすぐったかった。コンビニを過ぎれば数分で家だ。

「……あの、汗かいたし、雨にも濡れたから、シャワー浴びてから柏樹さんの部屋へいってもいいですか」

お風呂はいつもバイトから帰ったあと入るせいで身体のべたつきが気になる。もし、万が一、身体が汚れた状態で色っぽい雰囲気になったら余計困る。

柏樹さんは地面を見おろしたまま唇を結んでいて、聞こえなかったかな、と首を傾《かし》げたら、右手で眼鏡のずれをなおして口をひらいた。

「……うちで、一緒に入るのはどうだろう」

羞恥《しゅうち》が、肩のあたりから頬にぞわっとのぼってきて痺《しび》れた。たぶん俺……いま、顔真っ赤。

「お風呂……は、いきなり、レベル高いですね」

「そうかな、ごめん。……急いたかもしれない。忘れてほしい」

指で落ちつきなく前髪を梳《す》いて柏樹さんが照れている。なにこの幸せ……自分を欲して彼が照れてくれていることも、この人がこんな姿を見せてくれることも、嬉しくて苦しい……。

「……いえ、全然、かまわないです。……じゃあ、着がえだけ持っていきますね」

すこしエッチで底なしに誠実なこの人を、やっぱりどんどん好きになってる。

「無理させてない……？」

心配そうに俺をうかがうから、痛いぐらいふくらむ想いを抑えて笑って頭をふった。

「平気です」

自分の部屋に寄って着がえを持ってから、ふたりで二階の柏樹さんの部屋へ移動した。

「風呂の用意ができたら呼ぶよ」と、彼が玄関横の浴室へ入っていったので、俺は「はい」と奥の部屋へいった。三日ぶりの柏樹さんの部屋。コンビニ袋をテーブルにおいて、スポーツドリンクを飲む。下に大きなラグが敷いてある。芝生《しばふ》みたいにけばけばした緑のラグで、先日はなかったのにな、と思う。来月引っ越すのになんで物を増やしたんだろ。

「さとう君、いいよ」

「あ、はい」

着がえを持って俺も浴室へいった。ドアの前で柏樹さんが待っている。

「脱衣所がないから、ここで服を脱いでくれる?」

「あ、わかります」

「おなじ間取りだから」と笑った。ユニットバスではないものの、玄関入ってすぐダイニングキッチン、その左に浴室とトイレ、奥にひと部屋、という1DKなので、俺は自分の部屋だと裸で往き来してしまう。でも柏樹さんのところは浴室とトイレのあいだに縦長の三段の棚があって、タオルやランドリーバスケットがしまってあった。

真んなかだけバスタオルひとつしかなくて、柏樹さんが「ここの棚に荷物をおいていいよ。このバスタオルはさとう君のね」と、うながしてくれる。「ありがとうございます」と着がえをおくと、どぎまぎする俺をよそに柏樹さんのほうはさくさくロングカーディガンを脱いで、長袖シャツもランドリーバスケットへ放った。

……あ、ここはエロモードにならないんだ。脱がしあったりするのかと思ってた。

彼がどんどん裸になっていくからひとりでもたもたしているほうが恥ずかしくなってきて、俺も、男同士で裸になるのなんか普通ですよね、みたいな無駄に余裕ぶった素ぶりでパーカーとTシャツを脱いだ。

「おたがい雨で結構濡れたね」

「そう、ですね」

……にしても柏樹さんはスタイルがいい。脱いでもお腹とかでてないし、ひき締まっている。デスクワークなのにちっともなまってない。下着はローライズのボクサーパンツ。……好き。

「先にどうぞ」

「あ、はい」

柏樹さんがドアをあけて、手で招いてくれる。俺も下着まで脱いでたたんでおき、失礼して入った。浴槽の蓋《ふた》はあいているから、桶《おけ》でお湯を掬《すく》って身体になじませたあと湯船に浸かる。俺が端によけて座ると、柏樹さんもお湯を身体にかけてから隣へきた。……見たかったけど、うつむいていた。ふたりで入るにはお湯が多すぎたらしく、ざざとあふれて落ちていく。

俺は柏樹さんの右横で膝《ひざ》を抱えており、彼も脚を立てて座っている。狭い浴室におなじ格好でならんで変な感じだ。……修学旅行かな？　少なくとも恋人同士で入浴してるって雰囲気ではない。いっそエロモードになっちゃったほうが、なにも考えずにすみそう……。

クリーム色の浴槽に、緑色のお湯が揺れている。自分の左腕に、柏樹さんの腕が触れそうになる。おたがい黙っている。かすかに外の雨の音が聞こえてくる。

「さとう君は、」

「え、はい」

「……キスを、したことある？」

いきなりソウイウ質問きた。

「キスは、ないです」

キスも、だろ俺。

「そうなの？　おつきあいした子としなかった？」

「おつきあい、したことないんです」

「え、セックスの経験がないだけじゃなくて？」

「はい」と情けなく笑う。柏樹さんが横から俺を見ている。

「幼稚園とか、子どものころのおふざけでもキスしたことないの？」

「ないです」

「友だち同士の冗談とかは？」

「ないですね」

「そうか……」

憐れな奴と思われた……？

「……どうしてですか」

訊《たず》ね返して俺も柏樹さんを見たら、視線を横にそらされた。

「や……。さとう君としたいなと思って。……キスを」

心臓がきゅんと痛んで、温まっているはずの身体に一気に鳥肌が立った。

「し、ますか」

したい、俺も。柏樹さんとキス。

「初めてのキスをもらうのはさすがに申しわけないよ。俺は本当の恋人ではないわけだから」

彼は苦笑している。恋人じゃないと断言されて、今度はずきりと心臓が傷ついた。

「全然、俺、そんなの、気にしませんよ。キスが特別なんて、女の子みたいなこと、ちっとも思ってないから。たまたまする機会がなかっただけで、大事にしてたんでもないし」

だいぶぎこちなかったけど、軽い若者を演じて笑って、誘ってみた。

「よくないよ。あとで後悔させたくない。やめておこう」

でも頑なに拒否される。恋人扱いするって……言ったのに。

「俺が誰かとキスすませてたら汚い唇になってるから、何回キスしようとどんな扱いしようとかまわないってことですか？　それだってひどいよ」

明るくへらへら責めながら、本音もまぜた。「違うよ」と柏樹さんははっきり否定する。

「汚くない。さとう君の唇にキスがしたい。でも俺はあくまで、いずれここからいなくなる、仮の恋人なんだよ。そんな奴に大事なファーストキスをもらう権利はないと思う」

真摯な瞳で真心をこめて、なんでこんなに拒否られているんだろう。

「……わかりました」

そうか。……偽者の恋人は、大事にはしてもらえても、愛してはもらえないんだな。

「でようか」

柏樹さんが浴槽をでてシャワーのお湯をだし、髪を濡らして頭を洗い始める。

俺もでて、隣にしゃがんだ。順番でシャワーをゆずりあいながら髪を洗っているあいだも、行き場のない哀しみが消えなかった。

嘘をついて柏樹さんの恋人になった自分は汚い人間だ。わかってる。俺に彼を責める資格はない。それでもこの真面目さや実直さが憎くなる。

中途半端に現実を持ちださないでほしかった。恋人みたいに愛してるふりしてほしかった。キスしない恋人なんかいないよ。ひどいよ。したいよキス。

「……さとう君、シャワーいい？」

二度目のシャンプーをして泡だらけになっている柏樹さんが、目を瞑ったまま左手をあげてシャワーをちょうだいと合図している。……あ。

「こっちだよ」

「ん？」と顔をあげて俺のほうをむいた柏樹さんの口に、シャワーのお湯をかけた。

「あぷっ」

焦って身をひき、顔の泡を拭おうとする彼の両手を摑んでとめる。そして身を乗りだして、急いで彼の唇に自分の唇を押しつけた。

唇は、驚いて息がとまるぐらいやわらかかった。見た目では想像できないほどぷにぷにの、生きてきて初めて触る感触のもの。それに、ちょっとシャンプーの泡の苦い味がした。

「あっ」

口をまるくあけた彼が、すぐさま泡をこすって目をひらく。俺を見つける。

「……いま、」

「もうファーストキスじゃなくなったよ」

小悪魔っぽく悪ぶって、ひひっと笑った。本当はすごく怖かった。

「駄目だろっ」

柏樹さんは怒っている。

「なにが。何度したって、相手が違えば毎回ファーストキスだよ」

「そうだとしても、初々しいきみを俺だけが知ることになる」

「いいよ」

いけね、まじな声になった。でももうとまらないから、膝立ちになって柏樹さんの首に両腕をまわし、しがみついて捕まえた。

「遠くへいっても柏樹さんだけが知っててよ、忘れないでいてよっ」

怒った顔に睨《ね》めつけられるのも、それを正面から受けとめるのも限界だった。彼の首筋に顔を押しつけて恐怖にじっと耐える。柏樹さんの裸の、濡れた肌が温かい。お湯とシャンプーの匂いと、風呂の熱気に包まれている。

「さとう君……」

ふいに背中を彼の腕に支えられ、俺とおなじように膝立ちになった彼に、口で、唇をぱくと覆われた。食われた、と驚いた。強引に唇の全部を咥えこまれてしまい、一瞬で口内まで舌で支配されていく。

「ん、ンっ」

拒絶していたくせに、柏樹さんは自制の糸を切ったら恐ろしいほど獰猛《どうもう》で、情熱的だった。キスしたいって言ってくれた気持ちは、ここまで切実で、獣《けだもの》めいた烈《はげ》しい欲望だったんだ、と襲われてみて初めてわかった。歯で嚙みつくようにしながら、唇を、大きくこじあけられる。舌を舌で搦《から》めとられて、強く吸いあげられる。嬉しくて幸せで、胸が痛すぎる、苦しすぎる。

離れたと思っても角度が変わっただけで終わらない。後頭部を掌で押さえられて、逃げられないように拘束されたまま、口の端も、上顎《うわあご》も歯列も、忙しなくねぶられる。

俺はこたえかたがわからなくて、烈しすぎる彼の唇の動きについていくこともできなくて、身を竦めて幸せに震えながら翻弄《ほんろう》されるだけだった。浴室内にキスの音が響いてる。柏樹さんの吐息や、荒れた息づかいまでいやらしく感じる。いったんやめて、と焦るのに、離れないで、とも想う。ずっとこのままでもいい。……一ヶ月、このままでもいい。

「……さとう君、」

呼吸を乱す彼に下唇を舐めて吸われつつ、強く抱きしめられた。

「あんまり可愛いことをされると困るよ」

俺の首筋に顔を埋めて渾身《こんしん》の力をこめて抱き竦める。膝が浮く、骨折れる、ほんとに痛い。

「いた……いた、よ、」

血管がはち切れそうなぐらい本気で抱きしめるから、口から内臓まででそう。痛い。しぬ。

「……ここも可愛くなってる」

腕がゆるんで解放されると次はおしりをやんわり摑まれて腰を押しつけられた。……俺のが、勃ってる、って言ってる。

「……柏樹さんのは、格好よくなってる」

ぎんぎんのでかいの。

「格好いいの？」

「うん、漢《おとこ》！　って感じ」

右手を彼の首から離してガッツポーズのかたちにしながら言った。勃つちんこのイメージ。

「ははっ」と柏樹さんは爆笑する。……爆笑した。

「男が勃起してる姿は、大概格好悪いものだと思うよ。間抜けだ」

「そ、かな」

「……さとう君は可愛いけどね」

顔を寄せて囁かれ、どきとしたらそこを握られた。あ、と息を呑んだ唇をまた捕らわれる。

今度は優しくゆるやかな唇と舌に、口腔を味わうようなキスをされた。指先のほうが容赦も、遠慮もなく俺のを撫であげて、根もとから先までかたちをたしかめるみたいにこすってくる。

唇でも手でも求められて、愛されているみたいで眩暈《めまい》がする。

「ン、ん……っ」

だめだ、もうイきそう。

「かしわぎ、さ……でる、」

「待って」

手を離した柏樹さんが、俺に腰を寄せてもう一度握りこんだ。おたがいのをくっつけて握ってる。これ、兜《かぶと》あわせ……？

「あ、ン、ぅ、」

柏樹さんのと自分のがこすれて、摩擦《まさつ》されて気持ちいい……柏樹さんもこんな大きなかたちにさせて、俺に昂奮してくれているのが嬉しい。

劣情が迫りあがってきて、「ひ、ぁ」と怯えたような声をだしてしまったら、彼が俺の唇にキスをしてなだめてくれた。口先にちゅと音を立てるおふざけみたいなキスで締めて、快感に眉をゆがませながら微笑んでくれる。その優しくて格好いい顔に見惚《みほ》れて、イってしまった。俺を追いかけて彼も達する。

……はあはあ、と呼吸を乱して、そろって気怠《けだる》い余韻を持てあました。柏樹さんの手のなかにある性器から、ふたりぶんの白い液があふれて彼の手にもかかっている。

疲れているだろうに、柏樹さんは片手で俺の腰を抱いて支えてくれている。顔をあげたら、また〝しちゃったね〟というふうな情けなさを目尻ににじませつつも、温かく笑ってくれた。

他人の精液なら汚らしいと思うのに、この人が自分に昂奮して放ってくれたものだと思うと嬉しくて、自分でも予想していなかったほどの至福感に襲われて苦しくなった。

柏樹さんの手に触られている部分が熱い。胸から想いがひろがって背筋が痺れる。肩が竦む。愛しさと幸福が身体いっぱいにあふれて、破裂しそうになる。

「さとう君……?」

朦朧《もうろう》としたまま、柏樹さんの性器の先を左手の人さし指で掬って、液を舐めてみた。

「ちょっ、汚い」と彼が慌《あわ》てる。

「汚くないよ」

笑ってしまった。精液は苦かった。体内の塩分を全部凝縮してつくられたような味で、彼の体調が心配にもなる。舌で転がしてみた。ジュースや酒や、薬でも飲んだことのない、血液に近いような濃く生々しい味わい……なるほど体液の風味だ。これがセックスの味……。

「毒を吸いとってあげなくちゃね」

そう言って、苦笑した彼が俺の口に舌をさし入れる。

「毒じゃないよ」と俺も笑って委ねる。

「ちゃんと身体洗ってでようか」

キスの合間に届いた彼の言葉に、うんとうなずいてこたえた。


風呂をあがると深夜二時前になっていた。

「さとう君はおにぎり食べるんでしょう？」と訊かれて「はい」とこたえ、食事が終わるまでふたりで会話しながら身体の火照《ほて》りを冷まそうと決めた。

「そうだ、さっきもらった携帯番号、登録しておかないとな」

柏樹さんも右横で麦茶を飲んで、スマホをいじり始める。

「俺の名字の〝さとう〟って、よくある〝佐藤《さとう》〟じゃないんですよ」

「そうなの？」

『エデン』の名札はひらがなで名前が書いてある。俺も自分のリュックからスマホをとって、柏樹さんのスマホにメッセージを送った。

『佐東《さとう》』とひとこと。

柏樹さんのスマホがピロンと鳴る。

「あ、届いた。――ああ、へえ、〝東〟なんだね。たしかにあまり見ないかもしれない。よく間違われたりする？」

「します。たぶん友だちにもいまだに知らない奴いるんじゃないかな」

『エデン』はシフト表もひらがなだからイサムも知らないと思う。

「あー……そうだね、口頭の自己紹介ですんでる相手なら、下手したら知らないか」

「うん。柏樹さんにも言わなかったら勘違いしたままだったろうし」

「教えてもらってよかった、登録しておくよ。よければ名前も教えてほしいな」

名前を訊くだけでもこの人は〝名前は？〟とフランクに、ある意味不躾《ぶしつけ》に、言ったりしない。よければ教えてほしい――丁寧に距離をつめてくれる紳士さが素敵だと思う一方で、俺なんかにそんな気をつかわなくていいのに、と恐縮もする。

おにぎりを食べる手をとめて、続けて『要』と送った。

「柏樹さん、読んでみて」と、俺はふふっと笑う。

またスマホにピロンとメッセージが届いたあと、確認した彼は「うーん」と俺を見た。

「かなめ？」

「ブブ〜。〝よう〟です。さとうよう」

彼は神妙にうなずく。

「よう、か。名前もちょっとひねりがきいてるね」

「うん。かなめって、めっちゃ間違えられる」

「素敵な名前だよ。響きも可愛いよね、要君《ようくん》」

「君ってなんかこそばいから、呼び捨てでいいですよ」

「そうか、わかった。――要」

俺を見つめて微笑を浮かべながら、彼が俺を呼んだ。知ったばかりの名前を、俺が生まれたときから呼んでいたんじゃ、と錯覚するほど唇になじんだ口調で呼ぶから、顔が熱くなった。おにぎりに視線を落として、呼ばれたのになにもこたえられなくなる。彼が「はは」と笑う。

「丸文字の〝さとう〟っていう名札を見るたびに、甘い感じがしてね。要の印象はずっと甘いお菓子みたいだったよ」

「お菓子っ？　ごりごりの男ですよ」

「ごりごりって、そんなごつくないでしょ」

楽しそうに笑っている。

「違うの、ごりごりってのは〝めちゃくちゃ〟みたいな意味。ごりごりの、ばりばりの男」

「ああ……若者言葉だね」

「柏樹さんも全然若いけど」

「ごりごりの男でも、要は思ってたとおり甘かったよ」

……俺が甘い。

「乳首が？」

「ぶはっ」

これには盛大に吹きだした。ここまでウケるの初めて見る……無邪気で可愛い。

「変でしたか。柏樹さん、このあいだおいしいって言ってくれたから」

「うん……や、そうだね……甘かったね。でも胸だけじゃなくて、性格も優しくて可愛くて、柔軟で、一緒にいると落ちつくんだよ」

俺は柏樹さんといるとどきどきしてまったく落ちつかない。エロいことをした勢いで会話もすんなり弾むようになってきたけれど、相手の目をきちんと見て話す柏樹さんとは見つめあう時間も長いし、俺は返答にしばしばまごつく。それに、柏樹さんが見ている性格のいい自分が、本物の自分だとも思えない。

「そういえば、ラグ、敷いたんですね」

へらっと笑って、おしりの下の芝生みたいなラグに話題を変えた。

「ああ……うん」

ん？　視線をそらされた。訊いちゃまずいことだった……？

「このあいだ要がきてくれたとき、フローリングの上に転がしてしまって痛かったんじゃないかと思ったから。また、おなじことが、ないとも言いきれないので、……うん」

おにぎりを嚙むのも忘れてかたまった。

「……いつ、買ったんですか」

「日曜日だよ」

じゃあ、恋人になるって約束した次の日には、急いでラグを用意して、引っ越し前の部屋に敷いて、俺とまた会うのを期待してくれていた、ってこと……？

「要。明日も会えないかな」

「え」

「一ヶ月しか時間がないから、俺はできれば毎日でも会いたい。幸いおなじアパートに住んでいるし、今夜みたいに短時間でも一緒に過ごせたら嬉しいな。……どうだろう」

もう二時を過ぎた。明日絶対に寝不足で、仕事中も辛くなるはずなのに、こんな日々が毎日続いてもかまわないと、この人は言う。

いつもの真面目な目に戻って、彼は俺をしっかり見つめて返事を待ってくれている。

「……うん。全然大丈夫です。バイトのシフトもちゃんと細かく伝えますね。ラグ、しっかり活用しましょう」

頬と目尻をふわとゆるめて、柏樹さんが破顔する。

「ありがとう要。……ごめんね、夏休みなのにつきあわせて」

つきあわせる。

「そんなふうに、思ってませんよ」

嘘までついて、幸せにしてもらっているのは俺だから。

「じゃあ今夜は泊まっていってくれる……？」

眼鏡をきらと光らせて、甘やかに微笑んで、こんな言葉で誘うのはほとんど脅《おど》しとおなじだ。

嬉しくて罪悪感で胸が痛くて、恋しくて淋しくなる。

「……うん」

無理に笑ってうなずいて、おにぎりの最後のひとくちを頬張った。スポーツドリンクも飲んで喉《のど》の痛みを和らげる。

「おにぎりにスポーツドリンクってあう？」と訊かれて、「ううん、あわない」と正直にこたえたら、「ははっ」とめちゃ笑われた。

「俺の飲んでいいよ」と彼が麦茶のグラスを俺のほうへおく。水分は充分な気分だったけど、頬に笑いじわの浮かぶ彼の優しい表情を見ていたら、ほうけて「うん」と飲んでいた。

「間接キスだね」

冗談っぽく笑って言ったら、「んー……？」と彼も喉で苦笑した。

「違うよ。そうならないように自分が口つけたほうと逆側をむけておいたから」

「え……なんで」

「嫌でしょ？」

「なんで？」

「なんでって、なんで？」

んー……。

「いいよ、間接よりこっちがいいから」

柏樹さんの肩をひいて顔を寄せ、一瞬だけ唇を奪った。怯えながら、ひひっと笑うと、彼は「要ー……」と低い声で怒って苦笑いした。鼻からため息をこぼして、俺に身を寄せてくる。尋問するみたいに顔を覗きこんでくる。

「要は未経験なのに、どうしてそんなに柔軟に受け容れてくれるの？　俺が客だから？」

彼の頬を軽く叩《たた》いていた。

「柏樹さんの恋人だから」

「それは、」

「恋人だから」

「よ、」

「恋人だからっ」

これ以上言うことはない、と頑として目で訴えた。そりゃあ嘘をついてまで柏樹さんを求めている俺も欲望まみれだけど、柏樹さんを救いたい気持ちだって本物なのに〝受け容れるのは客だからか〟って営業活動みたいな言いかたひどすぎる。

「……わかった。そうだね、ごめん。でも俺が本気で要を恋人扱いしたら、要が望まないこともたくさん求めるかもしれないよ」

「望まないこと？」

「たとえば〝制服を着て〟とか。俺、そういうAVをよくレンタルしてたでしょう」

制服……。

「タクマみたいな？　ブレザー制服見たいの？」

「たとえばの話だよ。恋人は特別な関係だから、店員と客だったり、おなじアパートの住人だったりする相手には求めないことも求めるんだよ。とくに男なんてのは、好きな子と今日はアレしたい、コレしたい、っていろんなミッションを自分に課して、悶々としてたりするしね」

「ミッション？」

「今夜俺のミッションはよっつあったんだよ。気づいてた？」

眼鏡のずれをなおして、彼は俺をうかがっている。なにそれ、ミッションよっつ……。

「……毎日会うこととか？」

こたえたら、柏樹さんは小さく笑って俺の額に自分の額をつけ、「そう」と言った。

「要を家に誘って、キスして、泊まってもらって、毎日会う約束をするのが今夜のミッションだった。成功したうえに風呂にも一緒に入れて大成功だったよ。……中学生並みでしょう？」

彼が口のなかで恥ずかしさ半分、おかしさ半分というふうにくすくす笑っている。嬉しすぎて心臓がごんごん鼓動して、顔も身体もカッカする。やばい。

「全然、そんなのいいよ」

「要が俺を甘やかしすぎると、とんでもないミッションが発生するかもよ。怖くない？」

「怖くない」

「……即答したな。参考までに、いま要が思いつくいちばんとんでもないミッションはなにか教えて。俺に要求されて、さすがに困るなって思うこと」

柏樹さんが左脚を俺の背中のほうに立てて、両腕で腰を抱いてくっついてくる。股のあいだにすっぽり入れられて抱かれている。考えたいのに密着しすぎて思考力が鈍る。

「……なにもない」

「なにも？　じゃあ、明日は縄《なわ》と鞭《むち》でも用意しておこうかな」

「え……柏樹さん、Sな人なの？」

痛いことか……と、ごっくり唾を呑みこんだら、ふっと彼が喉で笑った。

「……冗談だよ」

唇にキスをくれる。

「傷つけるようなことは求めない。でも、なにも怖くないなんて簡単に言っちゃ駄目だよ」

「そろそろ眠ろうか」と彼が続けて、微笑みながら背後のベッドへうながしてくれた。

「……ぇ、はい」と応じてふたりで立ちあがり、部屋の灯りを消した彼と一緒にベッドへ入っても、中断された会話がひっかかっていた。

外側に寝た柏樹さんが「アラーム設定しないとな」とスマホをいじり始めて液晶が眩しい。

「柏樹さん」

「ん？」

「SM……しても、いいよ」

彼がスマホを枕の下にしまい、俺のほうへ身体を傾けて薄く苦笑しながら見つめてくる。

「……本当に冗談だよ。世の中にはアブノーマルな性癖もあるんだからもっと警戒しなねって忠告したかっただけ。なんならSMは奉仕の行為で、実際主導権を持ってるのはMのほうとも言える。意味わかる？」

優しく頭を撫でてなだめられた。……なんか、ちょっと難しい。

「柏樹さんがしたいことならしてみたい。怖くないのは柏樹さんだけだよ」

頭にあった手がおりてきて、右頰を軽くつままれた。

「そこまで覚悟して、俺に身体を委ねる約束をしてくれたんだね」

むっときたけど、上手な反論が浮かばない。〝委ねる覚悟〟とか〝約束してあげた〟とか、言葉の微妙なニュアンスが自分の想いとずれていて不快だった。とはいえ、正直な想いを言いすぎれば、ゲイなことも、好きなこともばれて、この関係の全部をなしにされかねない。

なにも言えない。

「……柏樹さんの覚悟は中途半端だと思う」

ひとつだけ文句を言った。

「そうかな。要を大事にしたいんだよ」

「柏樹さんのは、恋人に対する〝大事〟じゃないから。他人に対する〝大事〟だから」

「ああ……」

「俺が〝お客さん〟じゃなくて、柏樹さんの力になりたいって想ったのも、信じてください」

暗闇のなかで柏樹さんのしずかな瞳の、湿った部分がきらめいている。

「……わかった。ありがとう。ならもうすこし要に甘えてみるよ」

微笑んで身を寄せてきた彼が、俺の口にまたキスをして「おやすみ」と囁く。

知らない匂いと感触がする、柏樹さんが毎日寝ているベッド。彼がいることでかけ布団の隙間から冷気が入り、寒い寝心地。それとなく二回もキスをされて、彼の唾液と余韻が残る唇。

おなじ間取りの部屋、おなじ天井、おなじ壁紙なのに、全然落ちつかない。手をのばせば、脚をずらせば、柏樹さんに届いてしまうからきっちりかたまったまま動けない。目の前にいる彼は、目をとじている。

「……日曜と昨日、俺も、会いたかったです」

聞こえないぐらい小声で、寝ている柏樹さんに伝えられれば充分だと想って言った。

けどぱちっと彼の目があいて、唇がまたたく間に甘い弧を描き、暗闇のなかでもはっきりとわかるほど幸福そうな満面の笑顔になった。

左腕で背中を抱いてひき寄せられた。彼はなにも言わないで、胸のなかに俺をしまって俺の脚のあいだに脚を入れて絡めて、そうして眠ってしまった。

彼の胸もとから香る匂いに意識が眩んで、体温が温かすぎて、恋しくて、もうこれは完璧に恋でしかなくて、好きで好きで、俺は部屋に朝日がさすまで眠れなかった。


返却されたディスクを棚に戻し、綺麗に整頓しながら、こっそりアダルトコーナーへ入った。

……アブノーマルって具体的にどんなものがあるんだろ。

柏樹さんが好きな美少年系は、制服、水着、と衣装フェチなものに加えて、集団でレイプ、痴漢、監禁飼育、なんかがある。園児コスプレや、赤ちゃんプレイみたいのも。赤い縄で縛られているSMものもあった。

レイプ、痴漢、監禁……柏樹さんとプレイとして愉しむんならべつに平気だな。

柏樹さんは学生ものと、物語仕立てのものをよく借りていた。恋人たちが旅行にいって浴衣エッチを愉しんだり、同棲しているふたりが寝室や風呂でらぶらぶエッチや、裸エプロンとかの衣装プレイをしたりする幸せそうなAV。……柏樹さんはあのハガキの友だちを思い浮かべながら観ていたんだろうか。旅行にいったり、同棲エッチしたりしたかったな、と妄想して。

「おい、こんなとこにいたのか」

うわ、イサムに見つかった。

「ン、うん。棚整理してた」

「あん？　なんかキョドってね？　ンだよ、気に入ったAVでもあったか～？」

　イサムが隣にきて、にやけながら肩をぶつけてくる。それからディスクを一枚とって眺めて、

「このプレイ、ウケる～」と笑った。……経験豊富なイサムに訊いてみようかな。

「先生」

「なんだ生徒」

「アブノーマルなプレイ……って、どんなのがありますか」

　片眉をあげて「あぶのーまるぅ？」と訝《いぶか》しがる。

「スカトロとか？」

「なっ……た、たしかにそれはアブノーマルだね。……。シたことある？」

「小ならな。さすがに大はねーわ」

「！　小でもすごいよっ」

「そうか？　めっちゃ巧《うま》いおじさまとヤったことあってさ、ヨすぎてでちゃったんだよなー。

　相手も『だしていいよ』ってわざとださそーとして、慣れてるっぽかったけどな」

「ふ、ふーん……」

　……オトナだ。

「スる前にトイレいき忘れただけじゃないの？　気持ちよすぎてでるってあるの？」

「あるよ、潮吹きとかもな」

「え、それ女の人だけじゃなくて？」

「男も吹くよ。きもちーぜ～」

「ま、まじか……それは小とは違うんでしょ？」

「うん。つかおまえめっちゃ興味津々かよ、かーいいな？　ひははっ」

子ども扱いされている。けど反発する気にもなれない。イサム先生尊敬する……。

「アブノーマルかどうかわかんねーけど、剃毛《ていもう》プレイってのもあるな」

「てっ……え、剃るの？　下の？　なんで？」

「パイパンが好きな奴は結構いるよ。おまえ童顔だから見たがる男も多いんじゃね？」

「お、俺のパイパン、剃毛界で人気っ……？」

「ぶははっ、なんだよ剃毛界って」

「小に、潮に、パイパンか……ありがとう勉強になった」

動揺しつつも変な自信がついた……もし柏樹さんに求められても前むきに検討できそう。

「なんのだよ」

イサムがディスクを戻して俺を見返した。

「なんの勉強？」

くり返して真顔になる。……ン、なんかようすがおかしい？

「っと……なんとなく、興味があって。それだけだよ、べつに深い意味はない」

「なんで急にこんなこと興味持ったんだよ」

「なんでって……」

「誰かにシようって誘われたのか？」

低い声で、なおも追及される。

「や……そうじゃないけど」

「なにもきっかけなくて知りたがることじゃねーだろ。男できたんだろ？」

確信的に、怒鳴るように追いつめられて竦んだ。

「ほんと、興味が湧《わ》いただけ」

不穏な空気を明るくしたくて、へへ、と笑ったら、イサムが棚の脚を蹴った。

「――おまえそーいうとこあるよな」

言いおいて鋭い目で俺を睨んでから、のれんを弾いてでていってしまった。


秋の台風の影響で雨が続いている。今日はお客さんもほとんどこなかった。

『要、お疲れさま。今夜は俺も残業だったんだ。だからまた「エデン」の外で待ってるよ』

『お疲れさまです。嬉しいです、いますぐいきます』

柏樹さんと落ちあって、昨日とおなじように歩いて帰った。

コンビニでスポーツドリンクとおにぎりを買い、アパートに着くと自分の部屋へ寄って着がえを持ってから彼の部屋へ。

「……柏樹さん、スーツ姿格好いいですよね」

先にお風呂をすませるためにふたりで服を脱ぐ。

「ん？　要はスーツが好きだった？」

「昨日の普段着も格好よかったですよ。柏樹さんは自分に似合う服選びがうまいんだと思う」

「好みの服を着てるだけだけどな。要が好きなら、スーツで抱こうか」

柏樹さんが俺の腰に右手をまわして抱き寄せてくる。眼鏡の奥の目と目があって息を呑んだ瞬間、悪い大人っぽく微笑んだ彼にキスをされた。……今夜最初のキス。

口をひらかれて、強引に入ってくる舌を受けとめる。柏樹さんは真面目で優しいようでいて、キスは乱暴だ。烈しく情熱的に、奥まで舌をさし入れてくる。

目をとじてしまったからスーツは見えなくて、胸もとや、彼の腕がまわっている腰に、生地のごわつく感触だけあった。それと、雨に濡れた匂いと。

離れると、顔を覗きこんできた彼が大人っぽく微笑んだあと俺を抱き竦めた。

「……今夜は自然にキスしたぞ」

そう言って、俺の背中をさする。

「ミッション……だった？」

「そうだね。昨日よりは恋人らしくするのがひとつ目のミッションだった」

本当に、ちゃんと俺に甘えてくれている。頭も掌で覆われて、顔をネクタイに押しつけられて埋もれていると、彼の心臓の鼓動も伝わってきて幸せだった。スーツと雨の匂い。肌の香り、体温。……俺も彼の腰に手をまわす。

「ほかのミッションは……？」

「ふたつあるけど、まだ内緒にしておこうかな」

入ろう、とうながされて、はい、とうなずいた。けど手は離さなかった。数分間、柏樹さんの身体に縋《すが》りついたまま、彼のぬくもりに心を澄ませていた。彼もなにも言わずに俺のことを抱いていてくれた。

……柏樹さんに会ってまた彼の部屋まできて、とても幸せなのに、イサムのことがひっかかっていた。

――おまえそーいうとこあるよな。

苛《いら》つかせて、仲なおりするタイミングも摑めないうちに仕事が終わって帰ってきてしまった。あの怨言《えんげん》を聞いたとき感じたのは、ああ……イサムにもそう思わせてたのか、という諦念。

いままでずっと他人と信頼関係を築けなかった。中学で先輩の事件を目の当たりにしたあと、俺は自分を偽りながら、他人と距離をとってきたから。

どんなに〝おまえなにも言わないよな～〟とからかわれても〝なんでも言えよ〟と手をさしのべられても、かたい壁を張ったまま絶対に〝本当の自分〟だけは見せずにきた。

たとえば俺は〝友だちの家に泊まりっこ〟っていうのをした経験がない。誘われても断ってきた。だってひと晩一緒にいて相手の裸とか見て勃ったらやばいから。修学旅行も苦行だった。どうにか言いわけをして大浴場に入るのはさけ、ひとりで部屋のお風呂を利用したりした。

親友もいないモブな存在で、しゃべってくれる人とも上辺のつきあい。それでよかった。哀しんだことはない。むしろ気楽だった。下手に親しくなりすぎて好きにでもなったら地獄を見る。どんな地獄かも、俺は知っている。成長して大人になって、自分から心を許せる仲間を探しにいけるようになれば、こんなすかすかの人づきあいも終わるさ、と期待して、やり過ごしていた。そうしたらイサムに会えた。

イサムには素をさらして正直に接してきたつもりだったのに違ったみたいだ。自分を隠す癖が染みつきすぎて、ほかの人たちと同様に壁をつくっていたのかもしれない。

「……要、嫌じゃない？」

お風呂に入って、キスをして、また勃ってしまって、柏樹さんがこすってくれている。

「ン……や、じゃない」

はあ、はあ、と暑い浴室のなかで、必死に呼吸して柏樹さんに身体を委ねる。柏樹さんも、今夜も反応してくれている。嬉しい。……だけどこんなこと、イサムにどう言ったらいいんだろう。イサムは正義感の強い人間だから、一ヶ月だけ恋人になる約束をした、なんて教えたらきっと叱ってくれる。おまけに、一ヶ月云々《うんぬん》ってこと以外にも、俺は深く考えないようにしている問題がひとつある。柏樹さんの彼女のこと。

浮気って話をするなら俺のほうが割りこんでいるわけで、なにか言及できる立場でもないし、下手に彼女の存在を指摘して罪悪感を煽《あお》り、〝終わりにしよう〟と切られるのも嫌だ。

汚くて狡猾《こうかつ》だろうと、俺は柏樹さんの偽者の恋人でいたい。きみに昂奮するって囁きながら俺のせいで勃っている姿を見せてもらえて、言葉でも身体でも、こんなに求めてもらえるのが初めてで、それがこの人で、幸せで、いまだけのこの夢が大事でしかたない。手放したくない。ちゃんと別れるから、夢にしがみつかせてほしい。

このすべてをイサムにわざわざうち明けて苛つかせて、〝おまえばかだろ〟と叱らせてどうする？　うち明けることにはたして意味があるのか……？　それもわからない。

「……要、のぼせてない？　顔が赤いよ」

「ぁ、うん……ちょっと、ぼうっとするかも」

「身体洗ってあげるからしばらく我慢してて」

イったあと、柏樹さんに支えられて全身洗ってもらい、ふらふら風呂をでた。服を着て髪も乾かし終え、部屋に戻って落ちつく。

ガラス戸のむこうにひろがる夜景が雨で濡れている。風も強くてアパートも軋《きし》んでいる。

「食欲ある？」

麦茶を持って戻ってきた柏樹さんが、グラスをテーブルにおいて俺の右横に腰かけた。

俺はおにぎりを前において、スポーツドリンクだけ飲んでいる。

「うん……大丈夫。まだ暑いから、落ちついたら食べます」

へへと笑ったら、柏樹さんが瞼を細めて見つめてきて、左手の甲で俺の右頬を撫でた。

「……無理してるね。ごめん。いやらしいことばかり強要して」

余計顔が熱くなった。

「強要……されたと、思ってないから。気持ちいいことするのは、俺も、好きで、気持ちいいから……気にしないでください」

柏樹さんは手を離さない。まだ俺をしずかに見ている。

「……なら、なにか悩んでる？　なんだか今夜はずっと沈んでるね。……って、こんなこと、訊いていいのかわからないけど」

やばい、心配させてた……？

「いえ、そんな。すみません、大丈夫です」

迷惑をかけたくなくて笑い続けていたら、柏樹さんは唇に苦い笑みを浮かべたまま視線だけ下にさげて、横にながした。

「恋人の、始まりの設定を考えてみようか」

　そして唐突に言う。

「え……始まりの設定？」

「どうしていま俺たちが恋人になっているのか。たとえば……俺は客として『エデン』に通いながら要をずっと気にしてた。可愛いなって見惚れて名前も憶えて、片想いしてた、とか」

　柏樹さんが左手で俺の右手をとり、掌の真んなかを親指で押すようにさする。

「いつもカウンターのなかにいて、聞かせてもらえるのは『ありがとうございます』『またのお越しをお待ちしてます』って店員の決まり文句だけ。だから知りたかった。要の年齢や趣味や生活スタイル。どこで育って、どんな人と出会って、なにを思っていま生きている子なのか。もちろん下の名前も」

　彼の左手が離れて、俺の長袖シャツの、ボタンがふたつはずれた胸もとへ指先をひっかけ、もうひとつボタンをはずした。

「……服を脱いだ姿も見たかった。きみが誰にも見せないような、俺だけに甘えてくれる姿も見たかったよ。それが恋人でしょう？」

　動揺して、彼の色っぽさにも頭が沸騰して、熱くて、声がでなくてうつむいた。

　……どういうことだろう、なんで、設定だとか、こんなこと急に。

「要は？」

「……ぇ」

「要も始まりの設定を考えてみて」

柏樹さんがなにを言いたいのかわからない。言われた嘘も真実みたいに錯覚して、嬉しくて苦しくて、辛くて、ボタンをはずされたのもどきどきして、爆発しそうだ。

「え、と……俺は……」

でもこれは、考えるまでもない。

「俺も……ゲイのＡＶ、ばっかり、借りていく柏樹さんが、気になって……しかも上の部屋に住んでる人で、格好よくて、好きでした。……みたいな」

「俺のことを知りたいと想ってくれてた？」

まるで設定じゃないみたいに、上手な演技で訊いてくる。

「……うん。たぶんおなじアパートに住んでるって気づいてるのは俺だけだから、ここにいること、見つけてほしくて。恋人は無理でも……店員じゃなくて、友だちぐらい親しい関係に、なれたらいいなって想ってた……感じ、です」

「じゃあ親しくなろう、要」

また右手を握られた。

「無理にとは言わないけど、要も店員も友だちもやめて、恋人の俺に甘えてくれていいんだよ。俺はずっと、そうしてもらえることを望んでいたんだから」

手を繋いで、しっかりときつく握りしめられる。

「あの……それ、すごい狡くないですか……」

今夜は、柏樹さんが俺のことを〝恋人になれ〟と責めてくれている。彼の誘導の巧みさに骨抜きになり、胸が締めつけられて、また想いがあふれてきてうなだれてしまった。

当の本人は「狡くないよ」と大真面目に言う。

「俺は自分の悩みを要に聞いてもらって、いま救ってもらってる。おなじように俺も要の支えになりたいんだ。大事にしたいっていうのは、こういう意味だから」

大事にするって、柏樹さんは〝身体を丁寧に触る〟って意味じゃなくて〝気持ちの面でも支えあいたい〟という思いで言ってくれていたってこと……？

どうしよう……そんなの困る。親友もいないんだよ。恋人も、もちろんいたことなかった。心まで支えて大事にしあう関係なんか知らないのに、知ってしまったら俺どうなるんだろう。こんなこと言ってくれても、帰っちゃうんでしょう？　結婚するんでしょう？　……それとも努力すれば、京都へいっても、友だちになって繋がりは保ったままでいてくれるかな。

「……友だちと、ちょっと喧嘩しちゃったんです。それだけ」

「喧嘩？」

甘えすぎないように、と自制しつつも、吐露させてもらえただけで心が軽くなるのを感じた。

はい、と明るく苦笑してドリンクを飲み、空気を変えるためにおにぎりも包みからだす。

「友だちって、もしかするとあの『エデン』の金髪の子？」

「え、そうです、イサム。憶えてますか？」

「目立つ子で、要が仲よくしてたから憶えてるよ。だいぶタイプが違うようだけど、ふたりでよく楽しそうにおしゃべりしてるよね」

「すみません、仕事中に……」

身を窄《すぼ》めて、苦い気持ちで頭をさげた。おにぎりを囓《かじ》る。

「イサムは外見は派手でも、強くて、正しくて、なにもかもが格好いいんです。俺は正反対」

「正反対かな」と彼は俺のほうへ自分の麦茶のグラスをおく。おにぎりと一緒に飲んでいいよ、みたいに目でうなずくから、俺も恐縮してすこし笑い、ひとくちいただく。

「柏樹さんは、自分のことって他人になんでも話せますか」

彼が「自分のことかー……」と考える。

「なんでも、となると相手を選んでしまうかもしれないな。内容によって、言いづらい相手と言いやすい相手がいるよ。ゲイAVをレンタルしてたことだって、会社の同僚や学生時代からの友人には隠してる。けど要にはばれていた……というか、そっち側から知りあっているから、長年の悩み事全部さらけだせたよね。誰にも相談できなかったことを要は聞いてくれた」

優しい表情で、こんなときにも彼は俺を立てて気づかってくれる。

「ううん、聞かせてくれてありがとうございます。……うん、言える相手かどうかっていうのはやっぱり大きいですよね。俺、言わないことに慣れちゃって、隠す必要のないイサムにまで上辺のつきあいしてたみたいで……知らないうちに傷つけて、怒らせたんです」

……そうか、と柏樹さんが温かな相づちをくれた。

「要が隠す必要のない相手だと思ってるなら仲なおりできるよ。頼るタイミングを間違えてしまっただけだ。俺は要以外に頼る気がないから、たとえば会社で〝どんなDVDをレンタルしてるんだ、映画だけじゃないだろ正直に言え〟って追いつめられたら泣く自信があるしな」

「ふふっ、なんでそればっか……」

思わず吹いたら、柏樹さんも笑った。あ……柏樹さんいま、ほっと安堵の顔をした。

「要にはこのネタがいちばん説明しやすいからね」

「そうかもしれないけど……」と笑いあっておにぎりを食べていたら、ようやく具がでてきた。

コンビニのおにぎりって、食べすすめないと白飯と海苔《のり》の味しかしない。今夜はおかか。

「……明日、イサムともっかい話してみます。柏樹さんに聞いてもらって、勇気でました」

「ン、よかった」

柏樹さんに悩みを共有してもらって、迷いを肯定してもらうだけで、心が救われてしまった。

さっきまで暗く悶々と沈んでいた自分が、もういない。かわりに柏樹さんがいてくれている。

俺の未熟さや汚さを知っても軽蔑したりばかにしたりせず、温かく寄り添って、わかるよ、と
言ってくれる味方の柏樹さんが。

「俺、人の家に泊まるの、柏樹さんの部屋が初めてだったんです」

さらに調子に乗って、こんな情けないこともうち明けた。

「え……そうなの？」

柏樹さんは目をまるめている。

「うん。たぶん親しい友だちがいたら、そういうことってしますよね」

「や、まあ……」と柏樹さんが言葉をにごして、眼鏡のずれをなおしながら麦茶を飲む。

「……すみません、残念な奴で」

失敗したかも。……甘えすぎた。

「いや、なんていうか……要の無防備な姿を知ってるのが自分だけっていうのは嬉しいよ」

え。

「喜んでくれるんですか」

「要が淋しい思いをしてきたのならそれは心配だけど、恋人としては嬉しいね。風呂あがりのこんな格好も、寝顔も、ひとり占めしてるんでしょう？　俺が」

面食らってしまった。

「……寝顔とかなら、修学旅行なんかで、クラスメイトに見せる機会はあったかも」

つい彼の気持ちを試すようなことを言った。

「ああ、ひとり占めは言いすぎか。修学旅行か……。ちょっと悔しいな」

でも眉をゆがめて苦笑いしてくれている。……これって、恋人の演技？　どこまでが嘘で、どこからが真実なんだろう。わからないのに心が勝手に喜んで弾んでしまう。

「要はきっと、自分の心も相手の心も大事にする子なんだろうね。なんでも話すのは信頼とも言えるけど、相手によっては不躾にもなる。最近の子ってすぐ〝重たい〟って言うでしょう。他人の個人的な事情も〝重たい〟って簡単に拒否反応をしめす。関わりたくない、みたいに。要はそれをわかってるから、迷惑をかけない相手を慎重に選んでるだけのことじゃないかな。決して悪いことじゃないよ。怒ってくれるイサム君みたいな子に頼るとこから始めればいい」

真面目な柏樹さんらしく、切々と語って俺の悩みを和らげようとしてくれている。

嘘か真実かはともかく、この人の言葉が本心なのはわかる。一ヶ月間こうやって心の根まで大事にされて包まれてしまったら、本当に俺、どうなるんだろう。

「……ありがとうございます。俺の短所、柏樹さんが全部長所みたいにしちゃうのびっくり」

照れくさく笑いながら、おにぎりの最後のひと欠片《かけら》を食べて麦茶をもらった。

「自分の価値観だけが正しいわけじゃない、ってことだよ」

しんみり言って、彼は右横から俺を眺めている。

「横になろうか」と誘われて時計を見たら、また今夜も深夜二時を過ぎていた。焦って「はい」と立ちあがる。

「先にどうぞ」とうながされて、灰色のふっくらしたかけ布団を持ちあげ、横になる。リモコンで部屋の灯りを消した柏樹さんも、あとから俺の左横に入ってくる。

「……今日もこんな遅くまですみません。柏樹さん、寝不足ですよね」

「大丈夫だよ。要と会えなくなるほうが辛いかな」

タラシなんじゃ、って疑いたくなるぐらい、柏樹さんは口がうまい……。

ふたりで仰むけの体勢で天井を眺める。俺の一〇三号室と柏樹さんの二〇三号室はアパートの端の部屋で、ベランダ側のガラス戸の横に外灯がある。自分の部屋からだと感じなかったけれど、柏樹さんの部屋はその光が入って明るかった。天井にも白い光の影がさしている。

……左腕に、柏樹さんの右腕がすこしついている。このふわふわなかけ布団は羽毛なのかな。足もとのシーツがまだ冷たい。まるくなって眠りたくても、なんだか体勢を変えるのも緊張する。昨日から続くこの添い寝の状態に慣れない。

柏樹さん寝たかな、と枕に髪がこすれる音を抑えつつ横をむいたら、ぱちと目をあけた彼もこっちをむいた。

「……あ、すみません」

反射的に謝った俺を見て、柏樹さんが唇をくいとあげて笑う。身体ごと俺に傾ける。

「もしかすると昨日も緊張してた？」

……ばれてる。

「うん……考えないようにしてて、でも、あんまり眠れませんでした」

「俺もおなじだよ」

嘘だ、と心のなかだけで反論した。緊張のきの字もない余裕の笑みを浮かべてるもん。

「疑ってるな……？」

あぅ、顔にでてた……？　目をそらしたら、ふふと笑われた。

「要。俺のことも名前で呼んでいいよ」

名前……。

「……透、さん？」

「え、透……？」

「もっと対等に、呼び捨てでもかまわない」

「うん。ぐっと恋人らしくなれたね」

透……とおる……。え、無理。

「〝透さん〟で許してくれませんか」

「さんづけはどことなくアダルトじゃない？」

「な、なにが」

「恋人っていうより、愛人っぽい」

あ……愛人って。

「あだ名とかは……」と提案しかけたら、即座に「〝とーさん〟〝とーちゃん〟はやめてね」とつっこまれて笑ってしまった。〝カッシー〟はあれだしな……。

「〝透〟って……馴れ馴れしく見下してるみたいで呼べないです」

「俺が〝要〟って呼んでるのも見下しだと思ってる？」

「……ううん。でも柏樹さんは歳上で、違和感も嫌悪感もないからいい」

「歳の差は問題にしたくない。俺は呼び捨てがいいけど、無理なら諦めるよ。要にまかせる」

俺も柏樹さんのほうへ身体をむけて、右手で彼の肩を叩いた。

「そんな言いかた脅しだよ」

柏樹さんも笑った。

「脅してないよ、ちゃんと妥協してるでしょう？」

なんかもうほんと誘導上手で憎い……。

奥歯を噛んでむっとしていたら、彼は唇で笑んで左手の人さし指を俺のシャツの胸もとのところへかけた。彼がみっつめのボタンをはずしたところ。

「……ここが色っぽくて、さっきからずっと気にしてる。俺みたいないやらしい奴、見下していいんだよ」

指を入れて、左側の乳首をやんわりつままれた。「ンっ」と驚いて声を洩らすと、すぐに手を離して身体を寄せてきた彼に抱きしめられた。柏樹さんの胸に顔を押しつけられて苦しい。

「……。……とおる」

「うん」と嬉しそうにこたえてくれるけど、口にはなじまない。

「じゃあ……いやらしいことされてるときだけ呼び捨てにするね」

そう言って顔をあげたら、「はは」と笑う彼の笑顔が間近にあった。

「それが要の妥協案か、なるほど。ならいやらしいことし続けて、慣れてもらうしかないな」

今夜は我慢するから明日胸を吸わせて、と囁いて求めてくれる。赤面して、ン、とこたえて、こんなエッチな言葉で、明日も会う約束をきちんと結んだ。

「……要がたまにタメ口になるのも、可愛いと思ってるよ」

「それは、馴れ馴れしいじゃないですか」

「甘えてくれてるみたいで可愛くて嬉しい」

左手で、うしろからしっかり頭を包まれる。甘えることは、面倒じゃなくて嬉しいの……？

「……要のようすがおかしいのは感じていたのに、風呂で触って本当にごめんね」

落ちついた誠実な声音で、改めて謝られた。

「ううん、それは俺も、ほんと、気持ちよかったから……キスのとき先に勃てたの俺だし」

昂奮しすぎたのは俺で、柏樹さんが俺に触ってイかせてくれたのは、いわば応急処置とか、治療、だったと思う。

「俺のほうこそ、透さんのミッション、クリアさせてあげられてましたか」

まだふたつあるって聞いていた。

「ひとつは呼びかただよ」

彼がくすくす苦笑する。

「もうひとつは……また明日でいいかな」

クリアしなかったものもあるらしい。俺のせいだ。

「明日はそのミッションと、胸、しましょう」

口のなかで苦笑を続ける彼に抱き竦められる。背中にある彼の腕が徐々に俺の身体を縛ってきて、背骨を折ろうとしているんじゃないかってぐらいぎりぎりきつく締めあげ始める。これ、昨日もされた、血管が破裂しそうな痛いやつっ……。

「い、いた……よっ」

昂奮してくれているのが伝わってきて嬉しいものの、めちゃ痛苦しい。

「修学旅行でもこういう寝かたはしなかったよね？」

くっついて寝るようなこと……？

「うん、ない。他人と抱きあって寝るわけないよ」

顎をあげられて、閉じたままの唇をばっくり食べられた。吸われて離れて、やわらかい布団に隠れて包まれて、顔を至近距離につけて彼が嬉しそうに微笑んでいる。

「おやすみ要」

……呼び捨てにこだわったのは、俺に彼女とおなじ呼びかたをされたくなかったからかな。

「おやすみなさい。……透」

アパートをでて、うららかな日ざしを浴びながら笑いあい、親しげに歩いていく柏樹さんと女性の姿が脳裏を過る。透さん、と呼んでいた彼女の声が頭に痺れて響き渡る。

今日は昼のシフトだった。木曜の日中で、店長とふたりだけ。イサムは夜のシフトで、六時に俺と入れ違いに出勤してくる。

思えば、心を許さない俺に真剣にぶつかってきてくれたのもイサムが初めてだった。イサムには俺もむきあいたい。親友になって長く深くつきあってほしい。けど友情を育むことをさけ続けてきたせいで、心を抉《えぐ》りあう喧嘩や仲なおりのしかたもわからないから緊張する。

幸か不幸か、『エデン』の仕事は楽なぶん自分の世界に浸る時間もたっぷりある。イサムがきたらスタッフルームで捕まえて、こう切りだして、こう言われたらこう返して、でもこうきたらどうしよう、とついついシミュレートに耽《ふけ》ってはらはらし続けていた。

ところが六時十分前に、イサムは店に客としてやってきた。イサムに似た、派手な外見の友だちをふたりもひき連れて。

「新作ならこっち、旧作ならあっちの棚にあんよ。うち客少ないからさ、新作もいつも一個か二個は残ってんの。返却待ちとかねーのよ。だもんで好きなの選んどいて。AVでもいーぜ、それはあっちののれんのとこな。おめーらはよくご存知だろ～？」

……シミュレートって役に立たない。何百通り、何千通り、と予想していたとしても、だいたいそれ以外の百一個目、千一個目のことが起きるのが現実だ。

店内ががらんとしているせいでイサムたちの会話は筒抜けで、今夜仲間のひとりの家に泊まって遊ぶらしく、イサムだけバイト後に合流する、というのも知ってしまった。……泊まり。

「この映画、予告が面白そうだったよな」とひとりがディスクをとると、イサムが「あ、それつまんなかったよ。レンタル料金すら無駄って感じ。映画館いった奴がかわいそーになったわ」と笑い、もうひとりに「イサムって意外と映画鑑賞とかしちゃうタイプだよな。履歴書に〝趣味映画鑑賞〟って書いちゃう系」と茶化される。

「おまえらなー、俺、結構芸術好きな文系だからな？」

「数字弱いから理系って言えねーだけだろ。そんなら俺も〝趣味読書〟の文系だわ」

「そーだな、エロ本も立派な読書だな」

「そこは漫画でいーだろ、なんでエロ本だよ」

「結局漫画かよっ」

あははは、とげらげらばか笑いする声が店内に響く。すごく、仲よさそう。

イサムはたまに、バイトのあと迎えにくる友だちや恋人と親しげに帰っていくけど、こんなふうに会話の内容がわかるほど『エデン』の外での姿を目の当たりにしたことはなかった。

……なんだか胸がもやもやする。

「あ、ほんじゃ俺そろそろ仕事だから。おまえら映画選んだらカウンター持ってこいよな」

イサムの声を聞いて、俺も仕事が終わりに近づいているのを思い出した。

店をでて裏口へまわっていくイサムを尻目に、自分も店長に頭をさげて退勤の挨拶をしてからスタッフルームへむかう。

イサムと自分がスタッフルームに入ったのは同時だった。もやもやした謎の不快感と喧嘩の緊張感が整理できず、ぎこちなく目をそらしたままロッカーの前へいく。

イサムも右隣のロッカー前で、荷物をおいてエプロンをつけ始める。なにも言わない。けど盗み見る横顔が不機嫌そうだから、怒っている……と、思う。

「……イサム、あのさ。……昨日、ごめん」

返事はないし、イサムは聞こえていなかったみたいに着がえを続けている。ぎりり、と胸が痛んだものの、いま話さなきゃいけないのは自分のほうなので、しつこく口をひらく。

「説明、難しいんだけど……数日前ある男の人から〝性指向がわからない〟って悩み聞かせてもらって、一ヶ月間の約束でつきあい始めた。その人結婚したがってて、彼女もいるっぽい。でも、俺はもう、好きになっちゃってて、幸せな想い出もらいながら、手助けできたらなって思ってて……なんか、変な関係で。イサムにうまく報告できなかった。……ほんとごめん」

エプロンをつけ終えたイサムが、ばんっと音を立ててロッカーを閉めた。中央の長テーブルの上にこっちをむいてどかりと座り、椅子に左脚を乗せる。

「一ヶ月ってなんだよ」

ドスのきいた不愉快そうな声ではあれど、会話にこたえてくれた。

「……その人、転勤でこっちにきてただけで、一ヶ月後に帰るんだよ」

俺もエプロンをしまい、リュックをだしてロッカーを閉める。イサムにむかいあう。

「で？　地元帰って結婚したいのにゲイだったら困るから恋人遊びしてくれって？」

「うん、そう」

「それセックスこみだよな、もちろん。性指向知りたいってそーいうことだもんな」

「……うん」

「で？」

「え」

「で、なんだよ。それだけ？」

それ、だけ……って、なんだろう。なにを言わなきゃいけないんだろう。それだけだよ、と会話を終えたら余計不機嫌にさせるのは一目瞭然《いちもくりょうぜん》なんだけど、イサムが俺になにを言わせたいのかわからない。えっと……ええと……。

「……悪いところはなおすから、またなにかあれば叱ってほしい。イサムと仲なおりしたい」

「カッシーだろ」

イサムが言い放った。

「そのクソ野郎はカッシーだろ？　なあ」

脚で椅子を傾けて弄びつつ、苛ついた口調でイサムが続ける。

「なんでそこは黙ってんだよ。AV借りてた男に利用されてんのが恥ずかしいのかよ」

確信して断言してくるから動揺した。唇を噛んで、意思を保つ。

「……柏樹さんを、恥ずかしいと思ったりしないよ」

「じゃあ言えよ。俺おまえがゲイって知ってんじゃん、なにが嫌なわけ？」

「嫌なこともない」

「だったらなんだっつんだよ。カッシーのことはずっとふたりで話してきただろ。『またAV借りてったな』って噂してたじゃん。つきあいだしたんなら教えてくれてよくね？　え、なに、それとも俺が〝カッシーどんな人だろうな〟とか言ってたの腹ンなかで嗤って聞いてたの？　高みの見物？　そうやって自分以外の他人のこと全員上から目線で見下して楽しんでんの？」

「違うっ」

「ひとりで澄まして大人ぶって？　自分に価値のある奴にだけ心ひらいてんの？　大人だから、俺みたいなばかそうなバイト仲間は仲よくする価値もねーってか」

「そんなわけないだろっ」

「なくねーよ！」

イサムが椅子を蹴った。

「なくねーわ！」

がたん、と椅子がロッカーにぶつかる。

「おまえ、他人が自分のこと話しても自分はほとんど言わないよな。ずっと一線ひいてつきあってるだろ。にこにこ笑顔で本心隠してやがる。それ『エデン』でだけ？　大学の友だちにはなんでも話してたりすんの？　俺はうぜーの？」

休みなくイタイところ全部を責められてショックで戦慄《せんりつ》し、否定の言葉がうまくでてこない。リュックを持つ自分の両手が震えている。……情けなさすぎだろ。イサムが怒っているのは、俺を求めてくれているからだって、ちゃんとわかるのに。

「……言わなかったのは、柏樹さんのプライベートなことまで、言わなきゃいけなくなるからだよ。あと、一ヶ月だけのつきあいとか……そういうの、イサムは、叱ってくれると思って。それが申しわけないのと、怖いのとで、」

「わかったよ、おまえは俺よりカッシーとの仲を守りたいわけだろ。俺がこうやって〝話せ〟って騒ぐのも鬱陶《うっとう》しいんだよな？　悪かったよ、じゃーな。カッシーと仲よく勝手にどーぞ」

イサムがテーブルからおりて、店のほうへ歩いていく。

「待ってよっ」と焦って、咄嗟に腕を摑んでひきとめた。ふりむいたイサムが恐ろしい形相で俺を睨んでいる。でもいかせられない。

「……中学の、先輩の事件のあと、ずっと、自分のこと隠してきたよ。そうしなきゃ辛い目に遭うってビビってて、他人と関わらないほうが楽で……そのかわり、親友っていうの、ひとりもいたことなかった。大学でもそう。俺が素で、初めて正直に接せられたのイサムだけなんだ。本当に。……高みの見物なんてつもり、なかったけど、そう思わせてたんなら謝る。ごめん。柏樹さんだけ大事に、想ってるわけじゃないのも本当だよ。だけど、どうすればよかったのかわかんない。どうすればよかったのか、教えて」

「知んねーよそんなの」

「え」

「正解なんてねーんだよ」

　左手で首を絞めるみたいにして顎を摑んで上むかされた。そのまま身体をうしろに押されて、背後のロッカーにばんっと押しつけられる。

　間近で睨まれて、息も……苦しい。

「……おまえ、俺がデリホスしてたバイって教えたとき、神さま見るみたいな目ぇしたよな。憶えてるか？」

「か……？」

「俺もおまえだけだったんだよ。自分のことほんとに受け容れてくれた奴」

　イサムの尖った目の奥が温かい。

「俺のしてたこと知ると、ほとんどの奴が嗤って軽蔑《けいべつ》したり偉そうに説教たれたりしやがる。〝おまえ誰とでも寝るもんな〟〝セックス依存症じゃね〟〝ろくな大人になれないぞ〟ってな。童貞も処女も、自分しか愛せねー頭ぱっぱらぱーのばか野郎もだ。仲よさげにしてる奴も裏で俺を見下してっけど、ひとりの人間をまじで愛して本気のセックスしたこともねーケツの青いガキに限って、堂々と俺を嗤うんだよ。でもおまえは俺を欲しがってただろ」

イサムの目力に突き動かされて、「……うん、」と、うなずいていた。そのとおりだった。イサムの過去を教わったとき、長年のどうしようもない苦しみから救われた、と思った。

「俺もだ。おまえみたいに対等に扱ってくれる友だちが欲しかった。ウンメーってやつだよ」

「うんめー……」

イサムがなおも強く俺を睨む。

「カッシーのプライバシー守んのも正解だよ。べらべら話すことじゃねえよな。でもじゃあ、おまえカッシーがいなくなっても俺に黙ってひとりで泣くの？　誰の慰めもいらねーの？」

柏樹さんが、いなくなったら……。

「恋愛なんてさ、ああした、こうした、こうしてくれた、って人に聞いてもらってるときだって楽しいじゃん。親友だと思ってんなら言えよ、茶化してやるから。一ヶ月思いきりレンアイ楽しめよ。そんで捨てられても俺がいてやるよ。淋しいって言っておまえどうせ泣くんだろ？　好きって告白もしないんだろ？　そんな初恋なんだろ？　それ死ぬまで抱えてくの？　坊さんかよ、あほか。ばかにしながら俺も一緒に哀しんでやるから、なんでも言えよ。頼って縋れよ。それが親友だと思ってるよ、俺は」

泣く、とはっきり自覚しながら、目から涙があふれてぼろぼろこぼれだすのを感じていた。恥ずかしくて笑うのにとまらない。拭っても落ちてくる。

涙って、辛いときだけでるんじゃないんだな。優しくされて、嬉しさに苛まれて苦しいときも迫りあがってくるんだな。

「ありがとう……ほんとは、ひとりじゃ辛い。柏樹さん優しすぎて、恋愛かもって勘違いしそうになって、淋しい。苦しい。……イサムに一緒にいてほしい。柏樹さんとの楽しいことも、嬉しいことも、聞いてほしい。別れたあとの、辛い気持ちも、聞いてほしい。それでも、面倒くさがんないで、親友でいてほしい」

「とんだ欲しがりやさんじゃねーかよ。ばーか」

イサムも笑って、俺の頭をわしわし掻《か》きまわす。

「いーな？　そーゆーの俺には我慢する必要ねーの。わかったな？」

「……うん」

「好きだぜ、要」

イサムが白い歯を覗かせてにっかりと無垢に笑う。

「……俺も、イサムが好きだよ」

涙声で俺も笑ってこたえたら、イサムにキスされた。

ははっ、といたずらっぽくはしゃいで笑うイサムを見ていて、俺も笑った。親友と、一緒に笑えた。なんか青春映画っぽい……、と感動しながら、ふたりでずっと笑い続けた。もう一度、涙を拭う。

『お疲れさま、要。もう家に帰ってる？』

『お疲れさまです、帰ってます』

『俺もあと三分ぐらいで着くよ。約束したお稲荷《いなり》さん買ったから、着いたら迎えにいくね』

『はい、待ってます』

スマホから顔をあげて息をつき、自分の部屋を見まわす。

……朝は出勤する柏樹さんと部屋をでたあと、自分の部屋に戻ってバイトへでかけてはいるものの、数時間ゆっくりしたのはひさびさだった。柏樹さんと一緒にいたいのも本心ながら、長時間だと緊張して疲れるから、自分の部屋でひとりになる時間も欲しい。落ちつく。

柏樹さんは火曜以降、会社以外の時間をずっと俺と過ごしているけど疲れないんだろうか。今朝も、俺が今日のバイトは昼だけだと教えたら『一緒に夕飯を食べよう』と誘ってくれた。『会社のそばにお稲荷さんがおいしくて有名な店があるから、買って帰るよ』と。

ノースリーブの上にパーカーを羽織って、スエットのポケットにスマホと鍵を入れる。完璧な部屋着だけど毎晩のことだからいいよね、と鏡の前で整えていたら、ピンポンと鳴った。

「はい、こんばんは」

相手はわかっていたからインターホンにはでずに玄関のドアをあけて挨拶した。雨に濡れた柏樹さんが立っている。

「こんばんは要。いこうか」

笑顔の彼は髪も湿っている。……今夜も格好いい。「はい」とこたえて、部屋をでた。

台風はひどくなるばかりで、遠くでは数十年ぶりの記録的な雨量になり、被害もでている。階段をあがって通路を歩いているあいだも雨に殴られ、「雨困りますね」「秋はしかたないね」と話して、避難するように彼の部屋へ入った。

「要はもう風呂すませた？」

「はい、今日は入りました」

「そうか。俺も先にすませていいかな、だいぶ濡れた」

「もちろんです、温まってきてください」とこたえてふたりで奥の部屋へすすむ。

「これ、お稲荷さんだよ。お吸い物も買ったからあとで用意するね」と柏樹さんがテーブルに包みをおき、俺も「ありがとうございます」と楽しみに思いながらいつもの席へ座る。それで、柏樹さんがスーツの上着をかけて、ネクタイをはずしてから浴室へいくのを見送った。

なんとなく、こう……ふたりで風呂に入っていやらしいことをすると、よそよそしさが消えて会話もスムーズになる傾向があるように思うんだけど、今夜は大丈夫だろうか。

暇つぶしにゲームでもしようとスマホをだして遊んでいたら、イサムからメールがきた。

『雨すげえよ、俺帰れっかな〜。おまえのとこはカッシー帰ってきたか？』

親友と恋バナっぽいメールしてる、と面映《おもはゆ》くなりながら返信する。

『お疲れ。帰ってきて、いま柏樹さんの部屋だよ。柏樹さんはお風呂入ってる。この雨だと、「エデン」もお客さんこないね』

『うん、暇すぎ。店長がはやく閉めっかなーってさっきから悩んでるわ。でも店閉めても雨が弱まるまで帰れねー。おまえはカッシーとセックスしてびしょ濡れか』

『友だちの家いくんでしょ？　困るね。柏樹さんとはそこまですごいことしてないよ』

『ねーの？　一ヶ月なんてあっという間だぞ』

返信する指がとまったところで浴室のドアがひらいた。柏樹さんがお風呂をでたっぽい。

「要、麦茶飲む？」と声が飛んでくる。「あ、はい」とこたえたら、しばらくして身支度を整えた彼が麦茶のグラスをふたつ持って戻ってきた。

「ごめんね、お腹空いたよね」と電気ポットとお椀《わん》も持ってきて、インスタントのお吸い物の粉を入れてくれる。俺も手伝った。俺がお椀にお湯をついで、彼がお稲荷さんの包みをひらく。

「わ〜ほんとにおいしそうですね」

「うん、おいしいよ」

小さなまるっとしたお稲荷さんが包みのなかにずらっと十二個ならんでいる。

柏樹さんと一緒に割り箸《わばし》をわって手をあわせ、「いただきます」と笑いあった。彼がお吸い物をすすってからひとつ口に入れるから、俺も真似してお吸い物と、お稲荷さんをいただく。

「あ、お揚げが薄い」

噛るとぴりりと繊細に千切れて、咀嚼《そしゃく》したら口内に甘みがほんのりひろがった。酢飯との味のバランスもとてもよくて、すごくおいしい。

「お稲荷さんって甘すぎてしんどいときあるんだけど、これはお揚げが薄いから甘みがべったりしてない。こんな食べやすいお稲荷さん初めて。めっちゃおいしいです」

「はは、気に入ってもらえてよかった。ほんと人気なんだ、よく店に列ができてて」

「えーそんなに。でもわかるかも。この味知ったらたまに食べたくなる」

柏樹さんも嬉しそうに頰をふくらませて食べている。

「テレビつけなくて平気？」と訊かれて、「はい平気」と言ったら、テーブルにおいていたスマホをちらっと見られた。

「携帯ゲームでもしてた？　要もそういうのする？」

「あ、うん、するけど……毎日ログインしろって感じのは長続きしないです。ノルマもない、暇つぶしに活用できるのだけたまに」

「ああ、わかる」

「柏ぎ……透さんもゲームするんですか？」

名前を間違えたせいか、一瞬〝言いなおしたな〟みたいににやと笑われた。俺もはにかんで〝すみません〟というふうに唇を軽く嚙む。

「ゲームは要とおなじだよ。イベントが続いて追いつかなくなるとやめてしまう。普段は電子書籍ばっかり読んでるな。新聞とか小説、漫画」

「漫画も？」

「うん、漫画も読むね。学生のころ愛読してた雑誌が電子になったながれで」

ふうん……二十七歳ってもちろん自分より大人だけど、父親世代ほど価値観に違いもなく、お兄ちゃんってぐらいの近い感覚で娯楽も共有できるのかな。

「じゃあどうして、ＡＶをレンタルしてたんですか？」

ごふ、と柏樹さんが吹いた。ちょうどお稲荷さんを頰張ったところで、喉につまらせて麦茶を飲む。俺は笑ってしまう。

彼から「いい感じに会話がすすんでたのに、いきなりそれ……」とぼやきがこぼれてくるともっと笑えた。やっぱり柏樹さんも、エッチなしでスムーズに会話できるだろうかって緊張してくれてたみたい。こういうところがおなじなのも嬉しい。

「映画を配信で観られるいまは、『エデン』もお客さんが少ないんですよ。AVも、ネットで購入する人が増えてると思う。でも透さんはレンタルし続けてたから」

柏樹さんが咳払《せきばら》いして喉の調子を整えてから、また口をひらく。

「ネットでアダルト系のものを購入するのは怖いな。機械に疎いほうではないけど、ウイルスとか架空請求とかアダルト系のトラップには詳しくないしね」

「いっそネット通販で買っちゃえばよかったんじゃ」

「所有するのも抵抗があったんだよ。ヌけないコレクションばかりたまって処分に困る」

「あー……レンタルならトラップはないうえに、ヌけなくても手放せていいんだ」

「そう。可愛い店員さんにも会えたしね。AV好きだと思われるのは恥ずかしかったけど」

誰のこと？　と一瞬混乱した。俺だ。照れくさくて、彼が微笑んで麦茶を飲んでいるようすも格好よくて、恨《うら》めしい。

「……透さんは、タラシのけがありますよね」

「っ、ひどいな」

喉で苦笑した彼が、お稲荷さんの新しい列のひとつ目を食べる。俺はお吸い物を飲んでワンクッションおいたあとふたつ目のをとる。彼より先に列を崩して、ばくばく食べるのは抵抗があるからそれとなく。

「要は映画が好きで『エデン』でバイトを?」

「あ、好きだけど、俳優とか旧作にすごい詳しいわけじゃないです。興味があるのを観る程度で。バイトを探してたときに、『エデン』はアパートから近くて店内の雰囲気もいいなって、そっちに惹かれて選びました」

「ああ、たしかに『エデン』は雰囲気もいいね。いつもお洒落な洋楽もながれてる」

「あれ店長の趣味ですよ。店長は映画も好きだし、レンタルショップにこだわりっていうか、思い入れみたいなのもあって、お客さんが少なくなっても続けたいんですって」

「そうか……夢のある人なんだね。素敵だな」

「透さんは夢ってありますか?」

柏樹さんが「うーん……」と唸りながら、ふくらんだ頰のなかでお稲荷さんを咀嚼する。

「……子どものころは、野球選手になりたかった」

「え、スポーツマン?」

すごい、と驚いたら、柏樹さんは眉根にしわを寄せて「いやいや」と苦笑した。

「全然才能なくて高校の部活どまり。夢だったたって偉そうに言うからには、甲子園にいったとかあれば格好ついたのにね」

横顔が、どことなく物憂《ものう》げに感じる。会話を続けていいものかと逡巡《しゅんじゅん》しつつ、「怪我した、とか……?」と控えめに訊ねたら、「全然」と手をふる。

「そういうスポ根漫画っぽいエピソードもない。単に野球のセンスと才能がなかったんだよ。まあ、それも辛かったけどね」

センスと才能……野球はテレビで観るぐらいで、学校の授業程度の経験しかない俺にはなにが長《た》けていればセンスと才能があると見なされるのかわからない。ただ、才能のなさに苦しむ感覚は、すこしわかる。

「それも、後悔っていうか……ずっと心にひっかかってるんですか」

俺を一瞥してから、彼は目を伏せてお稲荷さんを見つめ、喉で苦笑する。麦茶を飲む。

「そんな深刻に考えてないよ。ただ、才能って難しいとは思ったな。おなじ練習をしていて、すんなりこなせる奴がいるのに自分は駄目。努力するほどに自分の限界を思い知るんだ。自分が好きでしかたないものに嫌われている感覚だよね。〝おまえはこの世界にくる資格はない、呼んでない帰れ〟って拒絶されてるような。俺は野球に好いてもらえなかったんだよね」

……才能っていう、目には見えないけど肌で感じられるものに、縋って求めて追いかけて、ふりむいてもらえない……応えてもらえない無情さ。深刻じゃないよ、と笑った彼から無念な思いや切なさは消えずに香っていて、俺も胸が苦しくなった。

「……やっぱり、恋とも似てますね。透さんは野球に恋してたんですね」

彼が左手で鼻をこすって微苦笑した。

「そうだね。でも体育会系じゃなかっただけなんだよ。大学へ進学したら数学に没頭してた。それでいまはそこそこの会社に就職して、経理課で楽しく仕事をしてるってわけ。ずっと数学の研究をしていたい気持ちもあったけどね……仕事も結果が返ってくるぶんやりがいあるし、不満はないかな」

「ふうん……」

柏樹さんの人生の道のりを、ほんのすこし覗かせてもらった気分。柏樹さんもいろんな夢を抱いたり、挫折を味わったり、新しい才能を見いだして志《こころざし》を得たりしながら生きてきて、いまここにいてくれている人なんだな。お客さんだった彼が、またすこし色濃い人間になった。

「野球に努力し続けてきたことも、数学に出会っていまの仕事を楽しんでいることも、全部、格好よくて尊敬します」

　俺を見つめて笑んだ彼が、眼鏡のずれをなおす。

「……要は？　夢、あるの？」

「ン、んー……俺は、まだ探し中かな……」

　へらへら笑ってごまかす俺を、柏樹さんが〝本当に？〟と探るような眼ざしで凝視してくる。

　この手の話題は大嫌いな奴の顔も脳裏にちらつくから極力さけたいんだけど……話題をふったのも俺なんだよな。

「その……情けないんですけど、俺、ずっとモブ感、感じてるんですよね」

「〝モブ感〟？」

「つまり、なんていうか……主人公じゃないんです。特別目立つような特技もないし、頭がいいわけでもない存在、みたいな……。将来のビジョンも〝どこかの会社に就職して働いて死ぬ〟みたいなぼんやりした感じで。いまも就活前だけど、高校の進路を考えるときはとくに、クラスメイトが急に夢とか将来の話を始めるとびっくりしました。え、そんなの目指してたの、って一瞬でぼっち感に襲われた。……ああ、俺はほんとモブだなって思いました」

　こんな話をしている自分も嫌になって、「すみません、ほんと！」と大げさに笑った。

柏樹さんは箸をとめて、じっと見つめ返してくる。……返事に困らせてるよ、これ完全にシクったやつだ……。こんな真面目な人だもの、こいつは大学生にもなって目的もなく親に学費だけ払わせて遊んでるのかって、軽蔑されて当然だよね。

「すみません、ほんと……、」

「要は、俺には主人公だよ」

え。

「主人公でヒーローで、それ以外のなに者でもない。部屋に訪ねてきてくれた日から俺の人生は毎日がバラ色だ。〝夢を持っていないと主人公になれない〟って古い考えだな。いまはモブも漫画の主人公になる時代だしね。そもそも少女漫画なら恋をするだけでヒロインだよ」

柏樹さんは温かな瞳をにじませて笑っている。……笑って、くれている。

「でも……情けないです、人として、空っぽなのは」

あ、俺弱音吐いてる。甘えてる。

「夢があると人として充実してるの？」

「……うん、少なくとも、ないよりは」

柏樹さんは口もとを押さえて喉で笑い続けている。

「そうやって悩んでるところがもう主人公なんだけどな。じゃあ俺が思う要の素敵なところや特技を教えてあげるよ。たとえば『エデン』の接客が丁寧で親切だし、俺の悩みに真摯につきあってくれるし、食事のしかたも上品で、すべてが可愛い」

親切、真摯、上品、可愛い……っ。いきなり次々褒められて赤面した。

「それ……夢に、繋がらない」

「接客のよさは立派な才能でしょう。俺は飲食店でも通っただろうな。要に料理を運んできてもらったり、コーヒーをついでもらったりしたい」

「えぇ……」

「歯科助手もいいね。要が〝痛くないですよ〟って介添えしてくれたら幸せだ。泣いてしまう子どもをあやす姿は、子どもも、見ているこっちも、きっと癒《い》やされる。歯科衛生士と違って資格がなくてもできる事務職だから、友だちがしばらくしてたことがあるよ」

「え、そうなんですか？」

「うん。子ども相手ならテーマパークの職員もいい。要と子どもの笑顔が見られるって、俺にはまさに幸せの世界だ。大変なのは予想がつくけど温かい思い出もたくさんできるはずだよ」

飲食店の店員に歯科助手にテーマパークの職員……きらきらと、自分の眼前に道がいくつも生まれていく。会話しながら、柏樹さんがどんどん俺に未来をくれる。

「すごいね透さん……俺、急に将来が楽しくなってきた。単純」

「はは」と柏樹さんが笑って、俺の後頭部の髪をわさわさと掻きまわす。

「要自身が自分を諦めてるから、視野が狭くなるだけなんだよ。不得意な事柄に囚《とら》われないで〝できることがあるかも〟って世界を見渡してごらんよ。特技も、要が忘れてるだけかもよ」

俺が、俺を諦めている……たしかにそのとおりだ。夢っていうものにつきまとう親父の存在に嫌悪感を抱いて、自分の目指したい将来だとか趣味だとか、考えることからも逃げていた。

「……透さんといると、頑張ってみたいって思えてくる。ほんと、俺ばっか救われてますね」

「そうかな。こうやって話しながら、俺もかなり癒やされてるけどな」

「え、この会話のどこに透さんの癒やされるとこがあったんですか？」

柏樹さんはお稲荷さんを食べてくすくす笑うだけ。首を傾げつつ、俺もひとつ口に入れた。

「要、ひとつ多めに食べる？」と残りふたつになったお稲荷さんを柏樹さんがしめす。「あ、ううん。ひとつずつで大丈夫」「そう？」「うん」とふたりで平等に食べきって、「満腹だね」と残りのお吸い物もすすり、笑いあった。……夕飯が終わった。

これからどうしよう。どうやって、昨日の乳首を吸う約束にながれをもっていこう。俺から言うべきかな。柏樹さんもタイミングを計ってくれていたりするのかな。

会話がスムーズにすすんだときは、エッチな雰囲気に切りかえるほうが難しくなるみたい。ああ、お吸い物もなくなった。箸をおいたら始まるかな……。ウェルカムです、大丈夫です、って伝えるにはどんな顔しておけばいいんだろう。あ、柏樹さんもお椀をおいた。

「——……要、あの、昨日、」

彼がお椀の上に箸をそろえておきつつ、俺のほうを見ずに言葉を切る。照れてくれてる、と俺も頬がぼっと熱くなるのを感じた瞬間、ぽこんとスマホが鳴ってふたりでびくっとした。

「す、すみません、俺です」

慌ててスマホを手にとったら、柏樹さんも「や、平気だよ」と苦笑いした。着信はメールで、イサムだった。『店閉めて帰ることになったぜ～』と人が走る絵文字つきの報告。

「……イサムでした。雨でお客さんもこないから『エデン』を閉めて今日は帰るみたいです。さっき、メールしてたんですよ」

「そうか。……うん、ちょっと弱まってるからいまのうちに帰宅したほうがいいかもね」

柏樹さんもガラス戸の外に視線をむける。うん、とうなずいてから返事を打つ。

『気をつけて帰んなね』

『お？　返事はえー。カッシーといちゃついとけよ』

『うん、これからする。ありがとう。また明日ね』

『おう、明日いろいろ聞かせろな。のろけ楽しみにしてんぜ』

イサムの投げキッスの絵文字でメールが終わった。……のろけ、楽しみって言ってくれた。

普段こんなにたくさんメールしないのにな、とつい笑ってしまった。仲なおりのあとだから、イサムも俺もちょっと浮かれてる。照れくさくて、くすぐったく思いながら〝深まった〟って実感するこの感覚、嬉しい。こういう交流が、俺に足りないもののひとつだったんだろうな。

「……イサム君と、話せるようになったんだね」

柏樹さんがテーブルに肘をついて俺の顔を覗きこんでくる。

「あ、そうです。すみません、昨日の喧嘩はちゃんと解決しました」

柏樹さんにもお礼を伝えなきゃいけなかった。スマホをおいて、姿勢を整える。

「イサムは俺を思いやってくれてただけで、もっと信頼しろ、甘えろ、って叱ってくれました。……喧嘩って、嫌悪感が爆発するものだけじゃなくて、好意をぶつけあうものもあるんですね。イサムが優しいのは知ってたけど、安心しました。むしろめっちゃ仲よくなれた」

唇をひいて微笑んでくれた柏樹さんが、左手で俺の頭をぽんぽんと撫でてくれる。

「……頑張ったね」

そのひとことと彼の温かな笑顔を見ていたら、いま本当にすべての緊張と恐怖から解放されて、どっと力が抜けたような感覚と、熱い安堵に包まれた。身体も心もぬくもっていく。

「喧嘩するのも仲なおりするのも、初めてで怖かった。すごい、駄目ですよね……こんなの。二十歳《はたち》過ぎてんのに情けないっていうか、人として駄目っていうか。……でも、嬉しいです」

柏樹さんにまた弱音吐いて甘えてる、俺。頼りすぎちゃ駄目ってわかってても抑えられない。

柏樹さんの手が頭からおりて背中をひき寄せられた。彼も身体を寄せて抱きしめてくれる。

「人づきあいって、常に相手との距離を探りながら不安定に成り立っているものだと思うよ。だから喧嘩ができる友だちはとっても大事だ。おたがいの本音を言いあえる相手は得がたい。でも怖いのもわかる。……偉いよ要。人の本心を聞くって怖いよね。自分が嫌われているところとむきあうってことだものね。やっぱりヒーローじゃないか。俺も見習わなくちゃな」

する、する、と背中をさすって、柏樹さんが褒めてくれる。

目と喉の奥が急激に、押し潰されるように痛くなって涙があふれそうになった。抱きしめられて撫でられて涙をこらえている自分を、小学生だ、と思う。いや、もっと幼い子どもかも。

本来ならそれぐらいの歳のころに経験して、こんなふうに親に見守られながらくり返しつつ身につけているべきコミュニケーション能力だったのかもしれない。いまさら遅れて経験しているってのに柏樹さんがいてくれた。撫でてあやして褒めてくれた。……すごく恵まれてるよ。この人がいなかったらできなかったかもしれないよ。イサムからも怖がって逃げて、精神的にひきこもって、心も身体もひとりぼっちになって、なのに、他人と上辺で笑いあって、それを大人だって決めて、成長したつもりになって、空っぽのくせに歳だけとって死んでたのかも。

「……ありがとう、透さん。すごいちっさな情けない一歩だけど、俺には革命的でした。月面着陸ぐらいの一歩で、成長だった。透さんのおかげです」

「や、俺がいなくても要は友だちとつきあっていけたよ。たまたま俺がいま傍にいて相談相手にしてもらえただけだ。でもそれが嬉しい。要の成長を一緒に見せてもらえて、嬉しいよ」

耳もとで、彼が低く優しく囁いてくれる。俺ひとりでも解決できた、と信じてくれている。傍にいられて嬉しい、と嘘偽りない声音で言って喜んでくれている。

この人が、この世にもうひとりいたらよかったのに。性格も外見も、後悔も未練も挫折も、得た夢もすべてがおなじで、それで、俺とずっと恋人でいてくれるゲイのこの人がもうひとり、このひろい世界のどこかにいたらよかったのに。

「透さん。あとひとつ伝えておかないといけないんですけど……イサムに、見られてたんです。『エデン』の閉店後に透さんと待ちあわせてたの」

「え」

「最初ここに泊まった、火曜の夜です。……すみません、俺の注意が足りなくて」

——俺見たよ。おまえが帰ってくとき〝傘ねーだろ〟って思って忘れもののやつ持って追いかけてってやったの。したらカッシーと帰っててむかついたわ。

イサムにそう言われた。『嫉妬したぜ』とまでうち明けてくれて、だから俺も、柏樹さんが自分の部屋の上に住んでいたことまで洗いざらい全部伝えた。

「……え、もしかして喧嘩の理由ってそれ？」

柏樹さんが上半身を離して俺をうかがい、顔をしかめる。

「俺が悪いんです。黙ってる必要のないことまで黙ってたし」

「なんにせよ、要の行動は俺を庇《かば》ってのものでしょう？　むしろイサム君にも言えないような関係を強《し》いて、俺のほうがすまなかった。全部俺のせいじゃないか……」

「いえ、本当に俺の問題なんです。透さんは俺が正直になるきっかけをくれたんですよ」

彼が不満げに、真剣に俺を見つめて、いま一度強く抱きしめてくる。

「哀しい思いしなかったかい……？　男の俺とのこんな変な関係をイサム君にうち明けて」

変な関係。

「……しない。イサムも偏見ないから。てか、イサムは性別も年齢も気にしないし、抱くのも抱かれるのもお手のものなんです。超先輩で、先生なんですよ」

「そうなのか……。なら俺にも先生だな」

「かも」

小さく笑いあった。

柏樹さんは俺の後頭部の髪を梳きつつ、「抱くのも抱かれるのもか……」と反芻《はんすう》して唸っている。よほど感心したっぽい。うん、と俺もうなずく。

「イサムが経験多いのは知ってたのに、俺、今日イサムが友だちといるの見てもやもやしたんですよね……嫉妬したんです、たぶん。だから親友って言ってもらって嬉しかったな」

座った状態で抱かれていると腰が痛い、と思い始めたところで、柏樹さんがまた腕を放して俺の目を覗いてきた。

「要、約束したよね」

いきなり腰をひかれて上半身を押された。「わ」と傾いた身体を、ラグの上へそっと丁寧に倒される。尖ったかたい目で、見おろされている。……なんか急に、柏樹さん覚醒した。

「……ここ、吸わせてもらうよ」

「ンっ」

ノースリーブの上から、右手の親指で左側の乳首をこすられた。粒を押すようにして全体を刺激されたり、先端の部分だけ爪先でかすかにくすぐられたり、柏樹さんが俺の乳首を愉しんでくれているのがわかる触りかた。

……乳首、勃っちゃってる。柏樹さんの眼鏡の奥の目が微妙にぎらついてる。昂奮、してくれてる。

「……服の下でふくらんでると色っぽいね」

指を離して俺の胴体に手を添え、柏樹さんが片方の乳首だけ勃った俺の身体を見つめている。俺も見おろす。色っぽいっていうか……格好悪い。

「左だけだと、変だよ」

彼の左手が、今度は俺の右胸を触る。

「それはこっちもしてっていう誘い……？」

乳首を探すみたいに撫でられて、見つけられたそこを中指の先でこすられる。……もう気持ちいい。

「ンっ……誘った、つもりなかった、けど……誘ったって、ことでも、いい……してほしい」

「誘ってるよ」

きゅと右の乳首もつまんで愛撫され、「ん」と反射的に肩を竦めて目を瞑ったら、唇にふわ、とやわらかい湿った感触がついた。唇だ。キス、された。

瞼を薄くひらくと、パーカーの下に着ているノースリーブの右肩だけおろされて、胸をまるだしにされていくのが見えた。先っちょがぷつんとふくらんでる。……お風呂と違って、部屋で自分だけ裸にされていると、なぜだか恥ずかしさが倍増しになる。

「……とってもいやらしいね」

柏樹さんもエロく感じてくれている。はあ、と吐息までこぼす。

「まだ、片っぽの胸しか……でて、ないよ」

「だからいやらしいんだよ」

「？　チラリズム……みたいな？」

「うん……二十七年間の人生で初めてこんなにいやらしい光景を見た、って思うほど」

「そ、そんなに？」

「……うん」とこたえる柏樹さんの目が、眩しがるみたいにうっとり細くなる。これも、恋人の演技としての大げさな発言、ではない。みたい……？

指先で乳輪をまるくなぞられてから乳首をつままれ、次に先を爪でこすられる。なんか、すごく、じっくりいじられてる。男の乳首……面白い、のかな。

「……要の身体は、本当にエッチだ」

いつまでもいじって観察されて、気持ちよくて、俺も劣情がふくらんできた。

「普通の……男の、身体だよ」

「普通じゃないよ。要は特別いやらしい。この線の細さも、肌の白さも、乳首の色とかたちも、全部で俺を誘ってくる」

「俺、誘うようなこと、なんにもしてない。スタイル維持とか、考えてないし……エロい下着で誘惑してるんでもないし。乳首も、勝手に勃っただけだし」

「俺が要の身体に欲情するのは困る？」

淋しげに苦笑いする顔を間近で見て、焦った。

「ううん。……ごめん。照れただけ。柏樹さんの好きに、触っていいよ」

あ、名前、と気づいた瞬間、彼も口端をひいて笑んだ。怒った……？

「〝透〟だよ」

叱るみたいに唇にキスをされて、続けて乳首をぱくりと捕らえられた。唇でしっかり覆われて、奥で、舌先をつかって舐められる。

「あ、ンっ」

上唇と下唇に胸を押さえられながら舌でくりくり先を舐められていると、気持ちよすぎて頭が痺れた。ぺろと舌で乳首を掬われるたびに、びくりと全身で力んでしまう。ゆるく吸いあげられた。もっと気持ちよくて、逃げたくなった。

「は、ぅっ」

「胸も……要も、可愛いよ」

唇を窄めながら乳首の先まで吸いあげられて解放される。勃ちあがった乳首を可愛がるみたいに、ちゅとキスもされる。舌だけで、また舐められる。もう一度咥えられる。

「や、ぁっ」

気持ちよすぎて狂いそう。や、やっ、と頭をふって脚をこすりあわせて、快感に身悶《みもだ》えた。

「透さ、ンっ」

「こういうことしてるときは呼び捨てしてくれるんでしょう?」

「と、る、……とお、る、ぁ、ンっ」

いったん離してよ、許して、と懇願する気持ちで呼んでいるのに、柏樹さんは呼び捨てできたご褒美だと言うようにさらに気持ちよく俺の乳首を舌で舐めて、唇で吸いあげて、しゃぶってくる。下半身までじりじり快感が伝わって、ちんこも勃った。

「こっちももらうよ」

左肩のノースリーブもおろされる。そっちも先をぺろぺろ舐めてからぱくんと咥えられる。

「ひ、ぅ、う」

気持ちよすぎて、苦しくて、涙がでてきた。うまく喘げなくて嫌なのに悲鳴めいた声も我慢できない。こうして声をだしていると、重苦しい快感が抜けていくから。でももっと強い快感が襲ってきて結局苦しくて辛くて、涙もにじんで抑えられない。

「う、ぅ……だめ……すこし、だめ、」

「要……胸は泣くほどいや?」

彼の口が離れると、どっと解放感に包まれた。けど身体にたまった快感が、乳首の周囲でも、下半身でも、肩先や頭でも、燃えかすみたいに燻《くすぶ》って苦しさは消えない。彼が申しわけなさそうな顔をしているのが、ちょっと気分よく思えてしまうぐらい、気持ちよさが、しんどい。

「……透は、気持ちよくしすぎるから、たまに嚙んだりして……痛くしてくれると、いいよ」

彼が目をまんまるくさせて、ぽかんとしている。

「サドになれってこと……?」

「ううん……気持ちよさの微調整が必要ってこと。それか、数秒ずつ休憩入れてほしい」

「微調整か休憩……」

復唱してしばし思考した彼が、俺の左側の乳首をもう一度ぺろと舐めてから咥えて、かりと甘嚙みした。どこまで強く嚙まれるかわからなくて、思わず「ん」と彼の頭を抱えて強ばる。

「痛かった……?　これよりもうすこし軽く嚙む?」

心配そうに俺をうかがう彼の顔が傍にある。本当に不安そうで、その優しさに和んでいく。

「……いまのぐらいがいい。……ごめんね、好きに触ってって言ったのに」

呼吸が落ちついてくると、やっと冷静になって自分の我儘《わがまま》さを反省できた。

「でも透が、気持ちよくしすぎるのも悪いから」

これだけはしっかり主張させてもらうけど。

「俺はわりと身勝手にしゃぶったよ」

柏樹さんも反論してくる。

「なら無意識に気持ちよくしてるんだよ。生まれつきの才能なの。自覚して、加減してよ」

「どういう叱られかただろう……」

柏樹さんが俺の唇を食んで、ふくらみを弄ぶように吸ってくる。そうしながら俺のスエットと下着をおろそうとするから、戸惑いつつも俺も腰を浮かせて手伝った。

　彼の身体がさがっていくのにあわせて、俺は下半身も裸になっていく。半勃ちになってるの、ばれる、とどぎまぎ焦ったけど、再び乳首を咥えられて羞恥心もろとも弾け飛んだ。新しい快感に誘発されて、残っていた疼きも膨張し、一瞬で快楽に溺《おぼ》れていく。……気持ちよすぎて、感情も、身体もめちゃくちゃ。

「ふ、ぁ」と声をあげたら、きゅっと甘嚙みされた。頼んだことを実行してもらって、柏樹さんとのセックスを柏樹さんと自分でつくってる、俺たちだけの、ふたりだけのセックスなんだ、と感じたとたん、感動して心が震えた。

「きもち……気持ちいい……」

　よかった、みたいに唇にも軽くキスされて下半身に彼の身体が重なってくると、はっとした。性器を握られて、そこにかたくて生ぬるい……彼のもぴったりくっつく。柏樹さんも、いつの間にか脱いでた。

「あっ」と叫んだ唇を塞《ふさ》がれた。むさぼられて、性器への烈しい摩擦にも追いたてられる。んん、と喉で叫び続けながら、彼が施す快感に翻弄される。襲われる。気持ちよすぎる……！

「ふ、ンん……ぁ、」

　おしりに挿《い》入れられるのもエロいと思うけど、ちんこすりあわせるのもそうとうエロい。ふたりしてかたく大きく勃起して、それを汚いとか気持ち悪いとか感じもしないでくっつけて、束ねてこすられて……こんなの好きな人にオナニーを見せられているようなものだし、自分もそのオナニーにまぜてもらって、委ねきって、一緒に昂奮して……いやらしすぎる。

「は、ぅ、う、」

イきそう、イきそう、と悶えて目を瞑って、呼吸を乱しながら柏樹さんの腕に捕まっているあいだ、彼は俺の口や頬にキスしつつ性器をこすり続けた。それで俺は、意識が快感に集中して昇りつめて限界まで押しあげられて、「うっ、あぁっ」と叫んでイってしまった。

「要……っ」

安心したような声音で囁いた柏樹さんも、息を殺してイく。

ふたりではあはあ息をついで、昂奮が冷めるのを待った。冷静になってくると、自分たちの呼吸のリズムがずれているのが気になってきた。で、彼の呼吸を意識している間に、自分が彼のリズムにひっぱられているのを感じていたら、彼も気づいたのか、すこし苦笑して、俺の汗ばんだ額を撫でてからキスをくれた。

重なったまま見つめあう。……下半身、べたつく。でもこの人が嫌じゃないって思ってくれているのも俺は知っている。俺を見ている瞳も、さっきまで以上にやわらかい。熱い。

「……俺、アブノーマルっていうの、すこし勉強したんだよ」

「ん？」

「俺はパイパン似合うんだって。透さんは、おしっことかパイパン、好きな人……？」

オトナの質問をしたぞ、という得意な気分だったのに、柏樹さんは眉をひそめた。

「誰とそんな話を？」

「え……イサムです」

「外でそんな話するのはよくない。気をつけないと駄目だよ」

不機嫌そう……？

「イサムは親友で、先生だから、相談したんです」

「俺に訊けばいいでしょう。俺とイサム君の感覚は違う。アブノーマルっていったっておなじ答えが返ってくるわけじゃない。そもそも恋人同士でかわしたいやらしい話に、他人を巻きこむもんじゃないんだよ。わかった？」

わかった、しか許される返事がない威圧感がある。……なんだか怖い。

「……わかった」

ここまで不快感ばりばりに怒ることないのに。俺とマニアックな性の話をしたことを、他人に知られるのは嫌なんだろうか。

柏樹さんが唇をへの字にまげて俺を見つめている。自分がどんな顔をしているのかわからなかったけど、そのうち彼はうなだれて俺の額に額をつけ、「……はあ」とため息をついた。

「……あまり嫉妬させられると困るよ」

え。

ぱか、と間抜けにひらいた唇にキスをされた。「タオルとってくるね」と柏樹さんが身体を起こし、顔を隠すようにしてさっとキッチンのほうへいってしまう。……え。え。

「拭くから、じっとしてて」

戻ってきた彼が、俺のノースリーブを肩にかけなおして胸をしまい、お腹に散った精液を温かいタオルで拭きとってくれる。性器も刺激しすぎないように拭いて、下着とスエットを着せてくれた。……柏樹さん、俺の目を見ない。意識されている、と思うと俺も照れくさくて見返せなくなった。嫉妬って演技でできるものかな。……本心って受けとっていいのかな。

「綺麗になったよ」

腕をひかれて起こされた。「くしゃくしゃだ」と彼が俺の後頭部に手をまわし、髪も梳いてなおしてくれた。うつむいて委ねる。頭、撫でられてる。俺を独占したがってくれる男の人の、柏樹さんの、手に撫でられてる。

汚れたタオルをおきにいった彼が、再び戻ってきてお稲荷さんの包みを片づけ始めた。俺もお椀を重ねて手伝ったら「ありがとう」とお礼を言われた。「いえ」とふたりでキッチンへ運び、片づけ終えてまた部屋へ移動する。そうして、〝ぼくらエッチなことなんてしてませんし〟みたいな澄ました態度で、ふたりで麦茶を飲んだ。

淡々と〝いつもの日常〟〝普通の自分〟に帰っていくための作業をする。でもその合間にも、胸や下半身に残った柏樹さんの感触が揺らいで消えないでいる。……俺、一日過ぎるごとに、好きな男に触られた男、になっている。

「……要、残念なんだけど、じつは明日は会えそうにないんだ」

ぬるい麦茶を飲みこみながら、心が一瞬暗く陰ったのを感じた。

「会社の呑み会があって、帰るのが絶対に遅くなるんだよ。毎回潰れるまで呑む後輩がいて、俺が世話係だから」

「潰れるまで？　それは、大変ですね……」

「ああ。酒豪の女の子なんだ。強いんだけどかなり陽気になる子で、家まで送ってやらなきゃならない。ひとりで帰すと工事現場の三角コーンとか店先に飾ってあるマスコットキャラの像を盗んでいって玄関で抱いて眠るタイプの子でね……」

「えっ、そういう人ってほんとにいるんですか」

「いるいる」

困った顔で苦笑いする柏樹さんも麦茶を飲む。そっか……女の人で、そんな豪快な面白い人もいるのか……。

「だからまた土曜日に会おう。連絡する」

「はい。土曜は日中『エデン』のバイトで、夜から空くので、俺もまた連絡します」

そのあとも、その後輩さんの武勇伝をしばらく聞かせてもらい、日づけが変わるころベッドへ入った。

「今回の転勤の三年間っていう期間には、新しいシステムを新入社員がつかいこなせるようになるまで教育するっていう仕事もあったんだよ。彼女は今年の新入社員で、俺の最後のパートナーでもあるんだ」

「そうなんですね……」

もしかしたら柏樹さんの彼女ってその人かな。今年から柏樹さんのうちにくるようになった女性だから、時期的にもあう。

豪快で、快活で、剽軽《ひょうきん》な彼女の話題は尽きることなくいつまでも続いて、柏樹さんが笑いながら彼女の盗んで帰った品物をあげていく。三角コーンに薬局のカエルの像に、お地蔵さま。

「お地蔵さまはダントツで焦ったな……急いで返しにいって、平謝りだったよ……」

天井をむいて、口をひらいて、柏樹さんが笑っている。眼鏡をはずした横顔、綺麗な睫毛、数分前までたくさんキスしていた薄い唇。

さっきエッチした話をしようよ、と唐突に話題を変えたくなった。だけど口が怯えて、重たく動かない。

彼女さんとの時間、俺邪魔してませんか。こなせてないミッション、もうひとつありましたよね。それ今夜はもういいんですか。アブノーマルの話、イサムとするなって言うなら、俺としてよ。しようよ。柏樹さんが求めてくれることは、おしっこでもパイパンでも、俺なんでもできるよ。だって一生にいまだけだもん。柏樹さんと一緒にいられるのいまだけだもん。恋人でいられるの、あとすこしだけだもん。好きって告白することも駄目なら、身体だけでもいまだけ柏樹さんのにしてよ。それで想い出ちょうだい。想い出だけ、いっぱいちょうだい。

「——……要、聞いてる?」

「うん、……ちゃんと聞いてるよ」

俺だって嫉妬するよ透さん。嫉妬してるよ。ひとり占めできない相手だって理解していて、それでもしたくてたまらないぐらい、心がおかしくなり始めてる。好きに、なってる——って言えない。俺、柏樹さんには言えないことだらけだな。

柏樹さんの楽しそうな横顔を、暗闇のなかで眺め続けた。灯りを消してもぼんやりと明るいこの部屋の夜は、やわらかくてしずかで淋しい。

妄想でもない現実で、俺、柏樹さんとひとつのベッドで寝てる。本物は、目で見ていたより肩幅もひろくて胸も厚くて、あったかくていい匂いがする。思っていたよりよく笑うし、理想をはるかに超える甘い言葉やエロい言葉を言いもする。現実はすごい。……現実は、淋しい。

金曜の今日は、夕方から『エデン』のバイトだった。柏樹さんと一緒におにぎりとお味噌汁の朝食を食べて、彼の出勤にあわせてふたりで家をでたあと、自分の部屋の掃除をしてから買い物へ。それでふと思いついて、刺繡糸《ししゅういと》を買った。……そうだ、思い出した、俺の特技。

「——おっ。要、なにつくってんの？　めっちゃ綺麗じゃんっ」

午後、バイト開始二時間前に出勤してスタッフルームでちまちま作業していたら、イサムもやってきた。俺がつくっているものを見て、興奮して右隣の椅子に腰かける。

「なんこれ、ブレス？」

「うん、ミサンガだよ」

数本の刺繡糸を束ねてひと結びした端っこを、マスキングテープでテーブルにくっつけて編んでいる。そのようすを、イサムがきらきらした目で覗きこんでくる。

「すげえ……ちゃんと模様になってる。店で売ってるのとおんなじじゃん！」

「褒めすぎ」と照れ笑いしながら糸を重ねて巻きつけ、ぎゅっと結んだ。ひとつ結ぶたびに、結び目が連なって模様が浮きあがる。

「これは矢羽根っていう模様だよ」

「矢羽根……うん、きちんと羽根になってんね。お洒落〜……」

お正月によく見る破魔矢《はまや》の羽根のところに似た模様で、試しに左右が赤と青になるようつくってみていた。五センチぐらいの完成部分を揉んで、結び目のでこぼこ感やゆがみを整えると、右横からイサムも指をのばしてきて遠慮がちにさらさら撫でた。

「まじですげえっ……要、こんなこともできんだな」

子どもみたいな純粋さで感動してくれるから、めちゃ照れて「ふふ」と笑ってしまう。

「中学のとき女子のあいだで流行ったんだよ。そんときなんでだったか忘れたけど俺も一緒につくらせてもらって、『うまいね』ってよいしょしてもらったの思い出したんだ。それで」

「カッシーにあげんの？」

……鋭い。

「うん……これがうまくできたら、プレゼント用のつくりたいなって思ってる。俺がね、夢とかなんにもなくてモブなんだ、って弱音吐いたら、柏樹さん〝自分の特技を忘れてるだけかもよ〟って励ましてくれて。そういえば、これ特技かもってひらめいたから。お礼、みたいな」

——要自身が自分を諦めてるから、視野が狭くなるだけなんだよ。不得意な事柄に囚われないで〝できることがあるかも〟って世界を見渡してごらんよ。特技も、要が忘れてるだけかもよ。

あれをやれ、これをやれ、と自分が求める理想の人間を押しつけるんじゃなく、柏樹さんは〝自分の可能性に目をむけてごらん〟と、俺に才能があるって信じて導いてくれた。そんな人の隣にいながら〝才能なんかないよ……〟とぐずぐず嘆き続けたくない。特技を見つけてきたよって報告して、成長で応えたい。

「そんなのカッシー喜びすぎてぶっ倒れちゃうじゃん」

「ぶっ倒れてくれるかなあ」

あははは、とイサムが笑う。

「ミサンガって千切れたら願いが叶うんじゃなかったっけ？」

「うん、女子がそんなこと言ってたな……願いをこめながら編んで、肌身離さず身につけて、自然と千切れたら願いが叶う、とか。でも途中でほどけたら駄目なんだよたしか」

「ほどけるのは駄目？　結びなおしても？」

「うん、一回限りのお願い。そういうお守りなの」

「カッシーにあげるやつに〝結婚なんかやめろ〜俺を好きになれ〜〟って呪いかけときなよ」

「呪いはだめ」

叱ったら、イサムはまた「あはは」と大口あけて笑った。楽しそう。……なんかほんと、俺とのこうやって笑いあって話せる親友関係を、とても喜んでくれているような幸福感がイサムから終始伝わってきて面映ゆい。

「なあ、カッシーのができたら次は俺にもつくってよ」

「うん、いいよ。柄と色の組みあわせも考えてイサムのイメージでつくるよ」

「俺のイメージ？　なんか怖ぇ」

今度は俺が吹いた。

「イサムは、そうだな……赤をメインにつくりたいな。似合うだろうし」

「俺、赤似合う？　派手じゃね？」

「燃える太陽、みたいな。イサムはみんなの元気の源だよ。メラメラ〜」

火が燃えるのをイメージして左手をふらふら揺らして笑ったら、照れてはにかんだイサムに肘でつつかれた。俺もつつき返して、ふたりでにやにや笑いあう。

今夜もイサムとおなじシフトだ。あと四十分ぐらいでバイト開始。

椅子を立ったイサムがロッカーへいき、リュックをしまってエプロン片手に戻ってくる。

イサムは細身ながらもスタイルがいい。手首も適度に無骨で、指も細長くて意外と大きい。

……うん、赤いミサンガ、この手首に絶対似合う。

「ねえ、イサムは将来の夢ってある？」

エプロンを着つつ、「夢？」とイサムが首を傾げる。

「うーん、ヒモかな」

「ひも……」

「だからそこで尊敬の眼ざしすんのやめろ」

ぱん、と頭を叩いて笑われた。

「だってヒモってすごい才能じゃん。同居してても迷惑だと思われなくて、だらだら好き勝手してるだけなのに〝養ってあげたい〟って尽くしてもらえるぐらい人に好かれるってことだよ。優しくて、口がうまくて、狡賢くなきゃできない。天性の才能だよっ」

「ひゃははは、ウケるっ」

「俺、だらだらしてていいよ、働いて尽くしてあげるから、なんて絶対言われないな……」

エプロンの紐《ひも》を結んだイサムが、前髪を掻きあげて笑いながら再び隣の椅子に腰かける。

「冗ー談だよ、ばか。俺は呑み屋やるんだ。バーみたいなお洒落なやつ」

「バー？　えっ、めちゃ格好いいね。イサムみたいな美人なマスターがいたら人気店になるの間違いなしじゃん」

背後に酒瓶がずらっとならぶカウンターで、きちっと髪を整えたイサムが白シャツに黒ベストの制服を身につけ、いらっしゃいませ、と迎えてくれるようすを妄想する。頭に描くだけでうっとりするぐらい絵になる……。

「おめーの褒め言葉にはほんと嘘がねーな」

イサムが歯を覗かせて、ひひっと照れて笑い、ペットボトルのお茶を飲む。

「うちさ、母子家庭なんだよ。かーちゃんが人生下手っぴで、親父どころか親にも捨てられてたから完っ壁に俺とかーちゃんふたりっきりだった。でも美人だし、人づきあいはうまいんだ。それでいま、自分の店持ってんの」

「え、いずれそのお店を継ぐってこと？」

「うん。それでバーに変えたい。かーちゃんは『呑み屋なんてやめな』って言ってるけどね。やっぱ酒だす店の仕事ってしんどいから、俺にやらせたくないっぽくて。客につきあって毎晩呑んだり、イベントして呑んだりって、かーちゃんゲロしまくりだしな。でもバーはそういうンとちょっと違うじゃん。だいたい、しんどくない仕事もないだろ」

「そっか……うん、身体壊すのは心配だけど、楽な仕事なんかないよね。お店の経営ってのもすごいな。バーも楽しみだね。俺常連になるよ、しゃかしゃかって格好よく酒つくってよ」

シェーカーをふる素ぶりをしたら、イサムがまたはにかんだ。

「俺がガキのころも、かーちゃん夜に仕事しててさ。俺をひとりぼっちにしないように、アパートの隣にある居酒屋のじーちゃんとばーちゃんに俺のことあずけてくれてたんだ」

「おじいさんと、おばあさんがやってた居酒屋ってこと？」

「そうそう。町の小さな居酒屋って感じで、すげえアットホームな店だった。めんどーな客もいたはずなんだけど、あんま記憶にねーんだよな。じーちゃんが作った料理を、ばーちゃんが運んで……客も、うまそうにそれ食べて、呑んでさ。俺のこと孫って勘違いしてる客もいて、めっちゃ可愛がってもらった。あのころもすげえ幸せだった。だから呑み屋に悪い印象もないんだよなあ。むしろ故郷って感じ。落ちつくんだよ」

「ふうん……ふたりは、イサムにとっても本物のお祖父ちゃんとお祖母ちゃんみたいな存在だったんだね」

「うん。かーちゃんは自分が意地張って実家に帰らなかったせいで、俺が哀しい思いしたって、いまだに申しわけなく感じてるみたいだけど、ほんとのじーちゃんとばーちゃんのとこにいったら、俺もかーちゃんも、あんなに幸せになれなかった。それは絶対だ。……かーちゃんには苦労かけた。いまもかけてる。だから幸せにしてやるんだよ、俺が」

お茶のペットボトルをおき、イサムが鋭い目で正面を見据えながら断言する。

イサムを崇拝している俺でも、その環境が世間一般的に〝正常〟でも〝素晴らしい家族〟のありかたでも〝恵まれた幼少期〟でもないのはわかる。だけどイサムが幸せだと感じたことが事実で、すべてだ。

もしもの世界が幸福だったとは限らない。そっちの世界で成長したイサムが、こんなに母親想いの立派な男になれたとも限らないんだ。

「……イサムはどこまでも格好いいな。憧れがとまらないよ」

ほう、と憧憬《しょうけい》のため息をこぼしつつ、ミサンガの糸をひいて結んだ。

妄想のなかで俺は子どものころのイサムになる。酒とご飯をたらふく食べたスーツ姿のおじさんや、綺麗な女の人たちが、やがて機嫌よく酔っ払って、にこにこ笑いながら俺の目の位置へ屈み、〝またな坊主〟〝じゃあまたね〜〟と頭を撫でて帰っていく。店主のおじいさんとおばあさんも笑顔で〝これ食べてお母さん待ってようね〟とおいしいご飯を分けてくれる。

ときには、母さんに会いたくてしかたなくて、淋しくて、泣いたりもしたのかもしれない。それでもおじいさんとおばあさんが、抱いて慰めてくれる。〝大丈夫、ちゃんとすぐに帰ってくるよ〟〝お母さんもイサム君に会いたくて淋しいけど頑張ってるんだよ〟と。

町の片隅にある小さな居酒屋での、温かな風景——故郷、とまでイサムが言ったその店では、きっとこんなぬくもりに満ちた日々が続いていたんじゃないだろうか。

「……なんか泣けてくる」

「なんでだよ」

イサムにチョップされて、ふたりで笑った。

「要はモブなんだっけ？」

「んー……」

長い糸を整えて結びつつ、誰にも披瀝《ひれき》しなかった心の暗い部分に意識をむけた。俺の秘密。

「……うちも、半分母子家庭みたいなもんなんだよ。親父のことは昔から大嫌いだ」

「まじか。おまえが身内を大嫌いって言うの、なんかイメージにないな」

「そう？」

右側からイサムの視線を痛いぐらい感じて、苦笑いしてしまった。

「うちの家計を支えてるのは母さんなんだ。毎日満員電車に乗って出勤して頑張って、俺らのために働いてくれてる。親父も家で働いてるけど、家事なんかなんにもしないで部屋にこもりっきりで、掃除洗濯まで外で働いてる母さんにまかせてるような、ろくな親父じゃない」

「それ、かーちゃんぶちギレるやつじゃん」

「うん、ぶちギレてた。それで小学生のころには俺が掃除洗濯するようになったよ。それでも親父はなんにもしなかったけど」

しゃべっているうちに唾液が薄くなって、俺も横においていたペットボトルのスポーツドリンクを飲んだ。

「親父さん、なんの仕事してんだよ」とイサムが訊いてくる。

「うーん……字書き」

「作家か。すげえじゃん」

「ほかの作家はすごいと思うよ。でも親父はすごくない。立派でもないし素晴らしくもない、尊敬できるとこはなにもない。自分しか愛せない人間に、家族をつくる権利はないだろ」

家にいるなら家の仕事ぐらいしてよ——と、母さんが半ば嘆いて怒鳴っていたのを見てきた。それでも親父は変わらなかった。家にこもって、好きなときに食事して、俺が皿洗いを終えたあとに汚れた食器を持ってきて、シンクに平然とおいた。洗濯もしないくせに風呂は毎日入っていた。『俺の仕事も大変なんだ、おまえらになにがわかる！』とキレる親父も見たけれど、軽蔑心しか湧いてこなかった。仕事も家事もきちんとこなして俺の面倒を見てくれる母さんのほうがよっぽど大変そうで、立派だった。

「……俺、親父によく『妄想しろ』って言われたんだ。自分の周囲を理想どおりに動かす妄想をして、それを〝どうしたら物語として面白くなるか〟っていう創造に変換するために」

「創造に変換……？」

「つまり〝お姫さまと王子さまだったら〟とか〝キツネとタヌキだったら〟っていうふうに、自分の日常をネタにして物語を創れるようになれってことだよ。親父、童話作家だから」

「はー……感受性高める子どもの教育っぽいな」

「普通ならね。でも俺は教育って気持ちにはなれなかった。親父に『妄想しろ』って迫られるたびに〝本当におまえは自分の息子か〟って試されてる気分だった。〝俺とおなじ才能があるのか、あるんだろ？　ないわけがない。おまえも立派な作家になれる。作家にしてやる〟って血眼で理想を押しつけられてるようにしか感じられなかったんだよ。父子の会話ってほんとにそれだけで、あいつに愛された記憶も、親父らしいことしてもらった記憶もない」

皮肉なことに、妄想をするのは嫌いじゃなかった。……楽しかった。

いまでもたまに、癖で作家気どりの妄想をしそうになる。だけどそのたび親父の血を自分に感じて、不愉快でたまらない。柏樹さんをドーベルマンみたいだと、ちらっと思ったことすら、嫌な気分だ。

「親父にとって俺らは人生のおまけなんだ。生きてるうちに事故でできちまった、たんこぶ的なさ。母さんのことも、養ってもらってるくせして邪魔なんじゃないかな。都合よくしかかってないもん。だからあいつを喜ばせるような仕事は絶対したくないのに、夢の話をすると親父を連想して、家の事情とかいろいろ、こう……ばーって頭に過る」

語りすぎたのが恥ずかしくて、へらっと笑ったら、イサムは真剣な面持ちで「ふーん……」とうなずきながら、俺のミサンガを撫でた。

「――で、いまとりあえずここにたどり着いたってわけか」

柏樹さんが思い出させてくれた俺の特技。

「うん、そう。まあ、妄想できれば人気作家になれるってわけでもないし。ミサンガも食べていけるものじゃないだろうしね。将来の夢は俺なりに探していくけど」

唇をへの字にまげたイサムが、左手で俺の頭をぐいぐい掻きまわして離した。

「おまえ本当に親父さんのこと嫌いなんだな。ちょっとでも自慢に思ってるならいちばん初めに〝うちの親父作家なんだ〟って言うはずだからよ。俺が仕事訊いても〝字書き〟って曖昧に言うし、童話作家ってなかなか言わねえ。はなから嫌いって連呼して、徹底してるわ」

「うえ……なにそれ心理学？　暴かれるみたいで恥ずかしい」

「ばーか、心理なんか勉強するもんじゃねーよ。見てりゃわかる」

「すげーな……イサムはマスターにむいてるね。お客が頼れる相談相手みたいな」

ふたりで飲み物を飲んで、ちょっと笑う。「ばか」とつつきあう。

「ま、なんだろうとおまえがしたいことを目指せよ。他人に縛られるんじゃなくてさ」

「うん……ありがとう。なんかめっちゃ語っちゃったね」

「いいだろ、語れ」

イサムが温かな表情で俺を受け容れてくれていて、嬉しくて、へへ、とまた照れて笑ったら、横においていた俺のスマホが鳴った。

「お、バイト開始のアラームか？」とイサムが両腕をあげて伸びをする。

「あ……いや、柏樹さんからのメール」

「え、カッシー？」

じつは会社のお昼休み中にメールをもらってから、彼の休憩中と思われるタイミングでぽつぽつ会話が続いている。

「今夜柏樹さん呑み会だから会えないんだけど、〝時間を無駄にしてる〟って気にしてくれてるんだよ。なんか、部屋の契約の関係で月末には帰るらしいんだ。引っ越しの準備もあるから、一緒にいられる時間はだいぶ少ないみたいで……」

スマホのメッセージ画面を動かして会話を遡《さかのぼ》る。

『今夜も要に会いたかったよ。呑み会がどんどん嫌になってきた』という彼の甘い愚痴から、ラリーは始まっている。

『毎日他人と会ってて、ひとりの時間もなくて、透さんは疲れないんですか』

『他人ってもしかして要のこと？　要といて疲れたりしないよ。軽い運動で息切れすることはあっても』

『運動ってエッチ？』

『そう』

『透さん昼間からエロい』

『ごめんなさい』

『ううん、全然、いいけど』

『要といられる時間は、もうほとんどないんだよ。部屋の契約を月初にしてるから、今月中に引っ越しの準備もして、鍵も返して、京都へ帰らないといけない。今日みたいに一日でも無駄になるのはイタイ。会いたい』

友情なのか、愛着なのか……柏樹さんの真意は判然としなくとも、言葉にこめられた熱には嘘がないのを感じて、このメールをもらったときはさすがに胸がつまった。泣きたくなった。

『ありがとうございます。俺もちょっと淋しくなっちゃったかも。時間がないのはしかたないから、会える日はしっかり楽しみましょうね。透さんの性指向もちゃんと探らないとだし』

そこでとまっていた会話に返事がきた。

『わかった。要といられる時間を有意義に過ごすために、きちんと計画を立ててるよ。要はそろそろバイトだよね。俺も呑み会という接待残業してこよう。要が頑張ってると思うと、俺も頑張れるな』

きちんと計画……接待残業。

「カッシー、要にベタ惚れじゃねーか。会いたいとかナチュラルに言いまくってるし、なんだこのメールやべえ」

横から覗きこんでいたイサムが驚いて興奮する。

「……どこまで恋人の演技なのかわかりづらいよね。呑み会で後輩の女の子の面倒を見るって言ってたから、その人が彼女さんかなって思ったんだけど、いくの本気で嫌がってるし」

接待残業、って。秘密の職場恋愛だとしても、好きな相手とおなじ呑み会へ参加するうきうき感とか、ほのかな喜びがまるでない。俺に気をつかってくれているのか、それとも……。

「彼女じゃねーんだろ。それか別れる寸前なんじゃね？　こっちでつきあったけど、帰るのと同時に終わらせるつもり〜とかさ。結婚するほどの女じゃなかったってやつ」

「んー……」

「東京に別れたい女がいて、京都帰ったら結婚するために要を利用して自分の性癖を探ってる、ってか。これ事実だったらカッシーなかなかクズいな」

「俺とは偽の恋人で、それ最初に強要したのも俺だからクズではないよ。二股にもならないし。てかやめよ。彼女さんのことも勝手な憶測にすぎないもん、柏樹さん責めるのはおかしい」

「ま、そうだな」

ミサンガから手を離して返事を打った。

『どんな計画か、決まったら教えてください。呑み会しんどそうだけど、おいしいもの食べて呑んで、すこしでも楽しめたらいいですね。俺もバイト頑張る』

拳《こぶし》をグッと握る絵文字もつけて送信したら、イサムに肘でつつかれた。

「おまえももっと可愛い返事してカッシーにダメージ与えてやれよ」

「ダメージ？」

「〝俺も会いたいよ〟〝そんなに呑み会嫌ならいますぐ会いにきて〟〝透さん大好き〟とかよ。ズギャンって心臓撃ち抜かれて走って攫《さら》いにくるかもしんねーぜ？」

「無理だよ」

そんな我が儘言えない。全部本心すぎて、申しわけないし辛くなる。

ミサンガを整えて袋にしまい、俺も仕事の準備を始めたらまたスマホが鳴った。

『俺以外の人間に、あまり笑顔をふりまかないように』

「こいつは要の気持ちも知らねーで彼氏気どりだな、ぶん殴りたくなってきたわっ」

「メール全部覗くなっ」と恥ずかしいやら嬉しいやらで、イサムを押しのける。

『お客さんには笑顔ふりまきます、仕事だから』

べつにダメージ与えるとか、試すとかじゃない。これは仕事の、真面目な返事だ。

『意地悪だね』

ぁ……怒らせたかな。

『透さんも仕事で笑顔ふりまいてるでしょ』

『俺の笑顔は要みたいに可愛くないから問題ない』

『可愛いうえに格好いいからみんなイチコロですよ』

『要も？』

どき、として、俺は……と悩んでいたら、イサムに「そろそろいくぞ」とにやけながら背中を叩かれた。そのまま店のほうへ歩いていってしまう。

俺もミサンガの手作りセット袋をロッカーにしまって、バイト開始一分前の時計を確認して、焦って、短く返事をしてスマホもロッカーへおき、仕事へむかった。

『うん』――この返事って〝好き〟って意味になんないかな……？

カウンターに立って接客している最中も、意識の半分がずっとロッカーのスマホにあった。

柏樹さん、なんて返事をくれたんだろう。返事くれたかな。呑み会中なら仕事中よりは時間もあるはずだから、たぶんくれてる。気になる。はやく休憩になれ。なれ。

……いや、でもあれで会話終了しておかしくない内容だったかも。スマホ持った柏樹さんが俺の返事を読んで〝はは〟と笑ってポケットにしまい、呑み会で同僚や後輩と楽しげに呑んでいる姿が頭に浮かぶ。

好きって伝えて、それで彼が嬉しい言葉を返してくれるって、どうして当たり前に信じてるんだろう。あの人の甘さがどこまで本気か演技かもわからないくせに、勘違いして期待してる俺はばかだ。本物の恋人じゃないってこと、忘れそうになる俺はばかだ。

「——おい」

二時間ほど仕事をして八時半が過ぎたころ、店内にひとりだけいたお客さんを見送ったら、イサムに後頭部をわさわさっと撫でられた。

「なあに落ちこんでんだよ。さっきまでらぶらぶメールしてにやけてたじゃねーか。おまえ、あからさまに顔にでるんだから気をつけろよ」

う……。

「ごめん、顔でてた？」

「でてた。ったく……辛くなったか？　客いねーし店長も空気だからちょっと泣くか、ほら」

だらっと立ったイサムが、両腕をひろげて〝こい〟とうながしてくれる。しょうがねー奴だ、と態度と表情で言いながらも、心を寄せてくれている。若干身長の高いイサムの右肩に、額をのせて脱力した。柏樹さんより細い、がりがりの骨張った肩。薄い胸、背中。

「イサム〜……」

「よしよし」

くっついたらそれだけでとても安らいだ。情けない……嬉しい、ありがたい。イサムと親友になれてよかった。俺、ひとりじゃない。イサムが傍にいてくれてよかった。

「……ぼくがなんだって？　なにか言った？」

奥の棚から店長の声が飛んでくる。俺とイサムが「ふはっ」と吹いたら、また自動ドアがひらく気配がして、お客さんがやってきた。いけね、と身体を離して仕事の顔に戻って迎えると、そこにいたのはイサムのストーカーの前山さんだった。ちらっと俺らを……というかイサムを見てささっと視線をはずし、逃げるように店の奥へいってしまう。

「俺いくわ」

イサムが前山さんの消えていったほうを見据えて言う。まっすぐで鋭い綺麗な目。俺の背中を力強くぽんぽん叩くと、カウンターをでて「いらっしゃっせー」と前山さんを追いかける。

やばい客って聞いてるけど、イサムは前山さんをさけない。俺らに迷惑をかけたくないと思っているのか……やっぱり正義感が強くて格好いいな、と俺はぼんやりイサムを見守る。

『イチコロどころじゃない。俺は要に毎日、百回殺されてるよ』

結局、バイトが終わるまで見られなかったスマホには、そんな返事が届いていた。

『要、ごめん。キモいこと言ったかな』『仕事してるだけだよね？』『すまない。調子に乗ったかもしれない。気持ち悪かったら忘れてほしい』——むしろ、スマホを見ていないあいだに俺のほうが柏樹さんを不安にさせていたらしい。追送メールでどんどん落ちていく彼の心情が見てとれて、ものすごく焦った。

『いまバイト終わりました。返事遅くなってごめんなさい。気持ち悪くないです、俺も調子こいたかなってビビってたから、透さんのメール見てほっとした。ありがとう』

続けて『ひゃっころ〜』とナイフの絵文字つきでふざけたメッセージも送った。不安を癒やせたらいいいんだけど。

自転車をこいで途中コンビニに寄り、おにぎりと飲み物を買ってアパートへ帰る。隣に会話相手はいなくて、涼しい夜風だけが吹いている。ひとり、と強く感じるのが不思議な気分だった。柏樹さんと帰ったのはたった二回なのに。

家へ着くと深夜一時前になっていて、スマホを気にしながらお風呂もすませたけど柏樹さんから返事はない。後輩さんの面倒を見てるんだろうな、と察する。テーブルについて、おにぎりを包みからだして食べた。今夜は昆布にした。飲み物は麦茶に。

おにぎりを囓る。ぱりぱり、と海苔の音が響く。

真っ暗なテレビ、しずかなひとりの部屋。おなじ間取りでもあの人のスーツや鞄のない部屋。柏樹さんがいない俺の部屋。

ひとりの時間に安堵を覚えた昨日とは打って変わって、今日はときどきふいに孤独を感じる。柏樹さんと一緒にいられる時間が、あとすこしだと知ったからかもしれない。

俺の大学、バイト、彼の仕事と引っ越しの準備なんかをさしひいたら、ゆっくり会えるのは残り二週間ぐらい？　毎日深夜まで会って寝不足が平気でいられるはずもないから、下手したら十日もない……？

……おにぎりの味がしない。ちゃんと昆布のところに達しているのにざらざらの砂みたい。

京都へ帰っても、たまにメール交換ぐらいつきあってほしいな。……いや、距離があるぶん自然と疎遠になりそうだし、結婚する彼と話すのは俺が耐えられないか。となると、やっぱり今月中に、柏樹さんとの時間をきちんと、しっかり堪能しておく必要がある。

現実に期間の短さを実感すると淋しいな。告白したくても、結婚したがっている柏樹さんに想いを伝えるのは迷惑だってわかるし、最初に〝ノンケだから利用して〟って嘘をついたのは俺なんだから、この嘘をつき通さないと柏樹さんを傷つける。それもはなからわかって、覚悟している。限りある時間を後悔しないように過ごすのがいまの俺がすべきすべてなんだ。

淋しいな。俺の人生から、いつかあの人はいなくなってしまうんだな。あの人の人生からも、俺はいなくなるんだな。

なんで出会ったんだろう。いずれおたがい不必要になるのなら、出会いにも意味はないって気がするけど、でも――。

――丸文字の〝さとう〟っていう名札を見るたびに、甘い感じがしてね。要の印象はずっと甘いお菓子みたいだったよ。

――さとう君としたいなと思って。……キスを。

――……偉いよ要。人の本心を聞くって怖いよね。自分が嫌われているところとむきあうってことだものね。やっぱりヒーローじゃないか。俺も見習わなくちゃな。

――主人公でヒーローで、それ以外のなに者でもない。部屋に訪ねてきてくれた日から俺の人生は毎日がバラ色だ。

――要の成長を一緒に見せてもらえて、嬉しいよ。

……うん。一緒にいないのはその相手が不必要だから、とは限らない。柏樹さんに会えなくなっても、俺は彼がくれた自信や勇気や未来に、これからも生かされていくから。

たった数日で劣等感を削り捨てることができたのも彼のおかげで、一生忘れない。

このために出会った。恋も教えてもらえた。俺の人生に彼は必要だった。無意味な出会いじゃない。無意味になんかしない。できない。

おにぎりの最後のひとくちを食べて洟《はな》をすすった。いつの間にかあふれてこぼれていた涙を手の甲で拭って麦茶も飲む。まだ別れるのは先だってのに、びーびー泣いてどうすんだばか。

スマホをとって、メール画面をだす。おやすみなさい、と打とうとしたら、ピピピと鳴った。メールじゃなくて電話……柏樹さんだ。

「はい」

『要、まだ起きてた？』

声が楽しげで明るい。

「……うん、起きてた。いまおやすみメールしようとしてたところでした」

『よかった。やっと呑み会から解放されて、あと数分でアパートに着くんだよ。〝おやすみ〟はもうすこし先にしたいな。ひと目でも会えたら嬉しい。要は眠たい？』

会えないはずだったのに、さすがおなじアパート……。嬉しい、俺もちょっとでも会いたい。

涙の余韻が残る洟をずっとすする。

「大丈夫。俺もでたほうがいいかな。透さんの部屋に、」

『や、もうゴミ捨て場が見えるぐらい近くにいる。要の部屋にいくよ』

ゴミ捨て場、と聞いて立ちあがり、ベランダ側のガラス戸に近づいた。カーテンをひらいて外を見渡す。駅から帰ってくると、こっち側の道を通ることになる。暗い夜道にぼうっと浮かぶ花壇とゴミ捨て場を見ていたら、すぐに人影が現れた。スーツ姿の柏樹さん。

『要』

〝見つけた〟みたいな弾んだ声がスマホ越しに聞こえた。

「うん」と俺も笑ってこたえてガラス戸をあけ、サンダルを履《は》いてベランダにでた。手をふってみたら、『待って』と柏樹さんが花壇を乗り越えてアパートの裏庭をすすみこっちへくる。

「え、呼んだわけじゃないよ、」

『はは。ロミオとジュリエットにこんな場面ない？』

ベランダは地面よりやや高めに設置されているから、俺のほうが目の位置も高くなる。微笑んでいる柏樹さんが、俺に視線をあわせたまま正面まできた。仕事と呑み会の疲労感がにじんではいるものの、いきいきと高揚している。スマホをポケットにしまう。

「王子さまに会いにきたよ」

左手をさしのべてきた。

「王子さまが？」

俺も笑って、彼の手に自分の右手を重ねた。そっと握られる。

「そう。俺たちは王子同士。ああ、なぜぼくはきみと愛しあっちゃいけないんだろう……」

演技っぽく言って彼が俺の手の甲にキスをする。まるでどこにも存在しない童話の、哀しい恋物語を演じる俳優さんだ。別れを思っていたのにきてくれた。いまは、ここにいてくれる。

「酔っ払いの王子さま、はやく部屋に入ってきてくださいな。ほかの住人に見つかりますよ」

「愛しい王子がキスをしてくれたらすぐにでも」

　ふたりで声をひそめてくすくす笑いながら周囲を見まわして身を寄せ、俺から彼の唇にキスをした。ちゅと小さく音が響く。涼しい夜風が吹き抜けて、自分の髪がながれたのを感じた。ゆっくり瞼をひらくと、彼の髪も横にながれて目や口もとにかかっている。お酒に潤《うる》んだ瞳が、色っぽくて綺麗。格好いい。キスをした彼の唇はお酒の味がして、そしてとても熱かった。

　いけね。

「……要、瞼が腫《は》れてる。泣いてた？」

「あくびしただけ」

　へへ、と笑って涙を拭い、洟をすする。ベランダの手すりをよけて、彼が腕をのばして俺の前髪を左右にわけ、額と頬をさすりつつ顔を凝視してくる。次第に眉がゆがみ、怪訝そうな、心配そうな表情になってきたから、焦った。

「はやくきて透さん。ほんとに、アパートの人が通りがかったらやばいよ」

　スーツの肩先をひっぱって笑った。

「ああ」とこたえた彼もうなずく。

「すぐにいくよ」

　裏庭は雑草が手入れされているだけの空き地になっている。立ち入り禁止ではないものの、なんとなく〝一階の住人の敷地〟みたいな雰囲気があるせいで、ほかの階の住人ですら普段は特別な理由がない限り入らない。

柏樹さんが泥棒よろしくそそくさ裏庭を横切り、また花壇を乗り越えてアパートの前へまわっていった。俺も部屋へ戻ってティッシュで目と鼻を拭いたあと、玄関へ急いでドアをあけた。ちょうど柏樹さんもきて、微苦笑して玄関へ入ってくる。それで、一瞬で抱きしめられた。

「ああ……なんだろう、この安心感……」

後頭部からてっぺんまで、頭を優しく撫でられながら、右耳を舐めたり、吸ったりされた。

「ぅ、わ、……くすぐた、」

耳たぶをもぐもぐ食《は》まれて、心臓が爆発して、一気に全身が火照る。首筋まで舐められる。柏樹さんの胸板、厚い……腕、かたくて強い、嬉しくて苦しい。また涙でそう。

心臓を中心にして、鼓動するたびに快感と恋しさが全身へひろがる。イサムの細くて優しい肩とは明らかに違う熱さと、淋しさがあった。この胸にはすっぽり包まれて埋もれる。だから熱い。だから哀しい。

「要だけだな……こんなに癒やされるのは」

「あんま……舐めな、で……ちんこ、勃つよ」

「はは」

冗談めかした言葉で恋苦しさから解放してもらおうとしたのに、逆にぎりと抱き竦められた。背中と腰を力いっぱい縛りつけられる、あの、血管と内臓が破裂しそうなやつっ……。

「い、いた……ぃた、よっ……」

いちころされる……と脱力したら、ふっと腕がゆるんだ。休む間もなく口を塞がれて、今度は唇をむさぼられる。

舌をちょうだい、というふうに奥まで彼の舌が入ってくるから、「ん、ン」と喉でもこたえて舌をだした。言うとおりにするから許してって気分で、根までねぶられる。濡れて熱い彼の舌が、俺の舌の表も裏も、上顎まで、舐めてくる。でも乱暴で傲慢《ごうまん》なものではなくて、一ヶ所ずつ、どこもかしこも、大事に味わって愛《め》でてくれているキスだった。

「……口のなかまでやわらかくておいしいね、要は」

ちゅ、と口先におまけのキスもされた。にっこり無邪気に笑う酔っ払った彼のこの笑顔が、自分の記憶に深く刻まれたのがわかった。

「……透さんは、ちょっと、お酒の味がしたよ」

う、と彼が右手で口を押さえる。

「ごめん、最低だね」

慌てて申しわけなさそうな顔をするようすに、俺も癒やされて笑ってしまう。

「ううん、嫌なわけじゃない」

スーツからもお酒や、知らない香水の匂いがしていた。仕事を頑張ってきた社会人の匂い。黒いスーツの襟《えり》と、落ちついた紺色のネクタイと、白いシャツが目の前にある。……外で働いている父親がいたら、なじみのある感覚だったんだろうか。俺にとっては柏樹さんの感触だ。素敵で立派な、柏樹さんの。

「すまない、身体もくさいでしょう」

柏樹さんが苦笑してうなだれ、上半身を軽く離した瞬間、反射的に襟を摑んでしまった。

「平気だよ、好きにしていいよ」

懇願するみたいな声になって恥ずかしくなったけど、彼は目をまたたいてから、ふっと嬉しそうに微笑んでまた抱きしめてくれた。

「今夜も順調にひゃっころされてるな……」

ごわつくスーツに埋もれてネクタイに鼻先を潰して、彼の匂いとぬくもりに包みこまれる。何度抱かれても、ここには温かく深い優しさがあって、恋しいばかりに淋しい。

「……呑み会、疲れた？」

「疲れたよ……みんな酒好きで困る。週末だからってこんな真夜中まで呑まなくていいのに。例の後輩も、怒鳴り散らしてわめき倒して、大笑いして暴れるのをなだめてなだめて、やっとタクシーに乗せて送ってようやくいま、ってところだ。冗談抜きで残業代が欲しい」

大きなため息がこぼれてきた。彼女さん……は、べつの人なのかな、やっぱり。

「お疲れさまです。そんな大変だったのに、連絡くれて、寄ってくれてありがとう」

ぎりぎりぎり、とイチコロ抱きがまた始まった。口から内臓でる、首の血管切れる。しぬ。

「いた……いっ」

「ちゃんと要との恋人計画表をつくったんだよ」

「け……計画、表？」

「要がまだ起きていられそうなら、すこし時間をもらいたい。どうかな」

右耳の下をちゅと吸われて、「ン」と肩が跳ねた。

「いいけど……透さんのほうが疲れてるでしょ、お風呂とかは？」

「要は入ったよね」と訊かれて、「うん」とうなずく。

「俺も入りたいけど、今夜はまだ風呂に湯を張ってない。準備して入っていたら要が眠くなるよね。シャワーでもいいか……」

「お風呂はちゃんとお湯に浸かって温まったほうがいいよ。大丈夫、俺待てるから、透さんの部屋にいこう」

「……この姿で？」

柏樹さんが俺の腰を抱いて、視線をさげる。え、と俺もうつむいた。今日俺はノースリーブの上にパーカーを羽織って、短パンを穿いている。で、半分勃ってる。

「これは……鎮まるの、待ってから、いくから」

「可愛い」と、すり、と左手で撫でられて、口にキスをされた。容赦なくすりすりこすられて、

「んーっ」と彼の胸を軽く叩く。

「がち勃ちする、だめっ……」

「誘わないで」

「だめって、言ったんだよっ」

「要もここも可愛い……短パンもいやらしすぎるよ。脚が綺麗だ、舐めたい」

ふんわり握って揉みしだかれながら、上唇と下唇を舐めてしゃぶって弄ばれる。

抵抗しているのに、彼は「……舌だして」と、いたずらっぽく囁いて指示してきて、拒否しきれなくて、悔しく思いつつも舌をさしだしたら、唇をあわせて舌だけを舐めたりしゃぶったりされた。

「ん、ン……」

すごく……いやらしいキス。下半身から迫りあがる快感に理性も砕けて消えていく。俺も、つい彼の舌を舐めて応えていた。一緒に舐めあって、しゃぶりあって、唇がおたがいの唾液で濡れていく。ちんこ、もう無理……勃った、イきたい。

「も、パンツ……汚れた、から……俺の部屋で、ふたりでお風呂、入る……？　お湯、張ってるし……我慢、できない、」

ぱく、と唇を食われて、舌に舌を搦めて思いきり吸いあげられた。これが返事だと思った。

「……着がえだけとってくる。五秒で」

もう一度舌を舐めあいながら、喉でふはと笑ってしまった。

「五秒なんて無理だよ」

「数えてて。スキップして戻ってくるから」

「ぶふふ」

柏樹さんがスーツでダッシュしてアパートの階段を駆けあがり、スキップして戻ってくる姿を想像するだけでおかしくて笑いがとまらない。笑う俺の口に、彼も笑いながら唇を押しつけて、ちゅちゅとおふざけのキスをくり返す。

「ゆっくりでいいよ……待ってるね」

濡れて気持ち悪い下着と一緒に短パンを半分ずらしたら、そんなつもりなかったんだけど、おろしすぎて半勃ちしてるのもぽろっとでた。

「……誘惑がすぎるよ」

睨まれて、唇を甘噛みされる。

「違うよ、勝手にでた」

「辛いって訴えてるのか。ならすぐに舐めてなだめてあげなくちゃね」

「え」

俺の腰を撫でた柏樹さんが、「じゃあいってくる」と頰にもキスをくれてでていった。

……〝ひと目会いたい〟って話だったし、寝る前の挨拶だけして別れるつもりでいたのに、結局今夜も一緒に過ごすことになったうえ、舐めるって言われた。ここ、舐めるって。

「本気かな……」

ちんこをしゃぶれるなら、柏樹さんは男の身体に、本当に抵抗がないんじゃないかって気がする。やっぱりバイなだけだと思うんだけど、本人的には納得いかないいんだろうか。

背中と腕と胸に、柏樹さんに抱かれていた余韻と、いなくなってしまった空虚感がある。

唇の液を拭って、はあ、と息をついた。頭がくらくらして、五秒を数えるのも忘れていた。とりあえず服を脱いでお風呂へ入る支度をする。今夜二回目のお風呂へ入る支度。


「ンっ……！　……は、んん、ぁっ……透、とっ、る……っ、うぅあっ、」

「……すこし嚙む？　それとも休憩？」

お風呂に入ったら宣言どおりそこをめいっぱいしゃぶられた。浴槽の縁に座らされて右脚だけ折りまげた体勢で、股の間にしゃがむ彼に先から根もと、ふくらみと裏側まで、なにもかも。

「も、わけ……わかんな、……きもち、すぎて、」

「なら続けるね」

二回もイったのに柏樹さんはまだ俺のを離さないで咥えこむ。口のなか、あったかい。唇を窄めてぎゅと強く吸われると、気持ちよくて狂いそうになる。その状態で、なかで舌をつかって全体を丁寧に舐められると、叫んで暴れたくなるぐらいの猛烈な快感が迫りあがってくる。なんていうか……太陽が熱く大きく迫ってぶつかってきて、俺の身体を炎で焼き尽くそうとしてるような……跡形もなくなりそうな途方もない快感が、襲いかかってくる。

「や、……も、い……イきたく、な、」

「お願い、もう一度だけ」

おいしいわけもないのに、柏樹さんは先っちょにキスしたり、横から食んだり、根もとやふくらみに唇を埋めて舐めたりして、俺のそんなとこを、いつまでも愛でてくれている。指でもこすられた。脚のつけ根や太腿《ふともも》にも舌を這《は》わされた。

「……要の脚、白くて本当に綺麗だ」と蕩けた声で囁く彼にひらかれて、熱い舌で舐められて、やわらかい唇で吸われる。

「本当に、どうしてだろう……要の身体だけは昂奮する。ほかの男にはこんな気持ちにならないし、女性相手でも、ここまで我を忘れることはない。きみの全部がいやらしく見える」

「冷静……に、してる、でしょ、……」

「どこが……？　冷静さなんて、要に会った瞬間から失くしてるよ」

見おろすと、柏樹さんが俺のを口に含んで、口のなかで舐めている。髪も湿って、睫毛も濡れて、綺麗な口に、俺の、こんなの……。そこも、まわりも、唾液と精液で汚いのに、彼には見えてないいんじゃやって疑いたくなるほど夢中になってる。またイきそう、おかしくなりそう。

「透、とおるっ……」

「……うん、いいよイって」

烈しく吸いあげられて暴力的な快感に意識を殺され、足のつま先まで震えながらまたイった。もう自分の身体を支えていられなくて、壁に寄りかかろうとして、届かなくて、「危ないっ」と抱いて支えられたのを意識のどこかで見ていた。……腕にも力が入らない。抱かれている。ちんこも、身体も、全部まだ気持ちいい。気持ちよすぎて苦しい。……しんどい。

「……ごめん、のぼせたね。ちょっと待って」

柏樹さんが浴室のドアを半分あけてくれて、涼しい風が入ってきた。浴室にこもっていた熱気が薄くなっていく。ちょっと、楽になってきた。でもまだぼうっとする。

「汗も落とすよ」

シャワーの音が響いて、脚にぬるいお湯がかかった。目をきちんとひらく。

「……身体、気持ちよすぎて……胃のとこが気持ち悪い、かも」

「本当にごめん。ぬるめのお湯で汗をながして、先にだしてあげるね」

身体と股の周囲を、彼が撫でながら綺麗にしてくれる。今度はそこを触られても快感がのぼってくることもなく、〝洗うための触りかた〟でいやらしさも全然ないから、「……透、気持ちよくない触りかたも、上手だね」と感想をこぼしたら、彼は「はは」と笑った。

「……俺もする」

柏樹さんはまだ勃ったままだ。手以外はうまく動きそうにないので、しかたなく右手で握ってゆるくこすった。

「いいよ、要。俺は自分で処理するから。のぼせて辛いでしょう？　はやくでよう」

「うん……はやく、だそう」

こすこす、と手を動かして、親指で先を撫でて刺激する。

「要っ……」

自分から柏樹さんのを触るのは初めてだ。太くてかたい。ここも熱い。自分の手を小さく、不器用に感じて、気持ちよくしてあげられているのか不安になる。

「気持ちく、……なって」

祈るような気持ちで彼の唇にキスもする。

もう腕が疲れてきた。どうしよう、困る……と悔やんだ刹那、力の弱くなった俺の手の上に柏樹さんの掌が重なってきて、一緒に動かし始めた。

「だめ、俺にさせて、こんなんじゃ……柏樹さんの、オナニーと、かわんないよ」

「ふはっ」と吹きだすように彼が笑って、キスを返してくれる。

「要に握られてるだけで、自分でするより何倍も昂奮するよ。自慰と一緒にはできない。するわけにいかないな。……こんなに、気持ちいいこと」

柏樹さんの大きくてあったかい掌に包まれながら、ふたりで彼のをこすった。キスしている唇を彼が時々離して、……は、と色っぽい吐息をこぼす。感じてくれている。

「手で、ごめんね。俺も、今度……口で、するね。透の、しゃぶらせて」

苦しげに潤んだ瞳で苦笑した彼が、俺の舌をむさぼった。

「……ほんとに、俺はひと晩で何度殺されるんだろう」

は、は、と彼の熱い息が、唇や頬にかかる。抱きしめられて、彼のをふたりで握ってこすって、キスをして、そして彼が達するのを一緒に掌で感じあった。

「……要、」

呼吸を乱しながら、彼が俺を呼ぶ。唇をむさぼる。

「気持ち、よかった……？」

「……うん、もちろん。ありがとう」

「ううん……よかった」

嬉しくて笑ったら抱き竦められて、頬にもお礼のようなキスをされた。意識が遠のく。

「さすがに……ちょっと、暑すぎかも、」

「うん、俺に寄りかかってて」

凛々しい声でそう言って、彼がひやりとするシャワーのお湯で身体の汗をながしてくれる。それから、ふわっと抱きあげられた。唇にもちょいちょい軽いキスをくれるから、そのたびに彼と笑いあった。「大丈夫だよ」と遠慮しても、彼は「駄目」と俺を制して、抱いたまま部屋まで運んでくれた。自分は腰にタオルを巻いた状態で、着がえも手伝ってくれる。それで「休んでて」と言いおいて再びお風呂へいき、身を清めたあと戻ってきた。

「起きてて平気？」

「……うん、ありがとう、平気」

テーブルの前に座っている俺の右横へ腰かける。柏樹さんの部屋にいるときとおなじ位置。彼のスーツもある、ほとんどおなじ光景。芝生のラグだけがない。

「あとでドライヤー貸して」と彼がうちのバスタオルで髪を拭いている。「そこの棚にあるから好きにどうぞ」と俺も場所を教える。……自分ちでのお泊まりってこんな感じなんだ。

「今夜は麦茶なんだね」と彼が俺のペットボトルをしめした。

「あ、うん……。おにぎり食べても、麦茶くれる人がいないと思ったから」

笑って、「透さんも飲んでいいよ」と、おたがいの真んなかあたりへすすと移動させたら、その手をとられて甲にキスされた。

「また要に殺された」

微笑して身を寄せてきた彼が、唇にもぷちとキスをしてくる。楽しげにはにかむ。……まだ酔いが残っているみたい。

「初めてのキスはもらっちゃいけないとか言って、拒絶してた透さんはどこいったんだか〜」

胸が苦しいのをごまかして明るく茶化して笑ったら、真剣な面持ちで手を握られた。

「あのとき叱ってくれた要に甘えて、いまだけは自分に正直でいることにしたよ。これも、」

彼がテーブルの横に立てかけていた鞄をとってひらく。ん？　と見守っていたら、Ｂ５サイズぐらいのタブレットをだしてテーブルに横むきにおいた。

「計画表をつくったって言ってたでしょう。要の予定も教えてもらって、完成させたい」

見て、というふうにうながされて、俺も覗きこむ。四角いマスがならぶひと月分のカレンダーが表示されていて、マスのひとつずつに黒い手書きの文字があった。

〝引っ越し準備〟とか〝呑み会〟のほかに、〝おっぱい〟〝おちんちん〟〝おっぱいの復習〟〝おちんちんの復習〟〝おしり（相談）〟とかある。

「へ、変な言葉がある」

「変じゃないよ」

見返すと、依然として真剣な表情をしている柏樹さんと目があった。

「することは、だいたいわかるんだけど……〝胸〟〝性器〟は駄目だったの？」

「こういうのは気持ちのつくりこみも大事なんだ。毎朝確認して夜の行為に備えるのに〝胸〟〝性器〟じゃ昂奮しない。視覚から昂奮しないと」

「……つまり、透は朝起きて〝今日は性器を触るんだな〟って思うんじゃテンションあがらないけど〝おちんちんを触るんだな〟って思うんなら楽しみになるってこと？」

「そう」と真面目に力いっぱいうなずかれた。柏樹さんの個人的な好みだと思う……けども、たしかに〝胸〟〝性器〟よりはかたさが和らぐし、この人の指向を解明するのが目的なんだから、昂奮してもらえるならいいかな？

「透は、おっぱいとおちんちんって言葉に昂奮するんだね」

「もうすこしセクシーに言ってみて」

セクシー……そんなの、めっちゃ照れる……。

「さ……さっき、おちんちん、しゃぶってくれて、ありがと……気持ちよかったよ」

柏樹さんが尖った鋭い目で俺を見つめて、左手の親指を立てる。

「——……よし」

「よし⁉」

気に入ってもらえたっぽい……うぅ、結構嬉しいかも。ちょっと調子乗りそう。

「とりあえず先に俺の予定を伝えておくと、仕事は十八日の金曜日で終わりなんだ。十九日の土曜日から二十三日の水曜日まではシルバーウイークなのもあって、ちょっと先倒しになった。ただこの連休中に引っ越しの作業をしないといけない。荷造りしたり、家電はほとんど後輩がもらってくれることになったから、レンタカーを借りて運んだりね」

「そうか……家電なんかは、京都に持っていくより、そのほうが楽ですね」

「そうなんだよ、助かった。で、二十五日の金曜の夜は、送別会というか、まあただの異動だけど、みんなが集まって呑み会してくれるから、また帰宅が深夜になる」

「今夜みたいに」

「うん。これはさすがに接待残業とは言えない。しっかりお別れ会してくるよ」

「はい」

「そして数日過ごして月末三十日に、不動産屋に鍵を渡して京都へ帰る」

「……うん」

今日は、日づけが変わって十二日の土曜日。計画表を見ていると時間のなさを痛感する。

「要は学校が十八日から始まるって言ってたよね。俺とすれ違いになる」

「うん。十八日に学校へいったら翌日からまたシルバーウイークで連休になるけど、『エデン』の仕事はあるし、連休後も日中学校で、夜はバイトだよ」

だから彼が京都へ帰る三十日の水曜日も、一緒にはいられない。

「一週間ずっとバイトなの？」

柏樹さんもちょっと深刻そうに訊いてくれる。

「うん……暇だからいいかなと思って、土曜日も結構入れてた」

　母さんは俺のひとり暮らしに関しても快諾してくれたけど、俺はうちの経済事情もあって『エデン』に入り浸っている。今月の後半も日曜日以外はずっとシフトを入れていた。

「俺が家で暇してるあいだ、要が学校とバイトを頑張っているってわけか。……そうなると、いまみたいに連日深夜まで無理させられないな。寝不足で勉強と仕事をさせたくない」

「でもそう言ってたら、十八日までの約一週間しかいままでどおり過ごせないよ。透さんも、いま仕事の日に寝不足で無理してくれてるでしょ、俺も大丈夫」

「いや、調整するよ。引っ越し作業の時間をなるべく短縮する。後輩に家電を渡すのは、要がバイトしてる時間にあわせよう。それで、空いた時間はなるべく一緒にいる。平日も。幸い、おなじアパートだからね。そこは強いよ。すぐに会いにいける」

「……わかった。その日になってみないと、どれぐらい時間食うかわからない日も多いもんね。こまめに連絡するね」

「頼む」

　いつの間にかふたりで必死になっているのが嬉しかった。照れて笑いあって麦茶を飲みあう。

「じゃあ……この〝おしり相談〟っていうのは……なんでしょうか」

　タブレットの液晶画面に指紋をつけないよう指をさす。なんとなくわかるけど、わからない。

柏樹さんの表情が再びかたくなる。

「絶対ではないらしいけど、男同士のセックスで深く繋がりあうのはここでしょう」

「……うん」

柏樹さんが濡れた髪を耳にかけて眼鏡のずれをなおし、俺に身体をむけて居住まいを正した。大事な話をするときの姿勢だ。目をまっすぐ覗かれて、俺も緊張した。

「さっきも言ったように、俺は、いまは要を本物の恋人だと想って接するようにしてる。夕方のメールで嫉妬心を送ったりしたけど、友だち相手だったら言わないああいう言葉も、あえて口にしてみてるよ」

……〝あえて〟〝してみた〟ことだったんだ。

「要にも、要の身体にも、心から魅力を感じてる。でも女性が好きで、いずれ可愛い女の子に恋をしたり、つきあって結婚をしたりする要の深い部分を、恋人でもない男の俺が汚して去るわけにはいかない。やっぱり、それは絶対に許されない行為だと思う」

〝結婚したりする要〟〝恋人でもない男の俺〟〝汚して去る〟。

「要はどうだろう。俺の好きにしていいって、どこまでの覚悟で言ってくれてたかな」

優しく真面目な声でしずかに問いかけてくれるその真摯さも、膝に乗せた大きな手の甲も、手をのばせば届くすぐ横にいてくれている温かい存在感も、この人の全部を、好きだと想う。酔っ払って王子さまの演技をしたりする無邪気さも、俺の身体に昂奮してくれる色っぽい姿も、おっぱいとかおちんちんなんて言葉にくすぐられるおかしさも、なにもかも好き。

俺を肯定して自信までくれた初恋の人。この世にふたりといない柏樹さんのものになりたい。でも柏樹さんは何度も〝恋人じゃない〟って現実を口にする。俺のことはここにおいていける程度の相手だ、って、思い知らせてくる。それだけが淋しい。

「……俺は、中だしセックスしても、いいって想ってたよ」

自分の声がかすれて震えたのに気づいた瞬間、視界も揺らいで涙がにじんできた。焦って、へへ、と笑って拭う。

この人にとっては汚す行為だとしても俺には違う。初めて好きになった人にもらう、人生を照らす想い出になる。二度と会えなくても。好きって告白しあうこともない偽者の恋人同士のセックスでも。いつか知らない遠いどこかで結婚して幸せになる彼との、他人からしたらばかげた行為だとしても。俺にはきっと、人生に迷うたび、照らしてくれる想い出になる。

「……要」

彼の膝の上の左手が浮いて、ふいに右頬を甘くつねられた。顔をあげて見返すと、彼もうつむき加減に眼鏡の奥の目をこすって、唇をひいて苦笑している。

「なんで透さんが泣くの」

「感動したからだよ。要も泣いてるでしょ……？」

「……うん。俺も、透さんが優しくて、感動して泣けた」

ふへへ、と笑ったら、彼の腕にすこし強引に抱き寄せられた。腰を強く、きつく抱かれる。

「……ありがとう要。要がくれる気持ちを大事にする。じゃあまずは、見せてもらえるかな」

「見る……？　おしり？」

「うん。挿入するにも時間をかけてならす必要があるんだよ。でも俺たちには結局時間がない。見せてもらったら、次は触りたい。それから指を挿入れて、要の奥の感触を教えてほしい。……時間が許す限り、できるところまで、ふたりで一緒にしよう」

恥ずかしい言葉を言われている、とは思わなかった。エロい、と茶化すこともできない。

柏樹さんの肩に目を押しつけて涙をこらえた。嬉しかった。同性の自分の身体に、この人が興味を持ってくれていること、本来なら汚いところを、触りたいと求めてもらえていること。

「……うん、一緒にしよう」

別れの日に見送りにもいけないのは、むしろとても幸せなことなのかな。こんなに胸が苦しい別れをした経験がないからわからないよ。いま俺を抱きしめてくれているこの人は〝いま〟にしかいない。再会できたとしても、違うこの人になっている。俺のおしりも、見たいなんて言ってくれない、〝そんなこともあったね〟ときっと苦笑いするこの人に。

「……透さんは、どんなおしりがよかったの」

「……。え?」

彼の腕がゆるんで上半身が離れる。訝しげな表情で見返されて、俺は彼の肩に涙をこすりつけて拭ってから、ふふ、と明るく笑った。

「ゲイのAV、観てたでしょ……? 好みのおしりとかあるんじゃないかなと思って」

「要～……」

涙目だった彼も、がっくり肩を落としてから、「……まったく」と苦笑する。空気が明るさをとり戻したのを感じて、俺もほっとして笑う。

「恋人の身体がもっとも愛しいに決まってるでしょ」

ふわふわと後頭部を撫でてたしなめられた。……恋人。うん、恋人。……そうだね。

そうして、彼は「髪を乾かすよ」と微笑んだ。「そのあいだに要は自分の予定を書きこんでおいて」とタブレットペンも貸してくれて、俺も「はい」とうなずいて受けとる。

それで、柏樹さんが髪を整えている横で、俺は自分のスマホにあるスケジュールを確認しながら予定を記入した。……本当に、なんで過去の俺はこんなにみっちりバイトを入れたんだか。悔やみつつも、ふと気づいた。俺、この人に会いたかったんだ。生活費は自分で払いたいし、夜『エデン』にいれば柏樹さんもくるかもしれないし……って、心の隅で期待していた。

「一週間ほとんどバイトだね」

ドライヤーをとめて、柏樹さんも髪を撫でつけながら話しかけてきた。乾かすのが遅かったせいで、右横と後頭部に変な癖がついてうねっている。可愛い。

「うん。暇だったから」

会いたかったからとも、家の事情があるからとも、髪にキスしたいとも、俺は言えない。

完成するとふたりで改めて眺めて、彼が画像に変換してスマホに送ってくれたのを共有した。

「変更や追加があれば連絡ちょうだい、つくりなおすから。毎日確認して、最終日まで一分も無駄にすることなく大事に過ごそう」

「はい」とこたえて、ふたりでうなずきあう。そして「じゃあ眠ろうか」と決めた。

「あ、でも、うちベッド小さいから透さんの寝る場所がない」

どうしよう。柏樹さんの部屋はセミダブルでふたりでも眠れるけど、うちは小さな安ベッドだから無理だ。

「要はベッドで、俺は床でいいよ」

「床っ？」

うん、と彼がテーブルを部屋の端によけて、スペースをつくる。

「俺が床に寝るから、透さんはベッドつかってよ。お客さんなんだから」

「いや、脚がはみだしそうだからいいよ。なにか上にかけるものだけ貸してもらえれば」

「脚……は、平気でも横幅が……え、じゃあちょっと待って」

凍えるほどではないとはいえ、夜は涼しい季節だ。冬につかっている厚めの毛布を敷いて、夏用のかけ布団を用意した。

「枕はどうしよう」と困ると、「これでいいよ」と柏樹さんがバスタオルをたたんで設置した。低めの枕ができた。

「ありがとう、おやすみ要」

「うん……おやすみ透さん」

彼が微笑んで眼鏡をはずし、簡易お布団へ横になるのを見守ってから、俺もベッドへ入った。灯りを消す。

彼の部屋より薄暗い自分の部屋。左側に頭を傾けると、今夜はうちの本棚に、彼のスーツがかけられている。彼の息づかいもかすかに聞こえる。なぜか衣ずれの音をあげるのも恥ずかしくて、きっちりかたまって天井を仰ぐ。自分の部屋の、毎日寝ているベッドなのに緊張する。柏樹さんがいる。寝ている。俺の、ひとりじゃない部屋。

……あ。てか、ベッドで眠れないなら柏樹さんは二階の部屋へ帰ればよかったんじゃないか。こんな、間近にある簡単すぎる解決策を、ふたりしてなんで一瞬も考えなかったんだろう。

柏樹さん。……柏樹さん。——透さん。

どうしよう、好きだ。

涙がでる、と焦って寝返りを打ったら、仰むけの体勢で両手をお腹において握り、天井を眺めている柏樹さんがいた。彼も起きている。視線をこっちへむけて俺を見つけ、頭ごと傾ける。俺を見つめて微笑む。

「……眠くないの？」と訊いてみた。

「……。いや」と唇だけ小さく動かして、微笑んだまま彼がこたえた。

「……眠れないの」と続けて訊いた。俺の部屋は、寝心地が悪いのかと不安になった。

「……そんなことないよ」と、彼は柔和な眼ざしでそっと頭をふってくれた。

ふたりきりの温かな静謐を、夜気が淋しく冷たく満たしていく。

ふいに、彼がお腹においていた右手を俺のほうへのばしてきた。その大きな、大好きな掌の体温を俺はもう知っている。なにも考えることもせず、俺も右手をのばして、彼の掌に重ねた。握り返される。しっかりと強く温かく。俺も応えたくて、握りしめる。

見返すと、彼の温かな瞳に光の粒が揺らいできらめいていた。外灯の光が入らない暗い部屋のはずなのに、どこから入った光だろう。柏樹さんは光っている、と思ったら、傍にいきたくなった。離れたくなくなった。ずっと一緒にいたくて恋しくて淋しくなった。

「……そっちにいってもいい」

訊ねてみたら、

「おいで」

彼は俺が言う言葉を知っていたようなはやさでこたえてくれた。

「うん」

うなずいて、そのままベッドから転がり落ちた。「わ」と驚いた柏樹さんが、慌てて両手をひろげて受けとめてくれる。顔を見あわせて、ふたりで吹きだした。

「普通におりてくれればいいでしょ」

「なんとなく、いいかと思って」

あははは、と笑いあう。自分たちの笑い声が深夜の狭い部屋に響き渡る。彼の唇が近づいてきてキスをされた。俺も応えてキスをした。舌を搦めて、優しく吸って、なにも言わないで、しばらくずっとキスをした。

「……要、」と額をつけて、柏樹さんが俺を呼ぶ。

「今日、デートしよう」

誘ってくれながらも、口先をぶつけてキスを続ける。

俺もおなじキスを返してこたえた。

「うん、しよう」

「要は夕方まで『エデン』だから、終わるころ迎えにいく。どこかいきたいところある？」

「遊園地」

冗談半分で、ははと笑ったけど、彼は「いいよ」と言った。

「でも夕方からだとレストランとパレードぐらいしか楽しめないから、遊園地は日曜にして、今夜は映画とかショッピングはどう？　そのあと夕飯食べよう」

「え、遊園地もいいの？」

「いいよ」

なにを驚いているの、というぐらいしれっとオッケーしてくれている。

「大人なのに遊園地？　本当に？」

「大人でもいくよ、遊園地」

「ちゃんとアトラクションに乗る？　ジェットコースターも？」

「乗るよ。要が怖いならやめてあげるけど」

「怖くないし」

笑う彼にキスされて、怖くないから、と反論のようにキスを返す。笑ってキスしておたがいの唇が湿って、ふやけてやわらかさも増していく。舌も舐めあう。お菓子を食べているように唇と舌を食みあいながら、「じゃあ今夜は映画と食事にしよう」とデートの約束を結んだ。

……終わらないキス。夜が明けるんじゃないかと思うけど、それでもいい。明日がこなくてもいい。こないでほしい。でもきてほしい。

虫の鳴き声が聞こえる、しずまり返った深夜。目をあけても、閉じても暗い。自分たちしかいないみたいな錯覚をする。柏樹さんが、ずっとここにいてくれるみたいな錯覚をする——。


昼近くまでふたりでぐっすり眠って、眠り姫よろしく柏樹さんのキスで起きたあと、軽く食事して『エデン』へ出勤した。休憩中はミサンガをつくって過ごす。イサムが休みだったので話し相手はいなかったけれど、柏樹さんがメールをくれるから退屈ではなかった。

『今日から引っ越し作業を始めちゃうよ』とか『今夜、なんの映画を観る？』とか。

別れを考えると淋しくなる。だから、いまを楽しむ、楽しむ、と自分に言い聞かせて、彼がメールを打ってくれているようすを想像しつつ、自分も返事を送り続けた。ちなみに今夜は〝おっぱい〟の日。胸は初日と一昨日しかしてないから、再びきちんと〝検証〟したいそうだ。

ところが最後の十分休憩に入ってスマホを確認したとき、突然状況が暗転した。

『要、ごめん。今夜デートできなくなった。迎えにいくこともできそうにない。何時になるかわからないけど、要の部屋へいくよ。そのとき事情を話す。本当にごめん』

彼女さんかも、と予感が過った。会社や家族の事情かもしれないので早合点はよくないけど、ひとことの説明もなく、わざわざ部屋まできて話す、という対応に異常な深刻さを感じる。

『うん、平気です。透さんは大丈夫？　辛いことならはやく解決するように祈ってます』

でも大人だからな。母さんも同僚が突然亡くなって急遽《きゅうきょ》お通夜、とかあったし、下手な妄想はしないで、ひとまず今日もまたいつもどおり帰って、彼からの連絡を待とう。……うん。

メールでさえ緊迫感が伝わってきたから、柏樹さんに悪いことが起きていないといいな、と悶々としながら仕事をした。

日も暮れて退勤時間になり、お客さんが途切れたところで仕事も終わり。棚の整理をしていた店長に声をかけてからスタッフルームへ移動すると、また柏樹さんのメールがきていた。

『ありがとう要。大丈夫、悪いことではない。デートにいけなくなったことのほうが辛いよ。本当にごめんね』

悪いことではない。なら、安心しておこう。

『よかった。透さんのその気持ちだけで嬉しいよ。バイトも終わった、帰る～』

人が走る絵文字をつけて陽気に返事をした。エプロンをはずして帰り支度をすませ、店をでて自転車をこいで帰る。……明日の遊園地の約束もなくなるのは切ないかな。おたがい一緒の休日も、あと二日あるかどうかだから。でもなにより、柏樹さんが心身ともに幸せでありますように、辛い思いをしていませんように。

途中、夕飯のお弁当も買って、アパートへ帰り着いた。自転車をとめて鍵をかける。

柏樹さん、部屋にはいるのかな、と彼の部屋のドアを見つめてお弁当の袋を持ち、移動しようとしたら、がちゃと音がして、見つめていたドアがひらいた。

「もー……透さん、ほんと自炊しいひんのやから。そんなんで健康維持できてんの？」

「なんとかなってんで。そう言うアイネは、いつ会《お》うても元気満々やなあ」

アイネ……あの、彼女さんだ。黒のロングヘアーに、空色のワンピースと白いカーディガンをあわせている清楚《せいそ》な姿。しかも京都の人……？　ふたりともおなじ京都の言葉で話してる。

なんだ……やっぱり急な用事は彼女さんだった。

たしかに悪いことではなかった、とほっとするはずが、途端にどす黒い感情も湧きあがってきて胃がうねり、不快感に襲われた。……あれ、なんだろ、心がめちゃくちゃになってきた。気持ち悪い。苦しい。彼の時間を簡単に奪える女性が羨ましい——憎い。

ドアの鍵をかけていた柏樹さんがふり返る。やば、と咄嗟にうつむき、足早に自分の部屋へ急ぐ。と、「要、」と聞こえた。

呼ばれた。ばれた。

幽霊から逃げるみたいに急いで部屋のドアに鍵をつっこんで、焦ってあけて慌てて入る。

大丈夫です、俺平気です、どうぞ彼女さんとでかけてください、と胸の奥から伝える。がさがさ鳴っていたお弁当の袋が、腕にひっかかったまましずかになった。外の音も聞こえない。大丈夫。スマホも鳴らない。柏樹さんはこない。俺のとこにこない。……こない。

ノブから手をおろして、ほ、と息をついた。こんなところに突っ立っていてもしかたない。靴を脱いで部屋に入ってお弁当を食べよう。お腹を満たせば落ちつくはずだ。今夜もステーキ弁当を買った。お肉最強。麦茶だってある。ひとりのときは、麦茶くれる人……いないから。

「要」

コンコン、とドアをノックされてどきっと心臓が跳ねた。柏樹さんきた。

「……は、い」

ドアを見返してこたえる。

「そこにいる？　ごめん、すこし時間をくれないか。俺だけだから」

……俺だけ。

「いえ、いいですよ。なんかすみません……タイミング、悪くて」

気にかけて、追いかけてきてくれただけで充分だった。彼女がいる、と、柏樹さんの口からいま聞く心の準備もできていない。

彼女さんの存在をおたがいが認識したら、きっとこの関係はおしまいになる。だって〝恋人はいるけど続けてくれないか〟って彼が言っても俺が無理だから。〝きみとのことは二股にならないと思ってる〟と説得されるのも辛い。俺は好きで、こうなってしまったらもう俺が彼女さんの存在を無視できないから。

このドアをひらいたら、『エデン』の店員と客に戻ってお別れだ。月末まで、あとしばらく夢を見ていられると思っていたのに。彼女さんのことを知っていながら自分の欲望を優先していた罰が当たったんだ。

「要、頼む。あけてくれ」

「や……ほんと、すみません。ちゃんと、彼女さんのところにいってあげてください」

「……。要」

コンコン、とまたノックされた。

「いま、世界中の誰よりも要の顔が見たい。お願いだよ、要」

……そんな言いかた狡いよ。中途半端に優しくするぐらいなら、未練も消え失せるまで傷つけ倒して去ってってよ。

「明日に、してください」

目が痛くて泣きそうだ。いまはこれ以上話していられない。

「明日は遊園地にいくんでしょう?」

え……遊園地。混乱して思考が停止する。「今日のうちに話しておこうよ」という声も続く。自分の靴を見おろして、ステーキ弁当と麦茶の買い物袋も見て、ドアのむこうの柏樹さんを想う。彼も立ちっぱなしで俺を待ってくれている。

我が儘を言って彼をふりまわしているのは自分だ、とわかってきて、申しわけなくなった。柏樹さんには最初から彼女さんがいて、結婚も望んでいて、俺は偽者の恋人だった。俺が恋心で彼をふりまわす権利ははなからないんだ。

「要」

ドアを押してあけると、外の夜気が入ってきて同時に彼の姿も現れた。白いヘンリーネックシャツの上に紺のジャケットを羽織っているカジュアルな服装。いつもの眼鏡。眉をゆがめている、怒っているのか、戸惑っているのか、判然としないいかたい表情。

好きだ。そう想った瞬間、彼がなかへ踏み入ってきた。大きな両掌と胸板が近づいてくる。わ、と息を呑んだ両頬を押さえられて、上むかされた。否応なしに目があう。顔を隠せない。逃げられない。

「ン、」と左をむいて彼の束縛から逃れようとしても無理だった。うつむくのも駄目。せめて視線をそらして瞼を細めて、現実を見るのを拒否する。彼は俺を凝視してくる。

「……要、嫉妬してくれたの？」

初めて、この人のこと……ちょっと、殴りたい気分。泣き叫びたい気分。

「……しない」

弱々しい声になったけどきっぱり否定した。

「だって、柏樹さんに彼女さんがいること、俺、知ってた。ふたりでいるの、見てたから」

「え……」

知ってて、偽者の恋人になって、好きになった俺が悪い。ばかなのは俺だ。

柏樹さんは遊園地なんかいかなくていいんです。明日も彼女さんの傍にいてあげてください。恋人扱い、してもらえて嬉しかったです。幸せでした。ノンケなら恋愛でぐちゃぐちゃしないとか言って、嘘までついたくせに、好きになったりして本当にごめんなさい。

「……彼女のこと、見られてたんだね」

彼女、と柏樹さんの声で聞いたら涙が目の表面にじわとひろがった。ぐっと目を閉じて唇を噛む。傷ついたのがばれたとしても、涙だけは見せちゃ駄目だ。うつむきたくて、首にも力をこめた。そうしたら、さらに強い力でまた彼の両掌に上むかされて、唇にふわ、とやわらかい……唇を、押しつけられた。キスされた。

「んン……っ」

ひき結んだ俺の唇を、吸ったり、舐めたりしてくる。なんで……？　どうしてキス？

「やっ……」

歯を食いしばって、顔をそむけようと試みながら抵抗した。俺が哀しんでるのが楽しいの？　そんなひどい人なの？

「……や、だ、」

彼を押しのけたら、手首にひっかけているステーキ弁当の袋もがさがさっと騒がしく鳴った。それでも柏樹さんは右手で俺の腰を強引に拘束して、さらにキスをしてくる。

「……可愛い、要」と囁かれてむっときた。

「ばか……っ」

胸を叩いても無視されて、叫んでひらいた口に舌を入れられる。

頬にあった左手が後頭部に移動した。腰と頭を支えて押さえられて、唇をむさぼられる。

「かしわ、ぎ……」

「〝透〟だよ。〝透〟だから」

ほんと、俺ばかだよ……。ひどい柏樹さんを知るのは嫌なのに、キスされてすごく嬉しい。まだ強引に求めてもらえて嬉しい。

「……ん、ン、」

後頭部の髪を指で梳かれて、慰めるように撫でられた。あったかい掌が、大丈夫、大丈夫、と言いながら直接俺の心を撫でるみたいに、する、する、と動いている。舌も甘く舐めてくる。頑なに、応えずにかたまっていたけれど、抵抗する力もなくなってきた。涙だけは必死にこらえて、諦めて、ふりまわしてしまった謝罪をこめて軽く彼の舌を舐めた。

彼が、ふ、と喉を鳴らした。笑ったのかうなずいたのか、どういう反応かはわからなかったけど、それからゆっくり唇が離れて、彼が俺の額に額を重ね、息をついた。

「――……姪っ子だよ」

え。

「いちばん上の姉の娘。十六歳の高校生。……見てわからなかった？　彼女って疑うにしろ、さすがに若すぎるでしょう」

ふふふっ、と柏樹さんが笑っている。顔が一気に熱くなってくる。

「うそ……わからなかった。綺麗な人だと思ってた」

姉の娘、姪っ子……俺より年下の女の子……。

「最近の子は大人びてるのかな。いや、でも無いな。姪っ子ってことを抜きにしても、俺には子どもにしか見えない。まさか要にそんな勘違いされてるとは。……ふふははは」

「わ、笑いすぎ」

「すまない。でも笑えるよ。ははは」

　また胸を叩いてやったら、反撃のキスをされた。けど、まだ喉の奥でくっくと笑っている。

「今年になってアイドルグループにハマったとかで、ライブのために上京してくるんだよ」

「アイ、ドル……？」

「そう、男の子五人組のね。『透さんがいて助かる～』って、うちは宿に利用されてるわけ。おまけにそのライブにもつきあわされて、グッズを買う長蛇の列にもならばされてるんだよ。姉も、友だち同士ならいかせられないけど、俺がつきそいなら安心だからって喜んでるし……まったくろくなもんじゃない。今日は諦めてたライブにいけることになったとかで、いきなりきたんだ。俺が独り身だと思って好き勝手に……ほんと散々だよ」

　……さっきまでの苦しい気持ちが、衝撃と一緒にすっ飛んでいく。

「透さんもいくの？　男のアイドルのライブに……？」

「うん、いかされてたね。今夜は友だちと落ちあうらしいから、終わるころ迎えにいくよ」

「ライブで透さんなにしてたの？」

「ちゃんとペンライト持たされてふってたよ」

「えっ。棒立ちじゃなくて？　ちゃんと？」

「うん、歌も憶えた。お決まりのかけ声とか、ふりつけもできる。棒立ちだと空気悪いしね」

　柏樹さんが……男のアイドルのライブで、ノリノリ……。

「そうか……透さんは、男の子好きだし、そういうこともできるのか……」

「要……べつに変な目では見てないからね？　可愛いなあ程度に思うことはあっても」

「好みの男の子の話とかしてくれそう」

「まあ、できなくもない。姪とは推しがあわないね」

「一緒に楽しんでくれるんだもの、そりゃ姪っ子さんも透さんに懐くよ。そっか……」

週末に彼女と一緒にでかけていたのは、アイドルのライブだったんだ。恋人とのデートじゃなかった。

「……要は俺のこと、彼女がいる男だと思ってたんだね。すまない」

ふに、と唇を押しつけられて、音つきのキスをされた。

「いまは要としかつきあってないよ。俺の恋人は要だけ。……最後まできちんと大事にする。信じてほしい」

囁いて額にもキスされて、さっきとは違う涙があふれそうになった。

「……今度カラオケいって、そのアイドルの歌、聴かせてくれたら信じる」

単純にすごく聴いてみたい。カラオケにいけるタイミングがあるかどうかも謎だけど、笑ってお願いした。

「いいよ、会社の呑み会でも歌うとウケるからね」

「え、なんだ、普通に人前で歌ってるんだ。聴いてる社員さん狡い～嫉妬～」

ははは、とふたりで笑いあった。

「人気アイドルで、要もきっとサビなら知っているようなグループだし、俺も歌えるよ。早速カラオケデートの日も恋人計画表に書きこもう」

「……うん」

どちらからともなく自然と唇をあわせて舌同士を舐めあった。

いまは俺が、俺だけがこの人の恋人。偽者でも、ちゃんとたったひとりの恋人――。


そのあと、柏樹さんとお弁当屋へいって彼の幕の内弁当を買い、俺の部屋へ戻って、一緒に夕飯を食べた。本当は姪っ子さんを送りがてら自分もライブ会場方面へ移動し、時間を潰しつつ外食する予定でいたそうなのだが、「一時間ぐらいだけど、要がよければ一緒にいたいな」ととどまってくれた。

姪っ子さんは愛を希《のぞ》むと書いて愛希《あいね》ちゃんというそうだ。ふたりでお弁当を食べていたら、柏樹さんのお姉さんからもスマホに電話があった。

「――……ああ、うん、ちゃんと会えたよ。いまライブにいったはる。友だちも会場におるらしいな。うん、そうそう。ン、わかってる。明日の朝、新幹線に乗せて帰らせるし」

お弁当の鮭《さけ》をほぐしながら身内の人と京都弁でフランクに話す柏樹さんも初めて見た。

お姉さんは現在三十七歳。柏樹さんとは十歳離れている。愛希ちゃんは、柏樹さんが十一歳の小学六年生のときに生まれた子で、彼は「よくおっさんが言う〝おしめもかえて面倒見てきた子〟ってやつだよ」と笑った。

「今日は家出同然で飛びだしてきたらしい。昨日の夜、姉貴と喧嘩してたんだってさ。『透さんが京都に帰ってきたらもういけなくなるんだからっ、最後だからっ』って泣きわめいて大変だったたって」

「えぇ……なんか、こう言っちゃなんだけど……ほんとに、宿っぽい扱い……」

「そうだよ、利用されてるだけ。彼らにハマったあと一生懸命バイトして、上京するためのお金を自分で稼いで、お洒落して頑張ってるから、姉貴も『透の言うことをきちんと聞くなら』って許可してたんだよ。母子そろって俺をあてにして利用してる。ひどい話でしょ」

「でも……一緒に楽しんでくれるしな、男の子の追っかけ」

「要、若干語弊《ごへい》があるよ、それは」

ふたりで笑って、そのアイドルグループのサイトや動画もスマホで観た。

十代の子が三人、二十代の子がふたりの五人グループはたしかに俺も知っていた。CMとかで、しょっちゅう歌も聴く。姪っ子さんの推しが、いちばん人気の十代の元気っ子センター。柏樹さんの推しはおなじく十代の穏和そうな地味っ子。

「俺はいちばん年上の、この人がいいな。この前少女漫画の映画で先生の役を演《や》ってたよね。あのスーツ姿が素敵だった印象ある。顔も格好よくて、頼れる先生って感じがよかった」

男前で好みだ。目がぱっちりしていて鼻筋も通ってる。色気もあって格好いい。

スマホスタンドにおいたスマホ画面のPV動画を観てにやけながらステーキを一枚食べたら、身を寄せて覗きこんできた柏樹さんが「ふん」と鼻を鳴らした。

「よくある顔でしょう。頼れるかどうかも怪しいな。演技はあくまで演技だしね」

「よくあるっ？　性格はイメージだとしても、こんなに格好いい人はあまりいないけどな……さすがアイドルって思うよ」

「写真と映像はごまかせる。実際会うとたいしたことない」

「そんな間近でライブ観られたの？」

「いや、米粒サイズでもわかる」

「⁉」

「目がいいから」

「眼鏡してんじゃんっ」

吹いて笑ったら、柏樹さんは俺の右側に顔をつけて耳を甘噛みしてきた。ちょっと痛い。

……嫉妬してくれた、って、思っていいのかな。

「透さんの推しのほうが地味だよ。この子もドラマとかでてるけど、目立つタイプじゃない」

「俺はそういう子がいい。派手じゃなくとも、陰でこつこつ頑張って輝いてる子がね」

「ふうん……ヌいたりした？」

「ごふっ」と柏樹さんが噎《む》せて、胸を叩きながら麦茶を飲んだ。

「しない」

ぎろっと睨んできて、叱るような声でびしりと断言する。

「しないんだ」

「しないよ」

「ＡＶでもヌかなかったんだもんね。透さんは顔が好みでもヌけないんだ。難儀だ」

麦茶のグラスをおいて、彼が息をつく。俺が買ってきたのを分けてあげた麦茶。

「アイドルは大事に見守って応援するものなの。そういうことはべつの子とするよ。傍にいて、顔もスタイルも、性格も知っていて、全部好みの要みたいな子とね」

色っぽいながし目で俺を見返して、唇で笑む。箸を持ちなおすと、卵焼きとご飯を食べた。

甘い言葉が、さっきまでとは違う手触りで感じられる。真実に近いような感触。でも俺も、ずっと傍にいられるわけじゃない。

「……そうだね。アイドルは神聖なものだよね。ヌくとか……姪っ子さんにも申しわけない」

反省、と軽く頭をさげて苦笑してから、ステーキとご飯を一緒に頬張った。柏樹さんもうなずいて、苦笑する。

ぽろん、とピアノの音色が響いて、スマホからバラード曲がながれ始めた。動画が変わって、柏樹さんの推しが出演していた恋愛ドラマの、エンディング曲だったPVになっている。

「要はこのドラマ観てた？」と訊かれて、「ううん。でも物語は知ってるよ」とこたえた。

大学生の地味君が、既婚の女性を好きになって追いかける不倫の恋愛ドラマ。女性は旦那に虐待されていて、地味君は彼女の逃げ場所になって守ろうとする。でもふたりは友だちにも親にも不倫を責められて、行き場を失う。自己嫌悪に陥る彼女に、地味君は『あなただけがいればいい』と告白して、彼女もなんとか離婚し、地味君と同棲を始めるけれど、結局なにもかも失ったふたりきりの生活は続かず、最後は別れて、それぞれ新しい幸せを探していく。

「不倫ドラマだ～って最初話題になってたけど、物語を聞いたら、そういうんじゃないなって思った。他人同士で一緒に居続けるって、きちんと心が繋がってないと駄目なんだなって」

「うん。好き好きだけじゃ駄目だ。心のもっとも深いところにある、他人と共有しづらい部分……孤独や罪悪を、分かちあい続けられるかが大事なのかもって、俺も考えさせられたな」

孤独や罪悪を分かちあい続けられるか。

「……うん、そうだね」

「俺は毎回観てたんだけど、ふたりは同棲を始めたあと最初は幸せそうだったのに、自分たちが捨ててきた親や友だちへの罪悪感と、彼らに会えない虚《むな》しさに苛まれて、ふたりでいても、どんどん孤独になっていった。恋愛には覚悟が必要だけど、なにが本当に欲しいか、大事か、必要かが、あとになって変わるような覚悟じゃ駄目だ。結局ふたりは恋愛に酔ってた。だから駄目だったんだ」

「ん……そうだね、覚悟。ふたりは不倫が楽しかったのかな。でもみんなに祝福される恋愛が、いちばん幸せに決まってるよね」

自分で言っておきながら胸が痛く、苦しくなった。切ないバラード曲のリズムも心に響く。同性愛なんて誰も祝福してくれない。

頬をふくらませてご飯を咀嚼している柏樹さんが、真剣な眼ざしで俺を見つめる。それからスマホのＰＶに視線をむけた。俺も曲を聴きながら麦茶を飲んだ。

「姪っ子さんは、透さんのことどう思ってるのかな」

明るい声で話を傾けた。

「え？」と彼が目をまるめる。

「ライブのたびに宿泊してたんでしょ？　ひと部屋しかなくて、お風呂も脱衣所がない、ベッドはひとつ。そんな男の部屋にふたりきり……」

「なにを妄想してるの要……」

「俺なら、こんな格好いい叔父さんとひと晩一緒だったらどきどきだな〜って」

くふふふ、と笑ってからかう。柏樹さんは目を細めて唇をへの字にまげている。

「冗談じゃないよ……風呂のときは『こっちこないで、見ないでよね』って突っぱねられて、寝るときは『あたしがベッドだから』って追いだされて。俺の部屋だっていうのに、女王さま気どりだよ。なんであんな子に育っちゃったんだか」

「え、嘘。ん～……でもツンデレってこともあるんじゃ」

「要は叔父と姪って関係に変なロマンスを感じてるみたいだね……でも残念ながらないから。アイドルにどきどきしてる話をひと晩中聞かせされてるだけだから」

「ふうん……」

「かと思えば、ライブ会場で急にしおらしくなって『お金が足りないの……』って、グッズも強請《ねだ》られたりするしね。世の叔父さんっていうのは、そういう存在なわけだよ」

「宿と財布だ……」

「そう。十代の子にとって俺は老人だし、俺にとってもおしめかえて風呂にも入れてやってた姪っ子はお子さまだ。〝女性〟にはほど遠い」

「ぴちぴち肌に昂奮しないの？」

「するか」

ちょっと乱暴な物言いで否定されて笑ってしまった。彼も笑いながらお弁当を食べ終えて、蓋を閉めて片づけ始める。俺も最後のステーキとご飯粒まで食べて箸をおく。

「要は？」

「ん？」

「要は、どんな女の子が好みなの」

口のなかのご飯の存在を、一瞬忘れた。彼がしずかな優しい瞳で俺を見つめている。口を、動かして再び咀嚼しつつ、俺は「んー……」と笑顔を繕い、考えるふりをして手もとに視線をそらす。

「そうだな……性格があうといいかな」

「外見は？」

「べつに、いまはこだわらないかも。性格重視、みたいな」

「そうか……要らしいね。普通、要ぐらいの歳のころは、女の子の外見ばかり見てるものじゃない？」

「そうかな」

「俺が大学生のころはそうだったよ。友だちが巨乳好きでずっと騒いでたな。要は本当にこだわりないの？　胸も、髪型も、スタイルも」

うまく演技できそうにない。もうこの話やめたい。

「透さんは、胸大きいほうがいい？　女の人の身体には平等に昂奮するんだよね」

……でもこれは、彼の性指向を解明するための大事な話でもある。

「大きすぎると、俺は手に負えないな」

苦笑しながら彼が麦茶を飲んだ。

手に負えない、と……感じる胸を、触ったことがあるんだ。恋愛は何度かした、って言ってたもんな。いろんな胸を揉んできたんだな。……そうだよな。いじるの、上手だもんな。

「手に負えない胸って、すごいね。なら俺も、手におさまるぐらいがいいかな」

適当すぎる感想を言って笑いつつ、俺もお弁当の包みを片づけた。スマホの動画が軽快な曲に変わってくれてほっとする。……もっと明るく、女の子の話もしなくちゃいけないのにな。駄目だな、俺。

「……じゃあ、男はどんな奴が好みなの」

柏樹さんが俺のほうに身体をむけて、俺も、え、とまた見返した。

「愛希とおなじで、要もまだ若い。俺は要からしたらきっとおじさんすぎたよね」

……真剣だけど、ちょっと不安そうにも見える微苦笑と、ひろい胸と、膝におかれた大きな左手。手首の腕時計。眼鏡。……なに言ってるんだろう、この人。

右手をあげて、柏樹さんのヘンリーネックシャツの、左胸の上に掌を重ねた。

「二十七歳はおじさんっていうよりお兄さんだし……このおっぱいは、手に負えるよ。透さん以外の男の好みは、俺よくわからない」

掌の中心に彼の乳首をかすかに感じて、それだけでどきどきする。彼が「はは」と笑った。近づいてきた彼の両腕に腰を抱かれた。背中もひかれて、強く抱きしめられる。

「……ありがとう要」

あったかい……頭をふって、俺も彼の背中に手をまわして抱き返してみる。自分を包んでくれる、ひとまわり大きな身体に安堵を覚える。……ぬくもりと、熱を覚える。

俺は女性を愛して抱きしめることは一生ないし、この人のこの身体のぬくもりを忘れる日も一生こない。必ずずっと、毎日想う。この人が元気でいますように。幸せでいますように。

「……そろそろいかないとな」と小さなため息をついて、柏樹さんが俺の耳にキスをした。

「うん……気をつけてね、叔父さん」と俺もすこし笑って、彼の頬にキスをした。

「今夜も一緒にいたかったけど、愛希の面倒を見るよ」

「はい」

「明日、朝に東京駅まで送ってくる。そうしたら遊園地にいこう」

「あ、なら、時間ずらして俺も追いかけるよ。駅で待ちあわせていったほうがはやい」

「ああ、それがいいね。お願いします」

具体的な約束をかわすと、心がその時間、その場所に飛んでわくわくしてきた。勢いで彼が俺の口にもキスをくれて、俺も返す。ふふ、と笑いあっておたがい浮かれているのを感じるとますます嬉しくなってくる。

「要が真下にいるのに、会いにこられないうえにひとりで床に寝かされるって辛すぎる……」

「うちにきてもらっても床寝だよ。ラグもない」

「ここなら要が降ってくる。可愛い胸もある」

今日はここを吸える日でもあったのに……、と小声で言って、彼が俺の左胸を撫でた。

「おっぱいの日、憶えてた？」と訊いたら、「もちろん」と得意げに言う。ふたりで笑ってキスをくり返す。スマホからライブのアンコールのラスト曲みたいな軽快な歌がながれ続けている。

「……上の姉とは歳が離れているから、弟といってもかなり子ども扱いされてた。いま愛希のことで、姉が俺を大人として頼りにしてくれるのは、なんていうか……親に認められるのとはまた違った成長を感じて誇らしいよ」

姉弟への思いまで、聞かせてくれた。彼が俺を見つめて微笑む。

「うん……東京まできて立派に仕事してるんだもの、充分大人だよ。素敵な叔父さんだよ」

「男の子のAVをレンタルし続けていた男でも？」

「もちろん」

ははは、と笑いあった。それからしっかり深いキスをして名残惜《なごりお》しさを薄めたあと、ふたりでゴミを片づけた。「待って、麦茶全部飲んじゃうよ」とグラスに残っていた麦茶を、彼は一気飲みした。適当に残して帰らないところに、真面目ですべてに慈しみ深い彼らしさを感じた。

外まででて、駅へむかって夜道を歩いていく彼を見送った。二回ほどふり返って、彼は笑顔で照れくさそうに手をふった。いま思うことじゃないのに、いかないで、と想った。遠のいていく背中を見ているのが、ただただとても苦しかった。

まっすぐ帰るのがなんとなく嫌で、朝食の買い物がてら夜散歩をしようと決め、歩きながらイサムにメールをしてみた。

『柏樹さん、独り身だった。彼女だと思ってた人、姪っ子さんだったよ』

おにぎりを選んでお会計をしていたら、すぐ返事がきた。

『まじか、やったじゃん。いまは要だけってことだろ？　もうつきあっちゃえよ』

コンビニをでて夜風に打たれ、近所の公園や小学校を眺めて歩きつつ返事を送る。

『一対一でつきあってくれてるのは嬉しかったけど、俺はあくまで偽者の恋人だよ』

『最後まで好きって言わねーの？』

メッセージの吹きだしに浮かぶイサムの黒い文字を見つめて、顔をあげて、暗い夜道の先へ視線を投げた。オレンジ色の外灯が、誰もいない道路をぼんやり照らしている。

――ふたりは同棲を始めたあと最初は幸せそうだったのに、自分たちが捨ててきた親や友だちへの罪悪感と、彼らに会えない虚しさに苛まれて、ふたりでいても、どんどん孤独になっていった。

――結局ふたりは恋愛に酔ってた。だから駄目だったんだ。

『うん、言わない』

涙がでそうになって、あ、いまは我慢しなくていいんだ、と気づいたら、ほろほろこぼれてきた。

『言えよ。ノンケって嘘ついたかもしんねーけど、男同士に偏見はないとも言ったんだろ？　だったらいいじゃん。このまま別れたら後悔すんぞ』

人がくるかもしれないから、声を殺して、ながれる涙を拭って歩いた。自分を想って背中を押してくれるイサムの気持ちも嬉しくて、その優しさに胸が潰れる。余計に涙がでる。

泣きながら文字を打って届けた。

『柏樹さんに罪悪感を持たせたくない。あの人は自分の悩みに俺をつきあわせてるって思ってるんだもん。俺が好きになったなんて知ったら、あの人真面目だから、ずっと俺に申しわけないって思って後悔し続けるよ。……俺、たぶん柏樹さんはバイだと思うのね。だから俺のこと触って彼自身もバイだって納得できたなら、京都帰って望みどおり結婚して、たくさんの人に祝福される幸せな人生を生きてほしい。……俺はその幸せを、どうしたってあげられないし』

階段をあがって高台の住宅街へむかい、町を見おろして歩いていたら『エデン』があった。煌々と輝く、平たい赤い屋根の小さなレンタルショップ。柏樹さんと俺を繋いでくれた店。

——すみません、ちょっといいですか。

一年くらい前に一度だけ、彼としっかり会話したことがあった。

——風が強いらしくて、外のポスターが剝《は》がれていました。これ。

ちょうどいまぐらいの季節で、台風がくるってニュースで騒いでいた週末の夜、彼が新作の映画のポスターを持って、髪を乱して、カウンターにきてくれたんだ。

——あ、すみません。ありがとうございます。落ちついたら、貼りなおしておきますね。

風に搔きまわされた髪を整える大きな手。腕時計のついた手首。眼鏡の奥のかたい瞳。綺麗な低い声。……格好よくて見惚れたほんの三秒ほどの時間、世界が永遠みたいに停止した。

——この新作……面白いですかね。

彼に続けて訊かれて我に返った。

——SFが好きなら、恋愛要素も素敵なのでロマンチックな気持ちで楽しめますよ。

ゲイAVを借りてるってことを一瞬失念して、ついそんなすすめかたをしてしまった。でも愛するふたりの姿を観て感動する心に異性愛者も同性愛者もないし、この人はきっとそういう小さな差別をしないだろうと信じもした。

——そうですか……じゃあ、観てみます。楽しみです。

わずかに微笑んでくれた表情を、時々記憶からひっぱりだして見つめた。好きだ、と認める勇気はなかった。けどずっと意識していた。彼の存在はバイトの楽しみで、生活の灯火《ともしび》だった。

『エデン』は楽園の名前だ。アダムとイヴが禁断の果実を食べて性を意識し、追放される楽園。俺と柏樹さんも、性を意識した。だから彼は楽園からいなくなってしまうのかもしれない。

『カッシーは要のこと好きだろ？』

歩道に立って眼下の『エデン』を眺めていたら、イサムがまた返事をくれた。

『恋愛で見てくれてるわけじゃないよ。いまだけ恋人扱いして、大事にしてくれてるだけ』

『納得いかねー。こんだけぶらぶらしといて〝好きじゃないです、さようなら〟ってなったら人間不信レベルだわ』

『最初から期間限定の約束なんだから、柏樹さんがさよならって言ってもおかしくはないよ。でもイサムの言うように、そういう想いが芽生えたらきちんと言ってくれる誠実な人だと思う。ただ、いまはこの関係を終わらせて帰るって言ってる。だからそれが答えだよ』

――要は、どんな女の子が好みなの。

――……最後まできちんと大事にする。信じてほしい。

柏樹さんの優しさを勘違いしちゃ駄目なんだ。優しさと恋は、まったく違う。

『いまはまだカッシーの度胸足りねーだけだろ。ぜってー要のこと好きだし』

イサムがどんなふうな表情で文字を打ってくれているのかよくわかる。むっとまがった唇が見えて、それが拗ねているようでもあって、ありがたくて心が癒やされた。

『ありがとう。イサムが持ちあげてくれると自惚《うぬぼ》れちゃうよ。ほんとに、イサムがいてくれてよかったな。ひとりでいたら淋しくて死んでた。めっちゃ元気もらってる』

『ずっといてやるよ。俺はいてやっからな』

『うん、ありがとう』

左肩からずれ落ちたパーカーをなおして涙を拭い、また歩いて家へ帰った。

すんげーおセンチになっててやべーって思う。明日に備えてさっさと寝よう、とお風呂もすませてベッドへ入った。そうしたら柏樹さんからもメールがきた。

『愛希に「なんでラグ？　ウケる」って笑われて腹が立ったよ。大事な想い出の品なのに』

暗い部屋でスマホがぼうっと光って、彼のささやかな怒りを輝かせている。

『引っ越し前だもんね、おかしいって思うかも』

『おかしくないさ。急にきたからって、ベッドも「ちゃんと干してる？　くさくない？」って失礼すぎる。姉が甘やかしすぎたんだ。礼儀がなってないよ』

叔父さんが姪っ子の愚痴なんて、と笑ってしまった。

『そんな言っても可愛いんでしょ？　京都へ帰ったら、たぶん家にもこんなにきてくれないよ。優しい叔父さんしてあげなくちゃ』

『こうやって温かい声をかけてくれる要が可愛い。優しく大事にしたい。胸も触りたかった。下にいると思うと口惜《くちお》しい……』

天井を仰いで、彼がラグに座ってメールを届けてくれている姿を想像した。俺も会いたい。すこしでも会いたい。一秒でも傍にいたい。

『エッチおじさん〜。こんなメールしてるって知られたら、姪っ子さんぶっ倒れるよ』

腕が疲れてきて、胸の上にスマホを伏せた。柏樹さんの部屋から、小さく足音が聞こえる。姪っ子さんなのか、彼なのか。

『うん、俺がメールしてるの不思議がってる。「彼女できたの？」ってしつこく訊いてくる』

『ロマンスの予感』

『違うから』

『嫉妬してるんだよ』

『要はそんなに俺と愛希をどうにかしたい？』

『犯罪者～』

『いますぐ要を襲いにいきたいよ』

今度は、彼が玄関のドアをがちゃっとひらいて飛びこんでくるのを妄想する。かけ布団の上へダイブしてきて、俺が笑うと彼も笑って、キスをしあって、イチコロ抱きをされる。

『もう布団のなかだよ、きたっていいよ』

からかうように誘ってみた。

『くそ……』と、悔しげな諦めだけが届いた。はは、と泣き笑いになった。

『ねえ要、誕生日を教えてくれないかな』

突然話題が変わった。

『どうして誕生日？』

『これから風呂に入ろうと思ってるんだけど、俺のメール相手がそうとう気になるらしくて、愛希にスマホを見られそうな勢いだ。パスワードを要の誕生日にしておけば絶対にばれないし、俺も忘れない。だから教えて』

悪いおじさんめ……。

『十一月二十八日だよ。透さんは？』

『ありがとう。冬生まれなんだね。俺は二月十五日だよ』

『透さんも冬だ』

『バレンタインデーとプレゼントを一緒にされる残念な誕生日です』

……ナチュラルにとんでもないこと言ったぞ。

『バレンタインに～チョコをもらえない人も～いると思います～』

『その発想はなかった』

『透さんいま世の男たちをだいぶ敵にまわしたよ』

『いやほら、うちは姉がふたりいるから。お姉さまたちに必ずもらっていたんですよ』

『言いわけっぽい』

ゲイとか関係なく、男でモブだった俺にとっては切ないイベントだった。くー……。

『嫉妬してくれたの？』

『男としてね。はやくお風呂いきなよ。メールしてたらとまらないから』

『そうだね。おやすみ要。明日また時間をメールする。遊園地楽しみにしてるよ』

いきな、と自分から言ったのに、会話が終わるのは名残惜しい。

『おやすみなさい。メール待ってるね。俺も楽しみにしてます』

スマホを枕の下に入れて目を閉じた。哀しさは心の外へ投げ捨てて、明日のシミュレートをする。

朝起きたらおにぎりを食べて服を選ぼう。連絡がきたら、そわそわして駅へいく。

遊園地なんて何年ぶりだろう。ジェットコースター、俺乗れるかな。……ううん。彼が笑って〝いこう〟と言ってくれるなら、なんでも試そう。全部乗ろう、体感しよう。無駄にしない。

後悔しない。いまをしっかり、楽しむことだけ考える。わかっている。どうせ後悔はするんだ。したいことは、別れたあとにも増えていく。だからせめて、記憶にだけは、精いっぱい大事にいまを過ごした、って残るぐらい楽しもう。好きでいよう。彼を、好きでいよう。


東京駅で待ちあわせて移動し、目的の遊園地に着いたのは正午過ぎだった。

柏樹さんが買ってくれたチケットでゲートをくぐった瞬間、現実ではないべつ世界の空気にぶわっと包まれたのを感じた。すごい……異世界に迷いこんだのかって錯覚するほど夢の国。

「なんか、すごい、雰囲気が違う。すごいっ」

語彙力《ごいりょく》皆無で子どもみたいに興奮したら、柏樹さんも「うん」とうなずいてくれた。

「幸せの国だよねえ……自分が社会人で、明日も会社へいかなくちゃいけない現実を忘れる」

「うん、夢しかない……」

入ってすぐの広場にはおみやげやさんやレストランやフードワゴンがあって賑やかだった。遊園地のマスコットキャラクターのオブジェもあって、人が群がっている。ホットドッグやチュロスやポップコーンのワゴンに、格好いい衣装をまとったスタッフさんが販売しているキャラクター風船、着ぐるみキャラクターと一緒に写真を撮るための長い列。

現実どころか老若男女すらない感じがする。男の子も女の子も、子どももお父さんもお母さんもみんな陽気で、キャラクターの耳カチューシャをつけたり、おそろいのキャラクターTシャツで双子コーデをしたりしてこの世界を全身で満喫している。すごい。すごい……！

「俺、地味すぎない？　耳とかつけないと場違いじゃない？」

せっかくのデートだし、新しい白の長袖シャツにパーカーを羽織って、爽《さわ》やかな青色のスキニーパンツでお洒落したつもりだったけど、もっと浮かれるべきだった気がする。せめてリュックをキャラクターのやつに変えるとか。

「はは。大丈夫、要は今日もとっても可愛いよ」

園内の外国風の街並み、運河と船、走っている小さな電車、クラシックカー、遠くから聞こえてくる「きゃー」っていう絶叫と、眼前にそびえる大きなシンボルにアトラクションたち。

胸がそわそわする。二十歳《はたち》過ぎの男子として恥ずかしくてもとまらない、もう楽しい……！

晴天の青空、園内にあふれる声、音楽、俺らを歓迎してくれるキャラクターたちの笑顔。

はやく、はやく、と華やかな世界を見据えて歩いていると、左腕をうしろから摑まれた。

「要、先にご飯を食べよう。アトラクションの列にならんだら結構時間かかるからお腹が空いて辛くなるよ」

「あ……そうだね、わかった」

「あからさまにがっかりしたな」

ははは、と柏樹さんはさっきからずっと笑っている。

「ちらっと見た限りレストランはどこも混んでるっぽかったから、ワゴンの軽食ですませる？

夜はレストランで食べて」

「うん、そうしよう、お肉おいしそうだったよ骨つきのっ。俺あれ食べたいっ」

「じゃあ俺はソーセージドッグにしようかな、うまそうだった」

ふたりでうきうき移動してそれぞれお目当てのフードを選び、それも柏樹さんが買ってくれて、椅子に座って食べた。ついでにパンフレットの地図をひろげて、どのアトラクションからまわるかきちんと決めていく。

「パレードは二時からもあるみたいだね」と柏樹さんが。

「でも二時なんてあっという間じゃないかな……」

周囲を見まわすと、アトラクションの出入り口には人が集まってだんごになっている。

「そうだね、いちばん人気のこのジェットコースターは二時間待ちってなってたな。パレードは夜のほうがライトも綺麗だろうし、二時の回はスルーしようか。二、三個乗って、夜八時のパレードに備えよう。待ち時間も、移動時間も、場所とりの時間も必要だから、余裕を持って動かないと」

「うん。船と電車とクラシックカーでもショートカットできるよ」

「船は乗ってみたいな」

「俺も」

「じゃ、ひとまずこの人気のあるみっつのジェットコースターを制覇しにいこうか」

「みっつ全部っ？」

「ほかはシアター系のロマンチックなのと、メリーゴーラウンドなんかの子どもむけアトラクションだもの。大人の俺たちはこれに乗らないと。屋外がふたつと、屋内がひとつ。屋内のなら暗いところをすすむだけで回転もしないよ」

「うん……わかった。乗ろう。平気かな……めっちゃどきどきしてきた」

よく考えたら、ジェットコースターは小学生以来だった。どんな感覚かすっかり忘れている。そのとき楽しめたのかどうかすら記憶にない。いまは超苦手になってるかも。

「なら最初にこの屋内のやつで身体を慣らしてから恐怖の度あいをあげていこう。辛かったらやめてもいいんだよ。水上ヴィークルとかも楽しそうだし、シアター系のアトラクションも、暗闇のなかの光の演出とか3D体験が綺麗で素敵そうだ」

柏樹さんはにっこり笑顔で俺を安心させてくれる。

「うん。時間が許す限りいろいろ乗りたい。観たい」

「そうしよう」

ソーセージドッグを「ひとくち食べる?」とすすめてもらって、俺も骨つき肉をひとくちあげて、交換しながら食事も終えた。彼のはソーセージがぱりっぱりで、俺のは肉厚でジューシーで、どっちもおいしくてふたりして大満足。お腹も心もとっても幸せになった。

「ちょっと写真撮っていい?」とスマホをだしてきた柏樹さんが周囲の建物やアトラクションを撮るから、「俺も」と一緒に撮った。歩いているキャラクターも撮る。

「要も撮らせて」とスマホをむけられて、「嫌だよ、恥ずかしい〜」と笑って照れる。

「記念なんだから一枚だけ」

顔を手で隠して、よけられて、笑いながらツーショットも撮った。まだ食事しただけなのに、俺たちすごいはしゃいでる。大人の柏樹さんが気をつかって無理に楽しんでくれている、というようすも一切ない。彼も俺も、ふたりして心からわくわくしてる。高揚して浮かれてる。

「よし、じゃあいこうか」

最初にチャレンジする屋内ジェットコースターは最奥にある。園内を半周できる船に乗ればはやいけど、ほかのアトラクションやこの夢の国の世界観を味わうためにまずは歩いていこうと決めてすすんだ。

すれ違う人たちが食べているチュロスやポップコーンもおいしそうで、身につけているキャラクターポシェットや持っている風船も可愛くて羨ましくなる。

外国の、たぶん南欧の港町のイメージでつくられている建物や橋の雰囲気も本当に素敵で、太陽の光が運河に反射してきらめく光景にも、ゆったりすすんでいく船にも見入った。

お店の外壁が水色や桃色や黄色でカラフルで愛らしい、外灯のかたちもお洒落で格好いい、地面のレンガまで踏み心地が違う感じ。

「要は海外にいったことある？」

隣を歩く柏樹さんが俺を見て小首を傾げる。

「ううん、ない。憧れはあるんだけど、飛行機に長時間乗るのしんどそうで」

「ははは。たしかにね、移動時間はしかたない」

「透さんはいったことある？」

「ないよ。でもヨーロッパには憧れがあるから、この街並みすごく惹かれるな……」

「うん、飛行機乗らないでこの雰囲気を味わえるのめっちゃいい！」

「まったくだ」

橋を渡ってアトラクションに近づくと空気が変わって木々が増えてきた。地下の迷宮を探検するっていうコンセプトだからか、外観も森のなかの遺跡っぽい。

「要、歩き疲れてない？」

「うん、全然平気」

「怖くなってきたんじゃない？」

「なんで、まだ平気だよ」

ふふ、とからかわれつつ、ふたりで入った。

列にならんで建物のなかをすすむあいだも、遺跡探検をしているようでどきどきした。不思議な模様の描かれた壁、落ちてきそうな岩たち、薄暗い地下を照らす豆電球……本当に洞窟の底へおりていっているみたい。

「待ち時間も全然退屈しないね」

「透さんも楽しい？」

「もちろん」

いままででいちばんの満面の笑みが返ってきた。ドーベルマンの印象が薄れていく。あれは仕事終わり限定の彼だったのか、それともここが特別な場所すぎるのか。

列がすこしずつすすんで、一時間半ほど洞窟のなかを堪能したころ、ようやく順番がきた。十人ぐらいのグループで車に乗りこみ、スタッフさんの案内に従って出発する。

「要、大丈夫？」

「うん」

「乗りもの酔いする人は気をつけてって言ってたよ？　心臓も弱くないよね？」

「ちょーっ、あんまりいろいろ言われると気分で酔うからっ」

意地悪な柏樹さんが横から怖がらせてきて、けらけら笑っている。がたがたと車がすすんでいくにつれ洞窟の景色に魅了されて、ふいに射しこんできた鋭い光に目が眩んだり、ぼうっとでかい音が鳴って驚いたりしていたら、急にスピードが増して暗闇を疾走し始めた。

「わーっ！」

機械の運転で翻弄される怖さったらない。自転車みたいに自分で運転しているなら、右にいく、左にいく、加速する、って心がまえしながらすすめるから楽しめても、予測不可能なんだもの、しかも暗いしめっちゃ怖い！

「あーっ」

ほかの人もいるっていう理性は頭の片隅にちらついて消えた。みんなも叫んでいるから俺も憚《はばか》らずに叫んだ。柏樹さんはにこにこして「あはは」と笑っている。喜んでる。

ひゃーっ、と運ばれているうちに減速してきて、ゆっくりゴール……終わった……。

ベルトをはずして、ほかの乗客とゆずりあいながら車をおりる。脚がちょっとふらつく。

「大丈夫？　要」

柏樹さんが横から背中を抱いて、するするさすってくれた。

「うん……ジェットコースターの感じ、思い出したかも」

ほかのカップルの人たちが「これたった三分なんだって」と話している。三分……体感時間では、もうすこしあったような気がする……どきどきした。けど楽しかった。

「透さんはずっと笑ってたね。狂気を感じた」

「ええ、狂気って」

笑いあって出口へむかいながら、彼が「喉渇《かわ》いたからジュース飲んで次のアトラクションにいこう」と誘ってくれる。「うん」と応じて、外へでてお店へ寄った。

ふたりしてひと目で気に入ったのは、ピンクグレープフルーツの綺麗な桃色をしたスパークリングジュース。さすがに遊園地価格で目玉が飛びでたけど、それも柏樹さんがしれっとおごってくれて、運河を眺めて休憩しつつふたりでひとつを飲んだ。

「透さんって車運転しますか？」

「ん？　免許は持ってるよ。自分の車を買おうと思ってたところに転勤が決まって、こっちで買っても持って帰るのが大変だなあって保留したきり、すっかりペーパードライバーだけど」

「そうか……」

「どうして？　乗りたいの？」

「ううん。車運転してる人はアトラクションの動きが予測できて怖さも減るのかなと思って」

「はは」とストローから口を離した彼が笑う。それでジュースカップを俺にくれる。

「なるほど。でも運転できる人は他人の車に乗るのが怖いって言うよ。自分と癖が違うから、たとえば前の車との車間距離が近すぎるとはらはらする、とか」

「あー……そっか、自分感覚が育っちゃってるんだ」

「そうそう。ジェットコースターも苦手な人は普通に苦手だと思う」

ふむふむ、とうなずいて、ふたりで笑いあいながらジュースを飲む。喉の奥から身体の中心まで、すうっと冷たいジュースが落ちていって気持ちよくひろがる。おいしい。涼しい風も吹いてきて、運河の澄んだ匂いも身体と心を癒やしてくれる。

学生っぽい男の集団がはしゃいで通り過ぎていった。騒いでるなーって思いはしても、周囲の人も誰も、男だけで遊園地なんて、という好奇な目で見たりしない。俺たちも大人と大学生で明らかに歳の差があって、おかしなふたり組なのに、さっきアトラクションの待機列にならんでいるときも、乗っているあいだも、こそこそ話をされたり嗤われたりはしなかった。

すべてこの遊園地がもたらしてくれる夢のような雰囲気のおかげだと思った。

この夢の国では差別やら偏見やら、そんな汚い感情が湧く余地もないんだ。

「もう二時になるよ。やっぱりお昼のパレードは無理だったね」と柏樹さんが腕時計を見る。

「え、ほんとあっという間だ」

「楽しい時間は短いものだね」

また柏樹さんがジュースを飲んで、俺も飲んで、「お腹水っ腹になった、たぷたぷ」とカップを渡したら、彼は「じゃあ飲んじゃうよ」と昨日みたいに一気飲みしてくれた。

「よし、夕方までどんどんまわっちゃおう」

微笑んだ彼が、俺の左手をとって歩きだす。さすがに手を繋ぐのはじろじろ見られるんじゃ……と焦って顔をあげると、彼は子どもみたいに無邪気に笑って俺を見ていた。河風にながれる黒髪が、彼の頬と唇を撫でている。甘やかに楽しげに笑んでいる唇、優しくにじむ瞳、俺の掌をしっかり摑んでくれている大きな手、その体温の高さ。温かさ。

いまだけ、ここでだけは、本物の恋人だと思っていいかな。手なんか繋いじゃ駄目だよと、現実みたいな拒絶をしなくても、この夢の世界は許して笑顔で俺らを受け容れてくれるかな。

手を握り返す。俺も笑って、委ねて彼についていく。

残りふたつのジェットコースターも、めっちゃ怖かった。どちらも動きは単純で、いちばん怖いと評判のほうは、高いところから落とされる、っていう動きしかしなかったのに、その速度と落下のはてしなさに内臓がひっくり返って、地上がなかなかこなくて、落ちる、しぬ、とぞっとして、意識を失いかけたところでようやく終わって……おりたあと、半泣きになった。

う、ぅ、と胸を押さえて立ち尽くす俺を、柏樹さんはやっぱり笑って抱き寄せてくれて、「もう終わったよ、大丈夫大丈夫」と背中を叩いて慰めてくれた。

そのときだけ、横をすり抜けていった女の子たちに「可愛い～」と笑われてしまったけれど、それはなんだか、この空間の楽しみを分かちあっている同志をからかうフレンドリーな響きがして、厭味《いやみ》っぽさは不思議と感じなかった。

だいぶ時間が経って日も暮れていたので、落ちついてくるとそのあとはパレードが開催されるメイン広場の周辺へ戻った。ようすを見がてら夕飯を食べようと相談していたのに、すでに場所とりが始まっていて、完全に出遅れている。

「とりあえずまた小腹だけ満たして、パレードが終わったらレストランを覗いてみようか」

「そうだね、がっつり食べたら動きたくなくなるかもしれないし」とふたりでまた決めて、そばにあるお店を巡ってハンバーガーを食べることにした。

ここで、俺はとうとうキャラクターグッズのランチバッグをゲットしてしまった。ハンバーガーのセットに料金を追加することで購入できる、限定のバッグだ。柏樹さんが「ずっと欲しそうにしてたから」と、また全部まるっとおごってくれた。

「なんか、全部お金だしてもらってすみません……」

「いいんだよ。要にはもっとたくさんの幸せをもらってるから。むしろお金で恩返しするのが申しわけない。ほんとに気にしないでね。喜んでもらえたら充分だよ」

その言葉を受けて、俺は変に気負わず素直に喜ぶことにした。

「……うん、わかった」と、早速バッグにハンバーガーとポテトをしまって持ち歩く。やっとちゃんとこの夢の国の住人になれたみたいで嬉しい。

そして再び広場へ戻って場所を確保し、ふたりでハンバーガーを食べておしゃべりしながらパレードの開始を待った。

パレードも、とても素敵で感動した。

キャラクターたちが船に乗って登場して、水と光と炎と花火の演出が音楽にあわせて次々とくりひろげられる。踊るキャラクターたち、吹きだす水のシャワーと、その水を極彩色に照らすライト、ばんばん打ちあがる花火のきらめき。

目に見えている色とりどりの光が、胸のなかでもきらきらと輝いて共鳴する。どきどきする。興奮する。呼吸も忘れる。色彩が、響きが、光が、心に刻まれていく。

右手にふとなにかが触れて、我に返ったのと同時に握りしめられた。柏樹さんの手だった。見あげると、暗闇に輝く青や赤の光に髪と頬を照らされて、満ち足りた、ひどく幸福そうな笑顔をひろげる柏樹さんが俺を見ていた。

言葉は必要なかった。俺も微笑み返して彼の手を握りしめた。柏樹さんがいた。輝いていた。ふたりでいた。これも夢じゃない、現実だった。

でも、永遠に続くように感じられたパレードも終わりがくる。盛大な花火を最後に、音楽がやんでライトも落ち、また薄暗い広場に戻ると、俺たちは淋しさと興奮の余韻を持て余して、手を繋いだまま立ち尽くしていた。まだなんとなく、会話を始めて〝終わり〟を認めたくない。ところが意外にもほかの人たちはさっさと出入り口のほうへながれていく。時間も遅いせいか、大半の人たちがパレードを最後に帰宅するらしかった。

「要。船に乗って、もう一度奥のほうをまわろうか」

柏樹さんは〝素敵だったね〟とか〝感動したね〟とか、そんな締めの言葉は言わなかった。もうすこしここにいよう、と言う。

「……うん」

それでふたりで船に乗って、外灯だけがぼんやりと照る街並みを眺めつつ、運河をのんびりすすんで、再び最初にいった最奥のジェットコースター付近の地区に移動した。

ロマンチックさを重視してなのか、遊園地とは思えないぐらい暗い。人けもなくて、外灯の光に建物が浮かぶ情景と河音、虫の声が、ふいの涙を誘うような儚《はかな》げな静寂を漂わせている。

「昼間とはがらっと雰囲気が変わるね」と柏樹さんもすこし声をひそめる。

「うん……家族連れの人たちも帰っちゃって、急に大人の雰囲気」

「恋人たちの時間だよ」

レストランの席も空いているようだった。結局お腹いっぱいだったから、お酒を楽しめるラウンジに入って軽く食べた。船乗りが寄る酒場風の内装が格好よくて、ふたりで写真も撮って想い出にした。時折眼鏡のずれをなおして、微笑しながらお酒を呑む彼は色っぽかった。

食事のあとも「休憩しよう」と誘われて、ふたりで外のベンチに腰かけて夜の遊園地を眺めて過ごした。暗闇に隠れてずっと手を繋いでいた。それが許されるしずけさと、世界だった。

「要は遊園地、いつぶりだった？」

「ああ……俺、小学生以来です。卒業遠足できたんだ」

「小学校の。そのあと友だち同士できたりしなかったんだね」

「うん」

むしろ友だち同士で〝遊園地にいこう〟ってなるのは、いったいどんなときなんだろうか。

「透さんは友だちと遊園地にいったんですか？」

「んー……友だちではない、かな」

彼女か。苦笑いしている柏樹さんから目をそらして、「ふうん」と他愛ない相づちを返したつもりが、それはどことなく淋しげに響いた。

「要」

低い声で呼ばれて見返すと、そっと近づいてきた彼にキスをされた。こんなところで、と心に過った焦りと困惑は、彼のやわらかい笑顔を見ていたら、面《おもて》にだしちゃいけない現実なんだと、また思った。

「……今日のミッション」と彼がいたずらっぽく囁いて笑う。

「え……キス？」

「うん。要と遊園地で手を繋いで、キスをしたかった。……俺は心が小学生にかえったかな」

俺との遊園地デートに、ミッションをつくってくれていたんだ。

「男同士でも、ここでは全然変な目で見られたりしなかったね。……一日楽しかった。ずっと忘れないよ。本当に幸せの国だった」

柏樹さんが温かく満ち足りた笑顔をひろげている。……そういえば彼は〝夢の国〟とは言わなかった。入ってきたときから〝幸せの国〟とくり返していた。

「ほかは、なにかミッションあった……？」

見つめ返して、俺も彼の手を握りしめた。彼が眉をさげて苦笑する。

「そんなふうに俺を甘やかせば甘やかすほど、ミッションは増えていくんだよ？」

「うん、全部叶えよう」

なにを要求されてもそのどれもすべて、どうせ俺もしたいことだから。

「……なら、ここのそばのホテルに泊まってひと晩一緒に過ごしたい。朝までふたりでいたい。明日仕事にいきたくない」

くすくす笑いながら、彼が俺の頬にもこっそりキスをする。無理だってわかって言っている。

俺たちはここをでて、家へ帰って、明日から始まる日常の準備をしなくちゃいけない。現実が傍まで戻ってきている。そして俺は、いつかホテルに泊まりにこよう、と約束はできない。

夢って続かないんだ。俺たちはどうしたって現実で生きていかなくちゃならなくて、夢は、終わりがあるから夢なんだ。

「ごめん」と謝ったのは柏樹さんだった。

「おみやげを買って、そろそろ帰ろうか」

……今日が終わったことを悟った。自分の無力さも知った。胸が苦しい。好きで淋しい。

彼がおしまいだと言ったときが、俺たちの夢の〝終わり〟のときだ。

おみやげはキーホルダーにした。

遊園地の名前とキャラクターが刻まれたメダル風のベースのキーホルダーに、好きなチャームを選んでつけて自作できる記念のおみやげで、柏樹さんとふたりでそれをつくって、またおごってもらってしまって、帰ってきた。

「――ふ～ん。で、これがそのキーホルダー？」

「うん、そう」

ランチバッグにつけたキーホルダーを、イサムが右手で持って裏返しながら眺めている。

ベースのキーホルダーに、俺と柏樹さんはそれぞれ好きなキャラクターのチャームをひとつと、イニシャルのチャームをつけたのだった。

「なんで要なのに〝T〟なん？　って訊くのは野暮かい」

右隣に座っているイサムがにやけている。

「……おたがいのイニシャルをつけたんだよ」

おずおずと白状する。柏樹さんは〝Y〟のチャームをつけてくれている。

いくら恋人といってもいまだけなのに、品物を、しかも名前のついた物を残すなんて、困ったものになるだろうと思ったけど、あの場では黙っていた。

ランチバッグはミサンガの手作りセット入れにした。あんなに欲しかったキャラクターバッグが『エデン』に持ってくると途方もない違和感の塊で、このバッグだけ夢の魔法がかかって、派手に輝きすぎているような錯覚をする。現実世界で持っていると、なんだか恥ずかしい、と感じてしまうことが、淋しい。夢は終わってしまった。柏樹さんと恋人でいられるいまも夢といえばもちろん夢だけれど、ここは半分、しっかりと現実だ。

でも逆に、このランチバッグとキーホルダーを眺めているとほんのすこしあの時間に帰れる。

……これからも、ひとりでいても、何度でも帰れる。

「おい。俺におみやげはないのかよっ」

イサムに首を絞められて、笑って揺さぶられた。

「買おうと思ったけど、全部めちゃ高いし、イサムどうせこういうの嫌いだと思ってて っ」

俺も笑いながら弁解する。

「まーな。おまえらの甘々デートの想い出もらってどうすんだって気もするな」

「ほら。今度、べつのどこかにいったときは買ってくるよ」

ぱっと手を離されて、ふたりでにやにやつつきあう。

「そんな話をしつつ……できたぞ、一作目」

休憩時間を利用してこつこつつくっていた試作品のミサンガができあがった。端っこを結んで、全体の編み目を揉んで整える。イサムも横から身を寄せて、覗きこんでくる。

「すごいじゃん、可愛い！　ほんと売りもんみたいだな」

「いや、編み目の玉に統一感がなくて、いびつになったよ。コツは摑んだから本番にいかす」

「どれ？」とイサムが凝視してきて、俺も「ここらへんとか」とゆがんだ部分を教える。「こまけーな、気にしないからちょうだい」と寛容なイサムに、「いいよ」とあげた。

「遊園地デートのおみやげがなかったのは、これで許してやんよ」

「こんなので？　ありがとーございます……」

ふふん、とイサムが左腕に巻いてくれるから、手伝って結んであげてふたりで笑いあった。

青と赤の矢羽根模様のミサンガは、真新しくぱきっと凛々しくてイサムにとても似合っていた。

「よし、次は柏樹さんのつくっていかなきゃな」

プライベートの時間はほとんど彼と一緒にいるので、『エデン』の休憩時間にしかつくれないとなると、のんびりしていられる余裕はない。

「カッシーの反応が見物だな。遊園地デートまでして、おまけにこんなミサンガまでもらって、〝女が好きですばいばいね〟ってこたねーぞ、まじで」

イサムがフンと鼻を鳴らして怒ってくれている。俺は苦笑いになった。

「関係ないよ。俺は幸せにしてもらってるお礼ができればいい。遊園地でのことも、言っちゃえばこの二年のあいだ間接的に救ってもらってたことも、こっそりお礼できればなって」

刺繍糸をバッグにしまって、そこに描いてある可愛いキャラクターのプリントとキーホルダーを見つめる。今夜もバイトを終えて、日づけが変わったあとに会う約束をしている。一緒にお風呂に入って彼の部屋で眠る。落ちついてゆっくり過ごせる最後の一週間の、一日目。

「おセンチになってんなよ」

ばんばん、と元気づけるように、イサムに背中を叩かれた。

「……だよね、俺めっちゃおセンチだよね？　最近女々《めめ》しくて恥ずかしーぜぃ」

　俺もフンと鼻を鳴らして椅子から立った。イサムと笑いあいながら荷物をロッカーにしまい、気持ちを切りかえる。よし、『エデン』の仕事の始まりだ。


『要、お疲れさま。すこし残業して、いま帰宅したよ。これから夕飯食べる。要は「エデン」で食べたのかな。なにを食べた？』

『透さん、お疲れさまです。いま休憩に入りました。夕飯はイサムと食べてます。コンビニでニラレバ炒めと回鍋肉《ホイコーロー》と、春雨《はるさめ》サラダと、ブロッコリーとタコのおつまみを買ってきました。ふたりでそれをつつきながら、イサムは炒飯《チャーハン》、俺はおにぎりを食べてます。透さんは？』

『なんだか家庭の食卓って感じだね。俺は駅前のお弁当屋で買った麻婆丼《マーボーどん》を食べたよ』

『中華っぽいメニュー、一緒だ。イサムとはたまにこういう食べかたするんです。そのほうがいろんなおかずを楽しめるだろって、イサムが提案してくれて』

『いいなあ。ひとり飯がなんだか淋しくなった』

『あはは』

『今朝約束したとおり、十二時半に迎えにいくね』

『はい。ありがとうございます』

『あと、さっき恋人計画表をつくりなおしたから、それも送っておく』

『うん』

『要、本当に大丈夫？　無理なら言ってくれていいからね』

『大丈夫。ちゃんと話しあったじゃないですか。それより、このあいだ俺がイサムと喧嘩したせいで、果たせなかったミッションを翌日に持ち越しましょうって話してたのありましたよね。あれ、胸を吸うののほかに、もうひとつがうやむやになってましたけど、この新しい計画表にあります？』

『いや、ない。それはとりあえずいいよ』

『？　わかりました。透さんのタイミングで、いつでもなんでも言ってくださいね。透さんが求めてくれることなら、俺、全部嫌じゃないから』

『ありがとう要。本当にそうなら俺も嬉しいな』

『とても変態なことですか？』

『要……きちんと言っておくけど俺は変質者ではないからね。ＡＶの音声をアパートの住人に聴かせて喜ぶ性癖もない。誓って違う』

『二年間聴いてたからな……』

『からかわないの。本当に恥ずかしいったらない』

『おっぱいとおちんちんって言葉に昂奮するし……』

『変態だと思ったの』

『ううん。いろんな性癖があるなって』

『要のそういう偏見のなさと温かさに心から救われる。もっとはやくうちにきてくれていたらよかったのに』

『いってたら、どうなってたんだろう』

『少なくとも二年間もっと充実していたね』

『そうかな』

『そうだよ』

『うん、そうかも』

『要。なにをするとかじゃなくて、要に伝えておきたいことがあったんだよ。それが曖昧になってるひとつのミッションだった』

『伝えたいこと？　なんだろう、怖い』

『京都へ帰るまでに言えたら言うよ。いまは忘れていてくれてかまわない。俺は要のことも、要と一緒にいられる時間も、大事にしたいんだ』


仕事を終えてスタッフルームへ戻り、スマホを確認してからそそくさとエプロンをはずした。イサムと店長も談笑しながら遅れて戻ってくる。

「お。要はやいな〜」

うひひひっ、とイサムににやにやからかわれて、俺は顔が熱くなるのを感じつつ唇をむっとひき結ぶ。

「お疲れ。店長もお先です、また明日」

リュックを背負って、ランチバッグを持って頭をさげる。ふたりも「お疲れ〜」「佐東君、また明日ね〜」と送りだしてくれて、俺はいそいそと裏口へむかい、外にでて店の表のほうへまわった。ランチバッグにつけたキーホルダーがしゃらしゃら鳴っている。

『お疲れさま、要。もう店の前にいるよ』——さっき確認した、五分前のメールを想いながら、どきどきして通りへでた。

道の先の外灯横に、ロングカーディガンを着た長身の男の人が立っている。ポケットに手を入れて『エデン』の看板を見あげている眼鏡の横顔。

なぜか声をかけられなくて、黙って小走りで近づくと、はたと彼がふりむいて俺を見つけ、ほわと頬をほころばせて微笑んだ。

「——……要」

ポケットから右手をだしてさしのべてくれる、その笑顔と掌に泣きたくなる。

好きです、と言いそうになって、笑ってごまかして近づき、軽く会釈してから左手を彼の手に重ねた。遊園地でもないのに……幸せの国、でもないのに手を繋ぐのは変すぎて、ふざけるようにへらへら握ったんだけど、彼はごく自然に、正しい恋人同士みたいにしっかり握って、笑顔のまま歩き始めた。彼がそうするから、俺は、やめましょう変ですよ、と言えなくなる。

「お疲れさま」

「……お疲れです。すみません、ほんとこんな時間に」

「一秒でもはやく会いたくて、浮かれてきたよ」

「またそんな……」

「本当さ」

盗み見ると、彼は怒るように唇をへの字にまげている。

「スキップしてきた……?」

俺も調子に乗ってそう訊いたら、ふふっと楽しげに笑った。

「したした。るんるんできた」

言いながら彼が小さくスキップをするものだから、俺も吹いてふたりで笑った。人けがなくても住宅地で、道の横に民家が連なっているからはしゃいだら駄目なのに、笑い声も抑えきれない。そろって押し殺して我慢していることさえ楽しくなってきて、必死にくすくす笑う。

……俺も、はやく会いたくて、浮かれて急いできたって、言っていいのかな。

「またコンビニでおにぎり買っていく？」

「あ、えと……今日はイサムと夕飯いっぱい食べたからいいかな。透さんに麦茶もらえれば」

「うん、あるよ。冷たい麦茶はいくらでも作ってある」

「うん、じゃあそれで」

「……そのランチバッグに、仕事中飲んでた飲み物の残りとか入ってない？　ふくらんでる」

ちら、と手もとを覗きこまれて、どきりとした。

「これは……ご飯とは、違うものを入れてるから」

両頬に笑いじわを刻んで、彼が俺をにまにま見てくる。

「なん、ですか」

「いや。なんでもない」

と、言いながらさらににんまりする。幸せの国から帰ったあともランチバッグをつかっていることが、照れくさくなる……。

「要をいますぐ抱きしめたい」

できないかわりのように、手を恋人繋ぎにかえて、きつく握りしめられた。どきどきして、彼の掌があったかくて、大きく包んで守られているみたいで、俺も身体ごと全部、抱きしめてほしくなってくる。手だけじゃ足りなくなってくる。

「風呂にはまだ入ってないから。一緒に入ろうね」

急に大人の色気をにじませて微笑したりする柏樹さんは狡い。

「……はい」

今朝、彼と話しあって恋人計画表に修正を加えた。その内容は、カラオケデートの追加と、それともうひとつ、この一週間おしり中心に愛撫して性指向を解明する、っていうものだった。今日は〝おしり見る日〟で、明日は〝おしりに指を挿入する日〟というふうにすこしずつ。

週末まで順調にいけば、おそらく俺は柏樹さんと、身体の奥深くでしっかりと繋がりあう、本物の恋人同士のセックスができる。

帰り道、すれ違う他人に俺たちの繋いだ手をじろじろ訝られたりとか、そういう、この関係の異常さを思い知ってふたりで現実に臆《おく》し、沈み落ちるような暗い出来事もなく、胸いっぱいにただ夢へ浸りながら、俺たちは無事に帰ってこられた。

玄関のドアをあけてすぐ腰を抱かれ、笑って覗きこんでくる彼に求められるままキスをした。靴を脱ぐのもあとまわしにしたせいで、すこし動くたびに靴底に挟まっていた砂利《じゃり》がこすれる音がする。部屋へ入ればいいのに、そんな短い時間すら待ちきれないで、小石をじゃりじゃり鳴らして、笑っておたがいの舌と唇を吸いあう。俺たちばかだ、とふたりして思ってるから、喉で笑い続けている。

数分間キスを続けて幾ぶんか満たされたあと、部屋にあがり、ふたりで服を脱がしあってお風呂へ入った。「……ここではしないでおこう」と彼が言うから、「うん」と応えた。

俺がのぼせるのを心配してくれているのかもしれない。それかあのラグを活用したいとか、あるいは、都合よく裸になっているお風呂で、ながれにまかせてするような触れあいじゃなく、抱きあおうと決めてベッドの上で恋人らしく触りたいと、思ってくれているのかもしれない。

真面目で誠実な柏樹さんの心は俺の妄想のなかでも真面目で誠実なままで、そして現実でもやっぱりそのとおり裏切らない。

お風呂をでるとふたりで部屋着を身につけて髪も乾かしてから、彼は「……要」と正座して俺にむかいあった。

「――……きみを、抱かせてほしい」

大好きな温かい瞳で甘い笑顔を浮かべ、彼が俺を見つめている。……ばか真面目に、こんなこと言われるほうが恥ずかしいってのに、この人にはそんな抗議をしても無駄だ。

「……はい」

俺も彼に倣って正座して、誠意をこめて応えた。まるで新婚初夜まで指一本も触れあわず、身を穢《けが》さずにつきあいを続けた清らかなふたりみたい。顔の熱さに耐えきれなくなり、両手で隠して「すごく緊張するっ……」とうつむいてちぢこまったら、「はは」と爽やかに笑われた。

近づいてきた彼に、まずは強くぎゅと抱きしめられた。もうなじんだ、あのイチコロ抱き。

どんどん力を増していく太くたくましい腕に、潰れるほど抱きしめられる。苦しい、しぬ。

でも、いっそ殺されてもいい。

……すぅ、と徐々に力が抜けていって顔をあげると、泣きそうに下唇を噛んで微笑んでいる彼がいた。どちらからともなく唇を寄せた。ひらいて触れあわせ、俺も彼の首に腕をまわして強くきつく抱きしめ返す。舌だけを舐めあって搦めあう。とんでもなくいやらしく感じていたこんなキスも、劣情や情欲に押されてというよりは、湧きあがってあふれだす愛おしさが生む衝動のままにしていた。舌を舐めたいだけ舐めて、唇にキスしたくなったらして、吸いたくなったら吸った。おたがいに気づかいをしないものだから、俺のほうが先に舌をひっこめてしまったり、彼が急に俺の舌を吸いあげてきたりもする。でもそれもかまわなかった。そのたびにふたりで顔を見あわせて笑いあった。

吸いすぎだよ、と抗議するように彼の額に額をつけてぐりぐりこすりつける。

要こそ舐めてばっかり、とからかうように、彼も俺の口先にちゅっちゅとキスしてくる。

恋人じゃないんだからキスはしちゃ駄目だとか、抱いて汚して去るわけにいかないだとか、そんな哀しい拒絶を言う柏樹さんは、もういなかった。いない。俺をひき寄せて右耳にもキスをしてくれた。首筋と、顎にも。そうして右手をゆっくりおろして俺のおしりに触った。

「……俺も緊張してきたよ」

低く囁かれて、上半身を離しつつ彼の顔を見つめた。

「……透も、緊張したりするの」

「もちろん」

「……おしりは、気持ち悪いと思うかもしれない？」

「ばかだね」

ふふ、と苦笑して唇を舐められる。

「昂奮しすぎて我を忘れそうだから怖いんだ」

……本当かな。ＡＶでヌけなかったのって、おしりにひいてたからとかじゃないかな。男を抱く、ってことについては柏樹さんも初めてなわけだから、彼がどんなに誠実だろうと、もらう言葉に確信を持てない。実際に見たら、気持ち悪いと思うかもしれない。そもそもその実験と検証のための、偽の恋人関係なんだから。

「……とりあえず見てみてください。おっぱいに好みがあるなら、おしりの孔だって、好みがあるかも、しれないし」

彼の瞳が優しくたわんで、温かなうなずきが返ってくる。

「……うん。わかった」

「……うん」

「いまの要の〝おしりの孔〟って言葉だけで鼻血がでそうだけどね」

「えっ」

面食らったら、「ははっ」と彼が吹きだした。照れて「また言葉で昂奮した」とつっこむと、「要が相手なら言葉だけでも感じるさ」と当然のように威張られた。

ふたりで笑ってキスで攻撃しあってじゃれて、気持ちが落ちついてきたところで、いま一度顔を見あわせ、うん、とうなずきあった。……うん、じゃあしよう。

「このままベッドの上にうつ伏せてみてくれる？」

「……うん。そうだね、この四つん這いが、いちばん楽かも」

彼から手を離してラグに膝立ちになり、ベッドのかけ布団の上にうつ伏せた。おしりを突きだした格好だけど布団に顔を伏せて隠れていられるぶん、気分的にもふわふわ癒やされる。

床に四つん這いだと腕ががくがく震えるかもしれないし、仰むけで脚をひろげてまるだしにするのは、ちょっと……まだハードルが高い。

「……もういやらしいな」

うっとりとため息をこぼす彼に、短パンを穿いているおしりを撫でられた。

「は、はやいし、この状態は、よく見てるでしょ」

「普段も短パンはいやらしいって言ってるよ」

「なんで、威張る……」

「脱がせてもいい？」と訊かれて、「……うん」と、灰色のかけ布団に突っ伏してこたえた。腰のあたりのゴムを左右とも浮かせられて、ゆっくりおろされる。下着もさがっていく。

ぐっと目を瞑って、無意識に息をとめて、拳を握って、耐えていた。やっぱり……そこを、灯りのついた部屋でまじまじ見られるのは恥ずかしいし、すごく怖い。

短パンと下着が、膝までおろされた。

「……要、おしりの下のとこ、座ってたときの赤い痕《あと》がまるくついてる」

「えっ、なにそれ、恥ずかしい」

正座してたから？　と腰を捩《よじ》って左手をのばして隠そうとしたら、手を握ってとめられた。

「大丈夫、可愛いよ」

「可愛くない、」

「可愛い」

なぜだか叱られて、左手にキスをされつつ〝大丈夫だから〟みたいに睨まれ、なだめられる。その顔を見て……しかたなく諦めて、再び彼のほうへおしりをむけ、布団に伏せた。

「白いおしりに、赤い痕があるのが可愛いんだよ」

「……もう、言わなくていいから」

「じゃあ触らせてね」

「ん……」

右側と、次に左側も掌に覆われて、やんわり摑まれた。丁寧に、大事なものみたいにそっとわしわし揉まれる。

「やわらかい……男の尻ってかたいんじゃなかったっけ。要のおしりはもちもちしてる」

「もちもち、とか……」

孔……見えてるかな。脚もあまりひらいてないし、まだ隠れてる気がするけど……。

「要はおしりに異常性というか……そんな感覚を持ってるようだけど、男女でもアナルセックスを好む人たちはいるんだよ」

「え……なんで、わざわざ?」

あ。そういえば『エデン』のＡＶでもあったような……？　女性のＡＶってそんなに詳しく見ないからうろ覚えだ。

「わざわざってこともない」

「正しい孔が、あるのに」

子どもをつくれる、他人からも世間からも非難される必要もなく繋がれる正しい場所があるのに。

「おしりが誤りなわけじゃない。悪でも罪でもないから」

「セックスは……自由、ってこと？」

おしりの左側のふくらみに、ちゅとキスされた。

「愛しあう行為に間違いなんかないってこと」

愛……。布団に染みついた彼の香りを吸って、俺たちのこの行為に、愛はあるんだろうかとぼんやり考えた。心を許して、おたがいの身体を受け容れている。これだけでも充分特別で、温かくて幸福な行為だって感じているけど、愛なんだろうか。正しいんだろうか。

「……要、ひらいて見てもいいかな」

どき、と跳ねた心臓を押さえた。

「うん……いいよ」

今度は目を閉じないように下瞼にぐっと力をこめて、彼の部屋を見据えた。現実をきちんと見ていようと思った。彼と一緒に、見ていよう。逃げない。……逃げない。

親指で左右を割ってひろげられたのを感じた。そこが、まるだしになって空気に触れている。孔も、ちょっと……ひろがってる気がする。見られてる。柏樹さんに。好きな人に。

「すごく……綺麗だ、」

感動して震えたような声が聞こえてきた。

お、おしりに、綺麗ってあるの……？

「さっき……お風呂、入って、洗ったから……？」

「違うよ、色が綺麗……こんなピンク色のおしりの孔あるだろうか」

本心からの言葉で、そんなところを褒められるのも恥ずかしくてどぎまぎする。

「気持ち、悪くない……？　男の、おしり、」

「気持ち悪い？　誰がそんなこと思うんだ、世界中の誰もが魅了されるよ、綺麗すぎる」

「世界に……見せる予定、ないけど」

安心して、嬉しくて、ぷはっと笑ってしまった。ちょっと涙がでた。

とても恥ずかしい反面、自分が自信を持っていない部分を好んでもらえる喜びで心が震える。

……よかった。気持ち悪くないって言ってくれた。よかった。この人に嫌われなくてよかった。男でも、許してもらえてよかった。充分だ。ほんとにもう、充分だ。

「ンっ、ぁ、」

ようやくまばたきして息をついた刹那、ねと、とそこになにかがついて驚いた。もしかして舌!?　舐められた……!?

「と……透っ、」

「……お願い、すこしだけ」

すこし、と言ったくせに、孔全体を舌で覆って舐めあげたり、舌先で周囲をなぞったりして刺激してくる。しかもちっとも優しくない。忙しなく舌を動かして舐めてきて、唾液で濡れていくのもリアルに伝わってくるし、彼の荒い呼吸もかかる、聞こえる。

「やっ……あ、……んんっ」

指で大きくひろげられて中心に舌先がついた。まさか、と予感した直後に、ぬっと奥にまで挿入《はい》ってきて背中がびくっと弾けた。

「とおる、と、るっ……」

さすがに汚いよ。彼がしてくれることはなんでも嬉しいから、全然我慢するけど、こんなにひろげられて、舐められて、心の準備が……気持ちが、追いつかない、ごめん……汚いのに。

「ん、ンっ、」

だけどこの人は結構強引で、いったん暴走するととまらないのも知っている。

布団に突っ伏して力んで耐えて、呼吸してない、と気づいたら、はあっと空気を吸いこんで身を委ねた。脚のあいだから彼の手がぐぐってきて性器も握られた。

「あっ……ぁ、」

うしろを舐めながら、性器も優しくこすられる。もう無理、耐えられない。無理っ……。

「透……とお、る、だめ……でちゃう……布団と、ラグ……に、かかっちゃう、から、」

「おいで」

腰をひいて布団から離され、ぐったりした身体を彼に抱きしめられた。お姫さま抱っこみたいな横抱きで、キスをされながらまた性器をこすられる。ほとんどイく寸前だった性器の先を親指で撫でられたり、全体の大きさとかたち、かたさを愛でるようなゆるさでなぞられたり。

身体以前に、今夜『エデン』で落ちあった瞬間から彼を欲しがっていた心のほうが限界で、嬉しさで昂奮して、一瞬でイってしまった。液が俺の腹と、彼の手にひろがる。息を吸いたいのにキスされていて苦しい。彼が口を離してくれると、ぷは、とやっと空気を吸えた。

「要……」

頬ずりするように顔と顔をくっつけて、濡れていない右腕で抱き竦められる。はあ、はあ、と息をする。柏樹さんも、すこし呼吸を乱している。昂奮、してくれていた……？

「……いま、あったかいタオル持ってくるから」

気持ちが落ちつくのを待っているのか、彼が俺のこめかみに額をつけて呼吸をくり返している。彼の唇から洩れる吐息が左頬にかかって、それがすごく熱くて、自分の身体もまた熱く、火照っていく気がする。……左側のおしりのあたりに、かたい感触があるから、余計に。

「俺も……透の、させて」

左手をそろりとおろして、そこを撫でた。……勃っててかたい。

「え、要、」

「このあいだは、手でしたけど……それも、透が手伝ってくれたから。今度は俺が、ちゃんと自分で、透を気持ちよくしたい」

着ていたノースリーブにも液がかかって汚れている。もういいや、とそれを脱いで、お腹を拭いてまるめてぽいと捨てた。それで彼の脚のあいだに身体を伏せて、スエットと下着をおろし、勃っているのをだした。

「要、まさか」

とめられる、と思ったから急いで咥えた。「ンっ……」と驚いたような彼の声がした。

「要っ……きたない、から、」

「透も俺の舐めてくれたでしょ……おしりまで。俺も透のおちんちんしゃぶらせて」

彼の感じる言葉をわざと言って笑ったら、彼も眉をゆがめて苦しい表情をしながら笑った。舌をつかって舐めていく。大きくて全体を舐めるのにも一苦労する。全部はうまく咥えられない。先のほうを咥えこんで、彼が俺にしてくれたのを想い出して、裏筋のあたりとか、気持ちいいだろうと思うところを舌で舐めて、吸ってみる。

「要……そこ、気持ちいい」

「……ん」

頭を撫でて、彼が感じながら褒めて教えてくれるのも嬉しかった。顎が痛くて辛かったけど、休みつつ舐めたり、口に含んでこすりあげるように頭を上下したりしてしゃぶり続けた。

「要っ……もう、でるから。離して、いいよ」

ううん、と首をふる。

「俺の、口に……だして。透の、飲ませて」

「なに、言っ、」

「お願い」

先を舌先でなぞる。苦い液で濡れている。咥えて、強く吸いあげる。欲しい、どうしても。

「だっ……要、」

口が届かない根もとのほうは右手でこすって、舐めて吸った。次第にふくらんできて、彼は苦しげに悶えながら、俺の口でイってくれた。あふれてくる液を全部は受けとめきれなくて、すこしこぼしてしまった。すごく苦くて驚いたけれど、頬にしまって、ゆっくり飲みこんだ。

俺と触りあって彼が感じてくれた証拠の液が、自分の身体の底に入っていった。

新しい命をつくれる正しい孔なんて俺にはない。愛しあう行為に間違いはない、と言う彼の言葉は正しいように思う。でも俺たちに愛があるのかは、やっぱりわからない。

「……要」

ただ、俺は幸せだった。彼とおたがいの身体を撫であうことも、彼の身体からあふれたものを自分の身体の一部にできたことも。こうやって彼が微笑んで俺を呼んで、〝ありがとう〟というふうに力いっぱい抱きしめてくれることも、すべてが。いま限りのすべてが。

「透……」

俺も彼の背中をめいっぱい抱きしめたら、なんだか涙がでてきた。幸せで苦しかった。

「透のこと……俺、気持ちよくできた？」

「わかるでしょう」

イっては、くれたけど。

「でも、初めてだったから……自信なくて」

はは、とすこし疲れたような声で彼が笑って、俺の後頭部の髪を右手で梳きながら抱き竦めてくれる。

「幸せだったよ。……気持ちよかったうえに、とっても幸せだった」

幸せ。……俺だけが幸せだったわけじゃなくて、ふたりで一緒に幸せになれた……？

「セックス、みたいだね」

「ん？」

「……幸せになれるなんて、セックスみたい」

　恋人同士のセックスは幸せになれるものだって聞くから、本当の恋人ではないし、挿入れてもいないのにそれでもふたりで幸せになれるなんて、まるで一緒にセックスができたみたい。

「セックスよりすごいことかもよ」と彼が小さく笑った。

「……同性同士だと、こうしておたがいの身体を大事に撫であうことがどんなに尊い行為か、深く分かちあえる。そうだよ、挿入れることに囚われない行為はどこまでも自由に愛しあえる、最強のセックスだよ」

「最強……」

「うん、最強」

　額をあわせて、彼が俺を見つめて微笑む。きらきらで美しい、あの遊園地で見た花火と光が脳裏を過った。同性同士のセックスは出来損ないのセックスだと思っていたのに、この人は、最強だって言う。異性同士のセックスより尊いかもしれないなんて言う。しかも、俺と触りあった果ての結論として、こんなこと。

「……ありがとう」

　嘘でも、この人の恋人になれた時間が俺の人生のなかにあってよかった。このひろい世界のここにしか存在していない、たったひとりのこの人に、ひとときだろうと終わりがあろうと、恋人にしてもらえてよかった。

　初めて好きになった人が、この人でよかった。初めて自分の身体を見せて、見てもらって、触ってくれた男がこの人でよかった。俺はとても幸せな人間だと思う。この人に出会えた俺は、誰よりなにより幸せな人間だと思う。

「……礼を言うのは俺のほうだよ、ありがとう要」

「ううん」

唇を求められて、目を閉じて受けとめた。抱きしめあって、また舌と唇を舐めあった。そのあいだ、ずっと涙をこらえていたけど、目尻のほうにちょっとこぼれたかもしれない。

口を離すと見つめあった。おたがいに、おたがいの目や、睫毛や眉毛や、鼻や、唇を確認するように見て、照れて、視線をそらして笑って、恥ずかしさが増すと再びキスをして隠した。

「透……口、汚いからゆすいだほうがいいよ」

「どうして……?」

「おしり舐めるのは、さすがに汚いもん。菌とか入る」

「菌って……まあ、じゃあ要の口も汚しちゃったから一緒にゆすごうか」

むっときて「おちんちんは汚くない」と言い返したら、「言いかた」と彼が吹いた。

「好きでしょ〝おちんちん〟」「好きだけど。俺のは汚くて、要のおしりは綺麗だよ」「俺のおしりは汚いけど、透のおちんちんは汚くない」「要のおしりも汚くないよ」と〝おしり〟と〝おちんちん〟を連呼して、ふたりで笑ってキスで攻撃しあいながら水道へ移動した。

かわりばんこに口をゆすいで、さっき自分が投げ捨てたノースリーブと、彼の下着とスエットを、ふたりでお湯で洗って浸けておいた。

そして俺は彼にTシャツを借りて、彼も新しい下着とスエットを身につけて、一緒に布団へ入った。

「すっかり真夜中だね……透さん、明日絶対寝不足だよ」

時刻は深夜三時前。

「四時間は寝られるよ、大丈夫大丈夫」

「俺は明日もまた夜のシフトだもん。体調辛そうだったら言ってね」

「要といられるのがいちばんの癒やしなんだから、時間は絶対に減らさない。もし眠かったら要を迎えにいく前にすこし仮眠をとっておくよ」

「うん……わかった。俺も夜に備えて、昼にすこし寝てバイトいこうかな。……時間は俺も、無駄にしたくない」

手を繋いで脚を絡めてくっついて、にやけたまま戻らない顔を見あわせて一緒に笑う。

「でも……エッチは計画無視して、ちょっとすすんじゃったね。透さんが舐めたりするから」

「舐めるのは計画になかったからセーフだよ。明日も予定どおり要が平気そうなら指の日だ」

「透さん、昂奮するとすこし暴走するでしょ。明日も指だけじゃすまないかもしれないね」

「……それは否めない。ごめん、嫌なのに我慢させた？」

「ううん。否めなくていいけど……びっくりはするかもって話」

「じゃあ細かく事前確認をするよ。〝指を挿入れますよ〟〝一本じゃすまなくなりましたよ〟〝予定早めて二本にしますよ〟〝昂奮がとまらないので今日も舐めさせてください〟って」

「笑っちゃうっ」

あははっ、とふたりで吹いて笑った。笑いながらどさくさまぎれにキスもした。

「笑っていいよ。要が笑ってくれたほうがいい」

「痛いかもって、びくびくしてるよりは？」

「そう。おしりは濡れないぶん、きちんとほぐす必要があるらしいから、一日二日ほぐしても性器まで挿入れるのは無理かもしれない。その根気よくほぐしていくあいだ、要が痛がるより、笑ってくれていたほうが俺も嬉しいし幸せだからね」

セックスを自分たちでつくっていく、っていう感じがした。

どことなく心配そうに、申しわけなさそうに微笑んでいる彼の手を握り、指にキスをする。

「……透さんがしてくれることなら痛くても我慢できる。楽しいときは笑うよ。計画の順番がめちゃくちゃになってもいい。ふたりでシていきたい」

俺は幸せだから、心配しなくていいから、と伝えたくてめいっぱい微笑み返した。

そのとたん背中を強引にひき寄せられて、ぎりぎりとイチコロ抱きが始まった。いた、ぃ、しぬ……っ、と耐えているうちに腕がゆるんでいって、胸のなかに温かく包みこまれる。

「……要、」

「ん？」

「一緒にこうしてるときの要がいい。メールの要は言葉が丁寧でよそよそしいから」

拗ねて甘えるみたいに言われて、胸がきゅっと痛んだ。

「えっと……変わるかな。なんとなくあんなふうになる。『エデン』にいると余計かな？」

この人がお客さんとしてきてくれていた場所だから。

「最初のころは要が〝恋人だっ〟て怒ってくれてたのに、いまは俺が馴れ馴れしいよね」

「そんなふうに思ってないよ。どんな透さんでもいい」

顔をあげたら彼も俺を見て、ふたりで照れて笑いあった。

「要も俺にもっと甘えていいんだよ」

「……うん」

「ああ……眠りたくないし、会社にもいきたくない」

「あはは。社会人の愚痴きた～」

「週末でこっちの仕事も終わりだからね……会社にいっても後輩のサポートと挨拶まわりしかしてないんだよ。こんなこと言っちゃ駄目だけど暇な時間も多い。だから要といたくなる」

彼のシャツから彼の香りがして、匂いにも彼の優しさにもいっぱいに包まれてたまらない。

「……ありがとう。俺も、バイトを減らしておけばよかったなって、ちょっと後悔してるよ」

そうすればもっとずっと一緒にいられたのに。

「うん……バイトの予定まで狂わせるのは申しわけない。けど要の気持ちが嬉しいよ」

「ううん」

またぎゅっと抱き竦められて彼の胸に埋もれた。力強い腕、厚い胸。好きな人のぬくもり。

「……明日はおしりに指。明後日はカラオケデートとおしり。明々後日《しあさって》もおしりの日で、その次は要が学校開始日、俺は会社最終日だ。カラオケは駅前のカラオケボックスにしよう。要は、あそこいったことある？」

「ううん、ない。透さんのアイドルソングめっちゃ楽しみ。ふりつけつきで歌ってね」

「いいよ。要の歌声も楽しみだな……絶対可愛い」

「ハードルあげないで、そんなに自信ないから」

「はは。要の歌声ならどんなふうでもいいんだよ。……ちゃんと耳に焼きつけよう」

……彼の手が俺の髪を梳いて、撫でてくれている。当然のように一緒にいたがってくれる彼のこの思いが、友情なのか演技なのかは相変わらずわからない。わからないけど、嘘ではない本心だってことだけは確信できる。この本心のみを共有してほかは明確にしちゃいけないのも感じていた。友情なの、とか、愛情なの、とか、俺たちなにかな、とか訊いちゃいけないし、真面目に誠実に、話しあっちゃいけないんだ。現実を前にしたらきっと関係は壊れてしまう。

柏樹さんもいまだけの夢だって思ってるよね。いまだけだから、男の俺と、こんなことしてくれているんだよね。

「……明日がきてほしいけど、きてほしくないな」

柏樹さんがひとり言のように声を殺して囁いた。それはいつか、俺も想ったことだった。

……ん、と、同意のような、ただの相づちのような、不明瞭な吐息だけ洩らして彼の言葉にこたえた。

〝いま〟が欲しい〝いま〟だけでいい。

明日も明後日も彼の恋人でいられる〝いま〟が続いて、それが〝永遠〟にすりかわるような魔法があったらよかったのにな。

『やっぱり仕事が暇だ。今夜どんなふうに要といちゃつくか妄想して午後を乗りきるよ』

『透さん、絶対他人に見られちゃいけないメールしてるよ。スマホ落としたら大事件』

『大丈夫、大事な子の誕生日パスワードで保護してるから』

『嬉しいけど……その誕生日、結構単純だと思う』

『たとえ見られてもかまわないな。誰だって恋人とは恥ずかしいメールをかわしてるさ』

朝、一緒に朝食のおにぎりを食べて、出勤していく彼とふたりで家をでて自分の部屋へ戻った。それからすこし眠って昼過ぎに起きたのも、彼のメールの着信音で、だった。

淡い昼下がりの日ざしが入るベッドで、彼がくれた〝恋人〟という文字を見つめる。

柏樹さんはどんな妄想をするんだろう。俺となにをしたいって、願って、頭のなかで描いて、喜んでくれるんだろう。

透さんの妄想を知りたい——そう文字を打ったところで、突然画面が切りかわって、電話の着信が鳴り始めた。母さんだ。

「はい」

『——……あ、要？』

「うん……どうしたの？」

うちは結構放任主義というか、母さんも忙しく仕事をしているせいか俺にべたべたかまったりしないので、電話がくるのも珍しい。しかもこんな平日の昼間に。

『要、今日は家にいる？』

「え……うん、いるよ。バイトのシフトが夜だから、仮眠とってた」

『そう』

「母さん仕事は？」

『うん……』と、母さんの声がため息まじりの沈んだようすで、俺は身体を起こしてベッドの上に座る。

「なにかあった？」

不穏な空気を感じるものの、母さんが仕事を休んで俺に相談してくる事柄など想像つかない。

『……要さ、いまは夏休みで、バイトにいってるだけなんだよね』

「そうだよ。今週の金曜からまた大学始まるけど」

『大学とバイト、ひと月お休みすることってできるかな。それでうちに帰ってきてほしいの』

ひと月、実家に……？

「どうして。そんな急に言われても、理由がわからなくちゃバイト先にも交渉できないし」

うん……、と母さんのしずかな相づちが聞こえた。

『今月の初めにね、父さん倒れたのよ。で、二週間近くずっと検査入院してたの。その結果がさっきでて、父さん大腸ガンだった。あとひと月だって』

え……。

『父さんああいう仕事してる人だから、自分になにかあれば正直に告知してくれって、昔から言ってて、もうちゃんと知ってるから。明日退院して、家に帰って最期《さいご》まで仕事するって』

「え……退院していいの？」

『無駄な治療をしても、辛くてお金がかかるだけだからやめるって本人が決めた。余命が短い患者は病院側も退院させてくれるのよ。でも母さんも仕事してるでしょ。一応明日も有休とってるから退院もつきそうけど、ひと月はさすがに会社休んで看《み》てられないのよね。だから要に家にいて、父さんのようす看ててほしいの。それだけでいいから』

なんで邪魔するんだ——と、真っ先に激しい憎しみが胸にひろがって、右手で押さえた。

親父が死ぬ。その事実は衝撃だったけれど、正直言ってショックじゃなかった。柏樹さんと過ごす時間を、あと十数日の、一生のうちのほんのすこしの奇跡の短い時間を親父に壊される、邪魔される。家族に一切無関心だったくせに、こんな大事なときに突然しゃしゃりでてきて、最期にも俺らに面倒見させて悠々自適に逝《い》くんだな、とそんな憤りしか湧いてこない。

親父の部屋のドアがひらいていると正面に見える、机にむかう無言の背中が思い出された。どうせ会話をするでもない。ふりむきもしないあの背中を見て暇してろってことでしょう？柏樹さんが東京にいてくれる最後の日々を、なんでそんな無駄なことに浪費しなくちゃいけないんだ。迷惑かけるだけかけて自分は最期まで好きなことし続けて逝くとか、ふざけるなよっ。幸せにしたい、とおたがいに想いあえない父子関係なんかいらない。

『要……やっぱりいや？　あんたお父さん嫌いだもんね』

ふふ、と母さんが苦笑した。

『いいんだよ。それもあの人のせいだもの。母さんも〝いま父さんといなくちゃ後悔するよ〟とは言えない。そういう映画的な〝結果素敵な家族でした〟みたいなの、うちないから』

あまりにさっぱりと親父やうちの家族関係を非難して、母さんがくすくす笑うものだから、逆に「いや……」と困惑してしまった。

『ただ、これから葬儀のこととかお墓のこととか、準備もしていかなくちゃいけないからさ、要に母さんのこと助けてほしいのよ。……ごめんね、お願い要』

俺にとって人生でもっとも大事な奇跡の時間だ。でもそれを血の繋がった父親の最期までの時間と天秤にかけるのは、息子として、正しい行いじゃないっていうのは理解している。

「……うん。……わかった、いくよ」

母さんは安堵をこめた深さで『……ン』とこたえる。

『明日は朝はやいし、今日までのことも話しておきたいから、いまからきてくれる？』

「え、今日、いまから？　……いけなくも、ないけど」

実家は現在、群馬《ぐんま》の前橋《まえばし》にある。電車を乗り継いで、うちまでは三時間ほど。これから準備すれば夕方ごろには着く。その前に連絡を、『エデン』とイサムと、あと……。

『どうしたの。なにかバイト以外に予定あった？』

柏樹さんとのことは母さんに言えるわけもない。

「……ううん。バイト先に、休みの連絡しないとと思って」

『うん、そうだね。ごめんね。冷蔵庫の食材も、なにか残ってたら処分するんだよ。クーラーとかつけっぱなしにしないように。戸締まりもちゃんとして』

「うん、わかってる。大丈夫。じゃあ、そっちに着く時間がわかったらメールするよ」

『ン、お願いね。母さん駅まで車で迎えにいくわ』

沈んでいた母さんの声が、明るくなっていた。旦那を送るなんて経験は、母さんももちろん初めてなわけで、息子の俺には計り知れない不安や恐怖もあるのかもしれない。自分がいて、母さんがこのひと月を気丈に、安心して過ごせるのなら……傍にいてあげたい。

通話を終えると、ベッドからでてお風呂へ入り、身支度をしてから『エデン』へ連絡をした。

『エデン』のバイトは、いまは俺とイサムと、もうひとりたまにくる店長の親戚とかいう俺よりひとつ下の大学生がいる。けどもちろん、人手に困っているってことはない。

事情を説明して、ひと月休みが欲しいと頼んだら、『もちろんかまわないよ。また戻ってきたら連絡ちょうだい。……大変だね。でもお父さんの傍にいてあげないとね』と、ひどく心配していたわってくれて、罪悪感を抱いた。うちの複雑な父子関係を愚痴るでもないので、「ほんとすみません」と感謝と謝罪だけ告げて電話を終えた。イサムにもメールをした。

『イサム、親父が病気で余命ひと月らしい。さっき母さんと話して、実家帰ることになった。「エデン」もしばらく休む』

母さんに言われたとおり掃除をしよう、と立ちあがったら、直後イサムから電話がきた。

『要、まじか』

「……うん。ごめん、わざわざ電話ありがとう」

『わざわざじゃねーよ。……大丈夫か？』

イサムも深刻な声色で焦っていて、とても心配してくれているのが伝わってくる。

「……まだよくわからない。今月の初めに倒れてたらしくて、俺それもさっき知ったばっかりでさ。とりあえず実家帰ってみるよ」

『実家って群馬だよな？　大学は？』

「ひと月休むと思う。親父が逝くまであっちにいないと。母さんが仕事中、俺が親父の面倒見ることになったから」

イサムに話しながら、自分も現状を嚙み砕いて、確認しているような気分だった。親父は、あとひと月。俺は母さんを支えにいく。『エデン』も、大学も休む。帰ってこられない。

店長もイサムも動揺してめちゃ心配してくれて、ああ……これ、現実なんだな。

『カッシーはどうすんだ……？』

そのあだ名を聞いて柏樹さんの笑顔が心にあふれだした瞬間、泣きたくなった。

「もう……会えないと思う」

『要……。連絡、これからすんのか』

「ん……いま、まだ店長とイサムに話したとこだったから。身内の不幸とかってやばくない？　学校とか会社休む口実ナンバーワンだよね。嘘ついて逃げたって勘違いされそう〜……」

ははは、と面白くもないのに笑っていた。泣きたい、じゃなくて、涙はもうでていた。ぱらぱら落ちてきて、声もぐずぐずに濡れる。ダサい。でもとまらない。とめられない。悔しい。

「めちゃくちゃ悔しいよっ、なんでいまなんだよっ……あいつ俺の面倒なんか一度も見たことないのにっ……入学式も、授業参観も運動会も、きてくれるのはいつも母さんだった。運動会の父兄綱ひきに、うちだけ母さんがでたんだよ？　男の力に敵うわけないじゃん。ひっぱられてふらついてみんなに嗤われて、でも母さん俺のために頑張れたって幸せそうにしてっ……」

『……わかるよ』

「海とか、動物園とかさ……子どものころそういう思い出つくってくれたのも母さんだった。母さんが、友だち誘って、俺のことといろんなところに連れていってくれたんだ。俺の記憶には母さんしかいない。母さんと、母さんの友だちと、母さんの田舎の親が俺の家族だった」

『……うん』

「俺の人生に親父なんかいねーんだよ。いねーのになんで⁉　なんでいま⁉　邪魔くせえ！」

ぼろぼろ涙をこぼして本音をぶちまけた。愚痴も、これまで親父にされた仕打ちへの文句も全部、なにもかもを、イサムが聞いていてくれた。

「……死ぬのが偉いのかよっ、生きてくほうが偉いだろ、俺は生きていくんだよ、柏樹さんにもらう想い出と一緒に生きていくんだよ、なんでそれすらあいつに奪われなくちゃいけないんだよっ、いままで俺あいつの人生邪魔したことないじゃん、なんで⁉　なんであいつが幸せに死ぬための手助けしなくちゃいけないの⁉　勝手に生きてたんだから勝手に逝ってよっ」

『……要』

「柏樹さんといたいっ……柏樹さんといたかった、あとすこし、すこしでよかったのにっ」

——……明日はおしりに指。明後日はカラオケデートとおしり。明々後日《しあさって》もおしりの日で、その次は要が学校開始日、俺は会社最終日だ。カラオケは駅前のカラオケボックスにしよう。

要は、あそこいったことある？

——同性同士だと、こうしておたがいの身体を大事に撫であうことがどんなに尊い行為か、深く分かちあえる。そうだよ、挿入れることに囚われない行為はどこまでも自由に愛しあえる、最強のセックスだよ。

——……きみを、抱かせてほしい。

「柏樹さんっ……」

声をあげて泣き叫んだ。

イサムと喧嘩して親友になって、やっぱり本当によかったな、ありがたいな、と思っていた。

ゲイの俺の、こんな非道な本心を吐露させてくれる相手は、イサム以外ひとりもいない。

——要も俺にもっと甘えていいんだよ。

大好きなあなたにだって言えない。

いま上の部屋にいてくれたなら、彼への想いと泣き声が届いていたかもしれない。届けるわけにいかない。届かなくていい。でも俺の声がこの天井を通って彼の部屋に満ちて、沁みこんで、いつか魔法みたいにきらきらの光の粒になって、彼の心に伝えてくれればいいのに。

わけのわかんない妄想が、親父の血のせいじゃないかと思ったらまた腹が立ってきた。

おそらく、柏樹さんがいるあいだにこの部屋へ帰ってくることはない。次にここへきたときには、上の彼の部屋は空っぽになっている。

今朝で最後だった。彼の部屋で過ごせるのも、今朝が最後だったんだ。

あのラグにももう座れない。彼のベッドで眠ることもない。一分一秒を大事に過ごしていたはずなのに、もっと触れておけばよかったと思うのはなんでなんだろう。

足りるはずなかった。あなたが足りない。一生足りない。あなたに会いたい。離れたくない、いきたくない。だけど終わることも知ってた。これが終わりなんだ。これが。

——透さん、と文字を打って、消して書きなおした。

『柏樹さん、すみません。家の事情で今日から急遽実家にいくことになりました。「エデン」も休みます。柏樹さんが東京にいるあいだ、帰れそうにありません。ごめんなさい』

『どうしたの？　家の事情って、なんだかとても深刻そうだね』

『父が倒れて、余命も短いそうなんです。いま実家へむかっていて、詳しいことは着いてからまた聞くけど、母とふたりで、父の面倒と、死んだあとの準備をします』

『お父さんが。……そうか。要は大丈夫？　ひどく落ちこんでいるように感じるよ』

『大丈夫です』

『わかった。俺にできることはないだろうか。なんでも聞くし、もし支えられることがあれば声をかけてほしい』

『はい。ありがとうございます。本当にすみません』


駅に着いて懐かしい町を見渡すと、父親を亡くすという事実が、またさらに強くリアリティを増して迫ってきた。本当なら俺は今日、こんなところへいるはずじゃなかった。

「要っ」と声をかけられて、迎えにきてくれていた母さんの車に乗り、実家へ帰る道すがら、親父が倒れた日から今日までのことと、明日の退院の段どり、今後一ヶ月の予定を聞いた。

「要がいないとうちはめちゃくちゃでさ。洗濯物もたくさんたまってるし、部屋の掃除も全然できてないから、お願いしたいな」

電話で話したときよりさらに、母さんは陽気になっていた。家族の前で明るく強くふるまわなくちゃいけない使命感と、息子にひさびさに会えた喜びと、どちらも感じた。

二年前ひとり暮らしを始めたあと、帰省したのは二回。大学進学した年の年末年始と、今年の成人式だ。

今年もお正月に帰省しようと思ったけど、母さんが仕事だと聞いて、親父とふたりでいてもしかたないからやめた。かわりに帰ってきた成人式の日は、式典には出席せずスーツ姿の写真だけ撮った。

前橋は親父と母さんの故郷だけど、親父がずっと都内で暮らしたがっていたので、俺の中学入学を機に引っ越したんだ。でも結局金銭的な理由で、俺が大学受験のころ前橋へ戻ることが決まり、俺だけ都内に残って大学へ進学した。だから成人式で前橋の式典へ出席したところで、もともと友だちもいないのに疎遠になった人しかおらず、なんの感慨もない。

それでも母さんが『写真だけ残してほしい』と望んでくれたから、ふたりで写真館へいった。そうしたらカメラマンが『お母さんも一緒に撮りましょうよ』と誘ってくれて、結局そこにも俺と母さんだけ写った。親父は家ですれ違ったとき『……へえ成人か。はやいな』と言った。それだけだ。

「元気つけなくちゃね。焼き肉食べよう、焼き肉！」

無理にはしゃいで、母さんが焼肉屋へ連れていってくれた。

「あんたどんな食生活してるの？　どうせコンビニのお弁当ばっかりなんでしょう。……まあ母さんも、ほとんど外食だけどね」と母親らしい叱責にも、端々に親父との冷めた生活が見え隠れする。親父は作られたものを食べるか、ひとりで出前をとるかで、食生活も好き勝手に、自由にしてきた。本当に家族を顧《かえり》みない奴だった。

「……ごめんね、要」と網の上の特上カルビを裏返しつつ、母さんは苦笑した。

「わたしはね、あるときから父さんを〝作家〟として愛することにしたの。うちに住んでる、作家さん。恋人でも旦那でも、父親でもない人」

「……うん。それ、的確だね」

「でしょ。でもそういう勝手な想いを要にまで背負わせる気はなかったから。本当に悪いことしたなって思ってる。離婚したほうがよかったのかなってほんとは何度も考えたよ」

照れもあってか、母さんがショートボブの髪を耳にかけつつ苦笑いする。俺は憤慨した。

「母さんが謝ることはひとつもないよ。育てられないくせになんで親父は俺をつくったわけ？ そこから、あいつが間違ってるだろ」

「要がここにいるのは、わたしが欲しがったから」

頬を赤らめて苦笑し続ける母さんの言葉に胸がつまる。

「……だったら俺は母さんの息子だから。母さんにはずっと幸せにしてもらってる。充分だよ。あの人は俺ら家族に寄生してる作家でしょ。それでいい。母さんとおなじように納得する」

母さんの前で、この期《ご》に及んで、親父への恨み辛みを吐くのはやめようと思っていたのに、こんなふざけた生きかたしてきた親父を母さんはまだ愛して庇うのかと思ったら腹が立ってしかたなかった。そりゃ離婚してくれても一向にかまわなかったけれど、そうしなかった母さんが悪いとかありえない。母さんに落ち度はなんにも、これっぽっちも、一切ない。

「母さんは親父のどこがよかったの？」

自制がきかなくなってつい訊いてしまったら、ふふ、と母さんが笑ってお肉をとった。

「……〝作家さん〟なところかな」

ばかげてる、と暴言が喉まででかかって、さすがに押しとどめた。

俺が知らない、ふたりの――母さんの、幸福で大事な、一生ものの想い出も、あるのかもしれない。他人が見てどんなにばかげた関係だろうとも、一度でも愛しあったふたりの想いは、ふたりにしか理解できないんだから、非難もできない。

「……わかったよ」

母さんにとっては、生涯一緒にいようと誓うほど愛した男の、最期を聞いた日だった。

母さんのためにこのひと月を過ごそう。母さんを支えるために精いっぱい力を尽くそう、とそう心に決めた。


一連の出来事が真実だと柏樹さんに知ってもらうために、翌日病院へいくと、親父が入院していた個室からスマホで窓の外の景色を撮ってメールした。

眼下にひろがる、病院へお見舞いにきた家族や、車椅子の患者さんや、お医者さんや看護師さんや、救急車が小さく写っている。

『柏樹さん、こんにちは。父は今日退院します。余生を実家で過ごすそうなので、俺は家事をしながら面倒を見ることになりました』

『こんにちは要。大変なときにメールをありがとう。大きくて立派そうな病院だね。要の実家はどこにあるんだろう』

『前橋です。京都よりは近いかもしれないけど、電車は乗り換えもあるし時間もかかるから、なにげに面倒です。新幹線でまっすぐいける京都のほうが楽かも』

『たしかに新幹線はしゅっと一本だ』

柏樹さんとメールをしている俺の傍らで、母さんは車を運転しており、親父は助手席で黙って揺られている。前に見たときよりのびている黒髪、無気力そうなうしろ姿。もとから無口な男だったけれど、身体も、精神的にも弱っているのは見てとれた。……当然といえば当然か。

もうすぐ死んで逝く父親。最期を自覚して、覚悟してもいる人間の横顔。

ひさびさの再会にも、この人は『要か』と名前を呼んだだけでほかはなにも言わなかった。照れているのかなんなのか、礼のひとことぐらい言ったらどうなんだ、と思う息子も非道なのかどうか、よくわからない。我ながらいびつな父子関係だ。

母さんと話しながら力なく笑う親父の横顔が、黄色い日ざしに照っている。

『これから三人で外食して帰ります。親父は一応食欲もまだあるみたいです。お寿司が食べたいって、母さんと話してます』

『それはよかった。要も、昨日よりはすこし元気そうだね』

『そうですか?　元気は元気です。心配させてすみません。それより、いきなりすぎたから、柏樹さんに嘘じゃないって信じてもらえたらいいなと思ってます』

『信じてるよ。ちゃんと信じてる』

『よかったです』

『でもどうして名前で呼んでくれなくなったのかって、考えてる』

『それは、もう恋人でいられないからです。ごめんなさい』

母さんは回転寿司ではなく、高級な寿司屋の前に車をとめた。

若干ふらつきながら、のんびりとしか歩けない親父を支えて店へ入り、食事をしたけれど、結局親父はふたつほどしか食べられなかった。

怠そうに重たいため息を吐き続けている親父をうかがいつつ、俺と母さんはお腹を満たした。俺と目をあわせもしない。きっと、帰って仕事をしたいとしか考えていないんだろう。

『俺は、要って呼んでていいかな』

柏樹さんに会いたい。本当なら今夜は一緒にカラオケへいっていたはずだった。おしりの日をふたりで笑って過ごしているはずだった。

『はい。またメールいただける機会があれば、いままでみたいに呼んでやってください』


帰宅してから親父はずっと机にむかっていた。

俺は料理ができないけど、掃除と洗濯をしながら時折親父に声をかけにいき、なにか食べたい、飲みたい、欲しい、と言えばそれを与えた。朝昼晩の飲み薬と、痛みどめも。

親父はちょっと潔癖症な面があり、不潔に過ごすことをとても嫌がる。死は認めていても、病人になるのは嫌らしく、ふらつきながらも頑なに毎日風呂へ入った。

ところが三日目、いつまで経ってもでてこないと思って見にいったら、シャワーをだしたまま風呂場のタイルの上で転がっていた。『親父⁉』と焦って抱き起こすと、『……横になってただけだ』と言う。倒れたのではなく、体力に限界がきて寝転がってしまったらしい。痩《や》せてきてはいたものの、自分よりは図体のでかい、ぐったり脱力した親父をひとりで運ぶのはものすごく大変で苦労した。

動揺して混乱しながらひとまず身体を拭いて、救急車を呼ぶべきか思案していたら、服を着せたころには『……水をくれ。仕事をする』と回復してきたので、その日は家にとどめた。『不安になったら会社に電話してきていいのよ』と母さんも言う。『上司や同僚にも話していて、容態《ようだい》が急変したらすぐ駆けつけていいって許可もらってるから』と。

俺は『大丈夫だよ』とこたえる。大丈夫、と言える理由もあった。それは親父の母親、俺にとってのお祖母ちゃんも、頻繁にきてくれるからだった。親父はどうせ仕事をしているので、きてくれてもふたりでお茶をしている時間のほうが長いんだけど、お祖母ちゃんはおいしい料理を作ってくれるから、買い物へでかける必要もなく、お腹も幸せでありがたかった。

『ごめんねえ要ちゃん……二十歳で父親送るなんてはやいよね……』と、自分は息子を送らなければいけなくなったというのに、お祖母ちゃんは俺を気づかってばかりいる。

掃除も洗濯も落ちつき、親父も仕事に没頭していて、お祖母ちゃんもこないひとりの時間は、大事なランチバッグから刺繍糸の束をだし、ミサンガをつくった。

イサムには赤が似合いそう、と話したけれど、ミサンガは糸の色にも意味がこめられているらしい。赤なら仕事や勝負事とかの情熱系、ピンクなら恋愛系、黄色なら金運系など。

柏樹さんは大人なので、健康運にいい緑色と、家庭運にいい茶色の、落ちついた二色でひし形模様のミサンガをつくることにした。会いにいくことはできなくても、住所は知っている。彼が引っ越す前に、贈れるほどのものがつくれたら郵送してもいいなと考えたのだった。

そしてひとつ目が完成したのは、柏樹さんが後輩に家具を譲るよと話していた、シルバーウイークの引っ越し準備中だった。

『こんにちは要。うちに、要のノースリーブが洗濯ずみのままおいてあるんだよ。最後に会った日、一緒に洗った部屋着。これどうしたらいいだろうか』

『すみません。もう受けとりにいけそうにないので、処分してもらってかまわないです』

『それはできないよ』

『じゃあビニール袋にでもつめてポストに放るか、部屋のドアノブにかけておいてください。すみません、お手数をおかけします』

『そんなことしたら盗まれてしまう。雨が降ったら濡れる恐れだってあるよ』

『かまわないです。そうするしかないから』

隙を見て会いにいくことも可能かもしれない。でも柏樹さんの顔を見たら母さんを支えるっていう決心も揺らぎそうで怖い。イサムにしたみたいに、別れたくない、好きだ、結婚しないで、って泣き叫んでしまう気もする。だからごめんなさい。強い息子でいさせてください。

『ならあずかっておく。いつかまた会えたらそのときに返すね。要、どんな日々を送ってる？俺は仕事も終えて、引っ越し準備をしてるよ。電子レンジも冷蔵庫も後輩に持っていってもらったから、麦茶も作れない。ベッドとテーブルとラグだけで、外食かコンビニ弁当生活だ』

『淋しいですね。俺は毎日祖母や母と一緒に父を看ています。いつなにがあるかわからないし、男手が俺しかないから、実家から離れられそうにありません』

『そうか。お父さんの容態はどう？』

『仕事は続けているんですけど、だいぶ辛そうで、だんだんベッドにいる時間も長くなってきました』

『お父さんはなんの仕事を？』

『童話作家です』

『そうだったのか。なら仕事を続けたがるのも得心がいくな。恋人だったのに、こんな大事なことも知らないままだったたね。俺だけ姉や姪の話をさせてもらっていた』

『いえ、柏樹さんのせいではないので』

『もしかしたら俺に話したくないことだった？』

『それは、あります』

『そうか』


連休中、親父の世話になっていた編集担当さんや作家仲間もお見舞いにきてくれた。

担当さんとは、葬儀は身内だけですませる予定でいることや、亡くなったあとの編集部からの訃報《ふほう》のタイミングなどについて母さんがリビングで長々と話しあっていた。

担当さんも、ほかの作家仲間の友人たちも、みんなひどく哀しんで、涙ぐみながら、親父を『素晴らしい作家だ』と賞賛し続けて惜しんだ。

ふたつ目のミサンガができるころ、俺はトイレへいけなくなった親のおむつをかえるってことができる息子になっていた。次第に鮮血がまじるようになっていた。綺麗な血がでるのは、症状が悪化している証だと母さんが教えてくれる。着々と親父の身体が病《やまい》に蝕《むしば》まれている。

寝たきりになってからも、親父は書き続けようとしていた。ベッドの上で無理に身体を起こして、背中に挟んだ枕にぐったりもたれかかり、結局書けないまま苦しげに目を閉じている。でもそうしているだけでも気が安らぐんだろうとわかる。

母さんとお祖母ちゃんは、お墓のことを相談している。大嫌いな親父の死が……いなくなる、という事実が、徐々に怖くなってくる。

ミサンガを贈りたくて、便せんを買ってきた。

一分一秒無駄にしたくないと想うほど一緒にいたがった柏樹さんに、どういうわけか、伝えたい言葉がでてこない。なにを言えばいいのかわからない。恋人じゃなくなったいま、目の前にある便せんとおなじように頭が真っ白で、ふたりでいたころどんなふうに会話していたんだっけと茫然としていたら、彼からまたメールがきた。

『要、いまからきみに会いにいってもいいかな』

今日は九月二十七日。驚いて恋人計画表を確認すると、彼の送別会も終わって二日経った、日曜日だった。時刻は夕方五時半。

『どうしたんですか』

『引っ越し作業の関係で、レンタカーで車を借りたんだ。要のノースリーブを渡しにいくよ』

『そんなわざわざ、申しわけないですよ』

『俺がいきたいんだ。もちろん要の都合にあわせる、短時間でもかまわない。それに約束では、要はまだ俺の恋人でしょう』

恋人でしょう――その一瞬で、遊園地のパレードで見た美しい光の色彩が蘇《よみがえ》ってきて、強く熱い激情が、恋情が、全身を支配した。

――俺がいきたいんだ。

――要はまだ俺の恋人でしょう。

文字が、心に沁みて記憶に刻みついていく。ぼやけてにじんで、画面が揺らいで、……あ、俺泣いてる、と気づいた。とたんに耐えきれなくなって、一気に線が切れて嗚咽《おえつ》を洩らして、声を殺して頭の反対側で驚愕《きょうがく》するほど慟哭《どうこく》していた。ずっと涙を我慢していたことも自覚した。泣きたかったんだな……俺。辛かったんだな。怖かったんだ。たぶん、親父が死ぬことも。俺に下の世話までされて、恥ずかしがるでも、やめろと抵抗するでもない弱りきった親父を見ているのが苦しい。人間ていつか本当にこうやって死んでいくんだと、毎日すこしずつ理解して、受け容れていくことが苦しい。怖い。辛い。……柏樹さん、俺苦しい。会いたい。会いたかった。淋しかった。強がるのも、親父を嫌うのも、もう限界だった。これが柏樹さんとの別れだと認めることもうまくできなくなって恋しさに蓋をした。恋人でいるのも諦めた。ミサンガを編んであなたの幸せを願いながら、俺との日々も忘れないでと内緒の祈りをこめた。

『わかった。待ってます』

でももう一度、彼の恋人になれた気がした。想い出した。あの時間、あのころの自分、想い。この人が恋人だと言ってくれるなら、俺は何度でもこの人だけに染まることができる。

『すぐむかうよ。ひとまず前橋の駅を目指せばいいだろうか』

またメールの吹きだしがぽこんとながれてくる。涙を拭って、恋しくてたまらない気持ちを胸の底に押しとどめて返事を打った。

『うん。近くなったら連絡ください。俺もいくから』

『わかった』

日曜日だったおかげで、今夜は母さんもお祖母ちゃんも家にいた。三十分か、一時間ぐらいなら柏樹さんとお茶できると思う。

涙を拭って洗面所へいき、顔を洗った。リビングへ移動すると、キッチンで料理をしている母さんと、テレビを観ているお祖母ちゃんがいた。

「あのね、俺あとでちょっとでかけてくるね」

ふたりがふりむいて、母さんが不思議そうに目をまるめる。

「いいけど、どこいくの？」

「……人と、会ってくる」

「え、友だち？　こっちに友だちいるっけ。小学生のころの？」

「ン……学校は関係ないけど、……仲いい人」

「ふうん？」

友だち、と勘違いされていたとしても、自分までそう口にして嘘をつくのがいまは嫌だった。友だちじゃない。親友とも違う。恋人だった人。生涯無二の、大事な初恋の人——。

『要、あと三十分もしないで着くと思う』

『はい。じゃあ俺も家をでます』

『ううん。おうちまで迎えにいこうか』

『場所の説明が複雑だし、大丈夫。駅からすこし離れたところにコーヒーショップがあるのでそこへいきましょう』

『わかった。楽しみだよ要』

『うん、俺もです』

母さんに「なにか素敵な袋ある？」と訊いて、「素敵な袋？　なにそれ、どんなのよ」と、ふたりで探し、見つけてもらった花柄の小さな紙袋にミサンガをふたつ包んだ。

リュックを背負い、「じゃあいってくる」と告げて家をでる。

彼の恋人としてしつこく甘えるつもりはなかった。期間限定の偽者の恋人らしく、最後にも笑顔で、後腐れなく彼を京都へ送りだそうと心に決めていた。

一歩一歩、地面を踏みしめて歩きながら、泣くな、泣くな、好きだ、大好きだ、柏樹さんに幸せになってほしい、幸せでいてほしい、と祈りを胸にしっかり叩きつけていく。そうしながらも脚が弾んでいた。空を飛んでいくみたいな気分だった。彼のところへいく。きてくれた。会える。もう一度、この人生でもう一度だけ彼に会える。

駅へ着くと、ロータリーにまだそれらしい車は見当たらなかった。柏樹さんから連絡もない。煌々と照る駅と外灯の光のもとで、夜風を受けながら立って待つ。

『柏樹さん、俺もう着いてます。駅前にいます。どんな車で、何色ですか？』

すると電話の着信が鳴った。〝柏樹透さん〟という表示――彼が、自分の携帯番号とメールアドレスを記したメモを『エデン』に持ってきてくれた夜の、照れた表情が過る。

『――要』

十日以上経って、ひさしぶりに聞く声だった。

「はい」

泣くな、泣くな俺。

『俺ももう着くよ。車は白のセダン。たいして特徴がないからわかりづらいかな』

「ううん、探します」

『レンタカーは〝わ〟ナンバーだから、それでもわかるかも。先に俺のほうが見つけられると思うけどね』

「俺もきっと見つけられるよ」

理由は判然としないけど、でもはっきりと確信している想いを胸にこたえたら、彼が『ははは』と笑った。嬉しそうな幸せそうな声で、俺の心にも至福感がこみあげて息がつまった瞬間、その見覚えのある笑顔を見つけた。ちょうどロータリーに入ってきた、白のセダン。

「見つけた」と車にむかって叫ぶように言ったら、運転席にいる彼と目があった気がした。

『俺も見つけた』

走っていって近づき、ロータリーの隅に停車した車へ小さく手をふった。彼はもう一度幸せそうに稚《いとけな》く微笑んで、うなずいてこたえてくれた。通話を切って、助手席側から覗きこんだ。彼も俺のほうへ身体をむけて、どうぞ、とうながしてくれた。軽く会釈してドアをあける。

「こんばんは要」

「こんばんは柏、……透さん」

恋って、なんなんだろう。声を聞くだけで、笑顔を見せてもらえるだけで、傍にいるだけで、俺は自分が生まれてきた意味を知るような感覚を抱く。この命に、意味がある気がしてくる。この人が、俺に意味をくれているのを感じる。

「要が言ってた喫茶店ってどこ？」

「あ、はい……場所教えるので、とりあえずロータリーをでてもらえますか」

「わかった」と眼鏡の奥の目とともに、ゆっくりうなずいた彼が、サイドブレーキをおろして再び車を発進させた。運転する姿と、横顔も格好よくて素敵。車が、夜の町を走り始める。

「……すみません、わざわざこんなところまできてもらって」

「会いたかったのは俺だよ」

ひどく意志的な声で彼が断じる。俺も会いたかったよ、と俺は心のなかだけで伝える。

「運転、平気でしたか？」

「ん？」

「ペーパードライバーだって言ってたから」

彼がまた「はは」と嬉しそうに笑った。

「憶えててくれた？」

「うん」

もちろん。遊園地で話したよね、全部ちゃんと憶えてる。

「そう。じつは結構はらはらしながらきた。こっちで運転するのも初めてだったしね」

「……うん」

「初めてで、最後だ」

最後、ときっぱり口にするその横顔の瞳も鋭く輝いている。

「京都へ帰る前にどうしても、もう一度要に会いたかった。大変なときなのに、俺のほうこそ無理にきて申しわけない気持ちでいる。けど謝りたくない。謝らないことをすまないと思う」

謝らなくてごめんなんて、そんな謝罪初めて聞いた。俺が好きになった、初恋の男の人は、こんなにもどこまでもとにかく真面目で、仕事ができて、すこしエッチで、想像よりよく笑う、とてつもなく誠実な男だ。

「……じゃあ、俺も、もう謝らない」

コーヒーショップは車ならほんの数分。到着して店の前の駐車場に車をとめると、ふたりでなかへ入った。レトロな内装の店内はゆったり落ちついた雰囲気が漂っている。木製テーブルの端が微妙に剝がれていたりして、年季が入った感じではあるものの、地元民には親しまれている憩《いこ》いの場だ。

「要は、食事はすませてるよね」

時刻は夜八時前。

「はい。母と祖母もいたので一緒にすませてきちゃいました。透さんはまだですよね、どうぞ食べてください」

「んー……じゃあ失礼してがっつり食べさせてもらおうかな。おすすめある？」

彼がメニューをひらいて、おたがいが見えるよう横むきにテーブルの上へおく。

「あ、えーと……わりとなんでもおいしいって聞きますよ。ナポリタンとか、昔ながらの味でおいしいって。コーヒーはもちろん人気だし、アレンジコーヒーも」

しどろもどろこたえたら、はてなと首を傾げられてしまった。

「要は、あまりこない店だった……?」

「いえ、あの……俺、前橋には小学生までしか住んでないんです。だから、母さんが友だちとよくきてるって話ばかり聞いてて、自分では数回しかきたことがないんですよ。コーヒーも、そんなにおいしいのかな、大人になったら飲みたいな、って憧れがつまってただけの店で」

子どものとき母さんに連れられてきたのと、帰省したときにきたのとで、来店したのはまだ数回だ。コーヒーを飲んだのは一回だけ。食事はしたことがない。

「そうだったんだ。小学生までってことは、中学生のとき家族でこの町をでてるの？」

「はい。親父が都内で暮らしたいって我が儘言って。でもそれも数年しか続かなくて、両親は戻ってきて、俺だけ残って大学へ進学したんです。だからコーヒーを飲めるようになってから住んでたことないんですよ」

「そうか……。そもそも要は、スポーツドリンクと麦茶を飲んでるイメージだ」

「うん。ですね」

ふたりで笑いあった。そして柏樹さんはビーフカレーと迷ったすえ、ナポリタンとオリジナルブレンドコーヒーに決めて、俺はチーズケーキと黒糖カフェオレを選んで注文した。

「お父さんは、作家さんだって言ってたね」と彼がメニューをメニュー立てにしまう。

「やっぱり都内のほうが便利なんだろうか。編集部が近いとか？」

　さっきの話の続きだ。

「ううん。仕事はどこでもできたと思います。大きい本屋さんがたくさんあるのがよかったらしいって、母さんが言ってました」

「お母さんが？」

「あ、えー……俺、親父と話さないんですよね。なので……又聞きになっちゃって」

　柏樹さんの瞳が、真正面からずっと、まっすぐ俺を捉えていて、逃げられない。うつむいて苦笑いして、手持ち無沙汰におしぼりをとって手を拭いた。

「無口なお父さんなの？」

　……柏樹さんは自分の父親をどう思っている人なんだろう。あまり正直にぶちまけて、不快にさせるのも怖いな。

「無口……というか、仕事好きで家族を顧みない父というか。すみません。俺、親父のこと、好きではなかったんです。だから、透さんに話しても愚痴みたいになるだけで、嫌かもです」

「愚痴……俺に話したくなかったっていうのは、もしかしてそういう意味？」

　うん、と無言でうなずいてこたえた。……軽蔑、されただろうか。

　はあ……、とため息が聞こえてきて視線をあげると、彼が肩を落として微苦笑している。

「……そうか。やっぱりきてよかった。こうやって会って話したほうが、気持ちを正確に伝えあえてほっとする」

　え。

「ほっと……？」

訊ね返したタイミングで先にコーヒーがきて、会話は途切れてしまった。

苦いのに、ブラックのままコーヒーを飲む彼に驚きながら、俺は黒糖カフェオレにさらに砂糖をすこし足して飲む。ちょうどいい。

「甘すぎない？」と目をまるめる彼と、「飲んでみますか？」「うん」と話してカップをすすめたら、すっとすすった彼が、また「ははっ」と笑った。

「甘い……やっぱり、要は甘いお菓子のさとう君だ」

――丸文字の〝さとう〟っていう名札を見るたびに、甘い感じがしてね。要の印象はずっと甘いお菓子みたいだったよ。

「……ごりごりの、男だって言ったじゃないですか」

とても懐かしく感じるつい数週間前の会話が苦しくて、子どもっぽく拗ねるふりをした。

「そうだね、ごりごりの、ばりばりの男なんだよね？」

「からかって」

「可愛いなって想ってるだけだよ」

ふたりで笑いあう。けどどこか、他人行儀な空気も消えずに俺たちのあいだで燻っている。

もっと単純な、無防備な心で幸福に浸かって笑うのがこの人といるときの常だったはずなのに、あの時間の自分に、完璧には戻れない。俺は変わってしまった。

「……要。気持ちのほうはどう？」

彼がコーヒーを口から離してカップをおきながらしずかに言う。

「どうって……」

　変化を見透かされたのかと思ってちょっと動揺した。

「こっちへきてからいろいろあったでしょう」と続ける彼は優しく俺を察してくれている。

「あ、はい……気持ちは、どうだろう。麻痺《まひ》してるっていうのが正直な感覚かもしれません。毎日の変化や発見を、受けとめるので精いっぱいで」

「哀しむタイミングもわからないってことか」

「……うん。親の介護をするのも初めてだし、弱っていく親父を見るのも初めてで。それに、お見舞いにきてくれる仕事関係の人が、親父を褒め称えるのも驚きます。俺が知ってるのは、母親や俺に無関心で冷たい親父だけだから」

「……ン」

「たぶん俺、茫然と、ショックを受けていたいんだけど、そんな暇も余裕もないんです。昼間祖母もいないときは俺がひとりで親父を看ていなくちゃいけないわけで、なにかあれば救急車を呼んだりって動く必要があるし、母のことも支えたくて四六時中、こう……気が張ってて。環境が、俺を子どもにしておいてくれないんですよね。否応なしに、大人にさせられていく」

　嘘ではないんだと改めて伝えたかったのもあって、重たくならない程度にきちんと彼に状況や気持ちを告げるつもりが、どんどん深刻になってきていると、話しながら気がついた。

　ちょうど彼のナポリタンがきて、店員さんが「どうぞ～」と明るくお皿をおき、その沈みそうになっていた空気を変えてくれた。

　俺が「おいしそうですね」と、へらっと笑うと、彼も唇だけで苦笑する。

ところがテーブルの上で両腕を組んで、彼はフォークを手にとろうとしなかった。

「どうぞ、食べてください」と焦ってすすめても、優しい瞳で苦笑してコーヒーカップをとり、ゆっくりひとくち飲む。

……引っ越し作業と、長時間運転の疲労がうかがえるやや乱れた髪と、白い長袖シャツの上に紺色のカーディガンをあわせた落ちついた服装、長くて綺麗な指、眼鏡越しの温かな瞳。

「大人になる過程はいくつかあって、大学へ進学したり、就職して働きだしたりっていうのもそのひとつだと思う。大多数の人がたどるのもその道じゃないかと思うよ。二十歳で親を送る経験をして大人になる人はきっとそう多くない。酷なことだ。俺も未経験の子どもだよ」

なんでこの人はいつもこんなに真摯なんだろう。

「……すみません、ありがとうございます」

「俺は、要に子どもでいてほしかったよ」

「え、子ども……?」

「大人でいる必要のある場所では大人として努めて、俺のところでは愚痴って弱音を吐いて、甘えてほしかった。何度かそう頼んでもいたでしょう。なのに勝手に恋人をおしまいにされて突き放されて、やむを得ない状況だったとはいえ、辛かった」

――恋人の、始まりの設定を考えてみようか。

――無理にとは言わないけど、要も店員も友だちもやめて、恋人の俺に甘えてくれていいんだよ。俺はずっと、そうしてもらえることを望んでいたんだから。

「うん……ごめんなさい」

「謝ってほしいわけじゃない。謝ることではないよ。俺のほうが、甘えた、子どもすぎるばかげた我が儘を言ってるんだってわかってる」

「ううん、そんなこと、」

「でも聞きたいのは謝罪じゃない。謝罪じゃないんだ」

困るよ。この人の幸せだけを願うって決めてきたのに、想い全部をぶちまけたくなって困る。

「あの、ほんと食べてくださいスパゲッティ。……冷めたら、おいしくなくなっちゃうから」

清らかで純粋な想いの熱をぶつけられ続けるのが苦しすぎる。笑ってナポリタンをすすめた。

柏樹さんは視線をさげて、小さく息をついた。

「……今日、ここへくる前に『エデン』へいったよ。イサム君と会えた」

え……イサム？

「彼も、要のことを心配してた」

「そう、ですか……。さすがに暗いことを逐一報告するのは迷惑だと思って、遠慮してました。落ちついたら連絡しま、」

「俺と別れるのが辛い、って要が泣いてくれたことを教えてくれたよ」

——柏樹さんといたいっ……柏樹さんといたかった、あとすこし、すこしでよかったのにっ。

あの涙が、口のなかに突然ひろがった気がして舌をぎこちなくこすらせ、唾をこくと呑んだ。あるはずのない苦みが舌の上に染み渡っていく。自分の左手の甲を見た。涙は落ちていない。泣いていない。大丈夫。……大丈夫。

「やだなイサム、もう～……。いいんです、すみません。忘れてください。恥ずかしい～」

「要、」

一生でこんなに息苦しい笑顔の演技をすることも、もうないだろうってぐらい胸が痛かった。それでも笑って茶化した。最悪だよ、恥ずかしい〜、とへらへらした。

「――要、泣いてくれたのはどうしてなのかな」

そんな真剣な、大好きな顔で責めないで。

「なんか……いろんなことがぐちゃぐちゃで。親父のことも、母さんのことも、大学とかバイトとか、そういうのも。……へへ、恥ずかしいです、ほんとに。うまく言えない」

言えないよ。結婚したがってる柏樹さんが好きで、親父にひとりで逝けって、ひどいこと思って泣いたなんて言えない。知られたくない。柏樹さんはなんでそんなこと訊くの。優しさと恋は違うんだよ。

「……そうだね。そのときの要の気持ちを察することはできても、わかるとは、俺も言えない。だから要を尊重しようとした。あれが要の答えだったのかな」

俺は、同性愛に偏見のないノンケ。柏樹さんが幸せな結婚をするために、身体で手助けしていただけの、偽者の恋人だった奴。それだけの、レンタルショップのバイト店員。

柏樹さん――……透さん。いままで本当にありがとう。

「……俺、柏樹さんに渡したいものがあるんです」

リュックのポケットに入れていた花柄の小さな紙袋をだし、「これ」と微笑んで渡した。

「あけてみてください」とうながすと、眉間にしわを寄せてやるせなげな表情をしていた彼が、

「……ああ」と困惑気味に袋をひらいた。

「……ミサンガ？」

「うん。知ってますか？　柏樹さんのおかげで、俺忘れてた才能を思い出したんです。ふたつつくりました。柏樹さんへの想いをこめて編みました。きっと、幸せになってくださいね」

……要、と彼が口端からこぼしたとき、また店員さんがきて、「チーズケーキになります」と俺の前にお皿をおいた。柏樹さんが一瞬、空気読めよ、というふうに睨んだのが、店員さんには失礼ながらも嬉しくて、俺は「ありがとうございます」と苦笑してこたえる。

店員さんが去っていくと、改めてミサンガに視線を落として、彼は大事そうに見つめた。

最初につくったのが緑色と茶色のひし形模様。次につくったのは矢羽根に似たV字模様で、恋愛に強いピンク色と、精神の安定を保つ水色と、希望が叶うオレンジ色の三色で編んだ。

「とても素敵だね。売り物みたいだ。……ありがとう」

「ふふ。イサムとおなじこと言ってる」

「要がこのひとつずつの結び目を、時間をかけて編んでくれた気持ちが嬉しい」

「うん……そんな大げさに、って思っちゃうけど、喜んでもらえて嬉しいです」

ミサンガを指さして「こっちが大人の男の人にあう色、って考えて最初につくったやつで、こっちはおまけです。自然と千切れたら願いが叶うんですよ」と教えた。

「じゃあ、これを要が俺につけて」

彼が、ひし形模様のほうを、左腕と一緒に俺にむけてくる。

「え、でも、会社員の人は、腕にはつけないほうが」

「大丈夫。スーツを着るし、腕時計に隠れるようにしておけばばれないよ」

ん～……、と逡巡しつつも、「わかりました」と彼の腕に結んであげた。きつく、しっかり。千切れるまでもいつまでも、この人を守っていてくれますように。

「要。要も腕だして」

「え、俺、」

「こっちは要がつけていて。要にも幸せになってほしい」

優しくて、温かい瞳……。『エデン』でいつも見ていた厳しくかたい目とは違う、この瞳は恋人へむけるものだと、いまは知っている。

「……うん。わかった」

俺も左腕をだして彼に委ねた。手首にまるい輪っかにして、彼が真剣にきつく結んでくれる。大好きだった大きな手で、俺を抱きしめてくれた指で、力強くしっかり。

要にも幸せに――。

恋人だ、ってふたりで認めあって大事にしあって、計画表までつくって身体を触りあっていたのに、おたがい相手を、好きだと言ったことだけはなかったね。そんな偽者の恋人だったね。でも、とっても幸せでした。また幸せになれたとしても、あなたがくれたほどの幸せには遠く及ばないんじゃないかなって思うぐらい、もらった感情も、想い出も、たくさんありました。……ミサンガ、俺もあなたの気持ちと一緒に大事にする。ありがとう柏樹さん。

「食べましょう、ご飯。もう冷めきってるよ？」

へらへら笑い続ける俺を、柏樹さんが見ている。

「……うん、そうだね」

彼が、ミサンガを包んでいた花柄の紙袋をふたつに折りたたみ、おしりのポケットからとりだした財布のなかへしまってフォークを持った。母さんが見つけてくれた紙袋。この人はこんなものまで大事にしてくれる。……あなたの恋人になれて本当によかった。


店をでると再び車に乗って、今度は、彼は俺を家の前まで送ってくれた。

ノースリーブも「会社でサンプル品をもらったときの安物だけど」とわざわざ帆布《はんぷ》バッグに入れて持ってきてくれていて、俺は「コンビニ袋とかでよかったのに」と驚いて恐縮しながら受けとった。

「柏樹さんは、完璧すぎて女の人も気がひけるのかも」

「どういうこと」

ひひひ、と笑って車をおりた。人けのないしずかな路地に停車した白い車が、オレンジ色の外灯の光に照らされている。

ドアを閉めて家のほうへまわると、「要、」とひきとめるように呼ばれた。彼が運転席側のガラス窓をあけて、俺を見つめている。

「京都へ帰ったら、また連絡するよ」

この縁は、切れないのか。

「……はい。気をつけて帰ってください。可愛い奥さんできたぞ、って報告待ってます」

からかうように笑う。柏樹さんも苦笑いする。

「……どうかな。要も、彼女ができたら教えてよ」

「俺は、いいですよ」

「自信ないの？」

彼もちょっと挑戦的にからかい返してきた。

「わかった、いいよ、柏樹さんより先に結婚しちゃうかもね〜」

虫の鳴き声がする。秋の匂いがする。柏樹さんがまだここにいる。

「そうだな……要が先ってこともありそうだ」

……普通の恋人ってどうやって別れるんだろ。俺たちは普通じゃなさすぎてわからないな。

「なら、三十歳までに結婚頑張って柏樹さん」

「え、期限まで切られるのか」

「うん。そうしたほうが努力できるでしょ」

「要は？」

「俺は三十歳までまだ長く長〜くあるもん」

「おじさんが損する仕組みだ」

「そうだよ、おじさんははやく結婚しないとあぶれちゃうからね」

さよならのキスとかしてみたかったな。最後のエッチとか、最後の……最後のイチコロ抱きとか、されたかったな。

「もしおたがいあぶれたらまた会おう要。それでふたりで、今度は結婚計画表をつくろう」

女の子だったら俺、まだこの人の傍にいられたのかな。どうしてゲイは結婚できないのかな。

結婚……この人としたかったな。

「俺が三十歳になったら、柏樹さん四十前だよ。やばいよ」

「やばいね。でも要なら、また俺のことを助けてくれるって信じてるよ」

——さとう君に一ヶ月間つきあってもらって、自分が男になにを求めているのか知りたい。

——さとう君としたいなと思って。……キスを。

——今夜俺のミッションはよっつあったんだよ。気づいてた？

——……偉いよ要。人の本心を聞くって怖いよね。自分が嫌われているところとむきあうってことだものね。やっぱりヒーローじゃないか。俺も見習わなくちゃな。

——王子さまに会いにきたよ。

——着がえだけとってくる。五秒で——数えてて。スキップして戻ってくるから。

——いま、世界中の誰よりも要の顔が見たい。

——一日楽しかった。ずっと忘れないよ。本当に幸せの国だった。

——……きみを、抱かせてほしい。

泣くな俺。泣くな泣くな。泣くな。

「わかった。しかたないな、何回でもちゃんと、柏樹さんに求められたら、俺助けにいくよ」

柏樹さん、大好き。

柏樹さんは俺の平凡な毎日に温かな光を灯《とも》してくれたんだよ。『エデン』に通ってくれていたことも、ゲイってことに怯えてモブとして生きていた俺を恋人にしてくれて、恋人同士の幸せな経験をさせてくれたことも、全部奇跡だった。触れあうことの幸福や、許されて求められる温かな生活も、なにもかも忘れていたり、知らないで生きていたりしたものだった。

毎日に真新しい驚きや幸福をもたらしてくれた。あなたが全部、初めて俺に教えてくれた。救われていたのも助けてもらっていたのも、俺のほうだよ。

「ありがとう要。……じゃあね。お父さんのことも、お母さんたちと、要の身体も大事にね」

「はい、ありがとうございます。柏樹さんも身体に気をつけて。運転もだよ」

「……わかった」

左手をふって微笑んだ。距離を保って立ったまま傍へはいかず、彼がガラス窓をあけ放った状態で車を発進させ、去っていくのを見守った。

「またね、要」

「……はい」

暗い路地をゆっくり走って白い車がぱちぱちとランプで合図してから角をまがり、姿を消す。しんとしずまり返った夜に、虫の声と、俺の泣き声だけが響いていた。情けなく洟をすすって子どもみたいにうぅぅぅ唸って嗚咽する声。

アパートに帰ったら、上の階の彼の部屋は空っぽになっている、とまた思う。……なにが〝要がまた助けてくれる〟だよばか。女の人たちが柏樹さんのこと放っておくわけないじゃん。結婚式には呼ばないでね。俺、『いい人が見つかって、結婚できてよかったですね』なんて、笑って言う自信ないよ。

結局一週間ぐらいしか恋人でいられなかったけど、一生分幸せだった。ありがとう柏樹さん。大好きです。さようなら、幸せになってください。――さようなら、透さん。

ふたりでつくった恋人計画表の最後は、三日後の九月三十日。予定どおりなら俺は大学と『エデン』。彼はひとりで鍵を返し、部屋をでていた。

その夜、京都へ帰った彼から長いメールが届いた。

『ありがとう要。同性の恋人なんて、本来なら普通に探すのだって難しいのに、要のおかげで幸せな時間を過ごすことができたよ。一度男の友人にふられてるからわかる。きみの柔軟さと優しさに救われた。あのときの苦い想いも、きみといられたことで消えていった。伝えていいのかわからなくて、結局面とむかっては言えなかったけれど、恋人でいられたあいだは本当に心からきみを想っていた。愛していたよ。これを伝えることが、きみが気にしてくれていた、うやむやになったまま果たせなかったひとつのミッションだった。お父さんのことも大変だと思うけど、要とお母さんたちまで体調を崩してしまわないようにね。要は結構適当な食生活を送っているから、しっかり食べて眠って、大事にしてください。おたがい生活が落ちついて、ゆっくり外へ目をむけられるようになって、いつかまた機会があれば、もう一度会いましょう。その日まで、俺は要がくれた時間と幸せを無下にしないように、ちゃんと自分の人生について考えて生きていくよ。要も、元気で健康に、幸せでいてね。きみはこの世界のモブじゃない、ずっと俺のヒーローです。本当にありがとう』

お医者さんの目っていうのは思いのほかすごい。

親父は本当に、きっちりひと月後に亡くなった。

母さんが言ったように、親父は最期まで作家だったんだと思う。親父の死はネットニュースにも載って、編集部を介してお悔やみの連絡や贈り物が届いて整理に追われた。

一応葬儀は家族のみですませたものの、担当さんや作家仲間たちがお別れ会をひらいて親父を悼《いた》んでくれたりもして、しばらくは忙しい日々が続いた。

俺もアパートに帰らず、実家に残って遺品整理や、母さんのサポートをして過ごした。

「お祖母ちゃんとさ、結局お墓はどうしようかって話してるんだけど、要はどう思う？」

「どうって」

「お祖母ちゃんのところ、つまり要から見たら父方のご先祖さまのお墓に入るか、それとも、作家さんだからお参りにきてくれる人も多いし、うちの家族のお墓を持つかって」

「ああ……そういうのも考えるんだね」

「ただね、お墓は守らなくちゃいけないのよ。要が結婚して子どもが大事にしてくれるかとか、そのまた子どもたち、要の孫も責任持って管理してくれるか、とかね」

「……あ、ごめん母さん。俺ゲイなんだ。結婚できない」

たぶん世のゲイ仲間のなかでも、トップクラスに軽いカミングアウトをした。

「え、男が好きなの？」

「うん」

「あら～……」

でも母さんも、どこのゲイの親もしないであろう、軽い反応で返してくれた。

父さんの部屋で、大量の本の整理をしていた十一月の昼下がり。

「じゃあお墓買っても、あんたのあとは守ってくれる人がいないわけね」

「ごめん。俺はともかく、俺が死ぬとき託せる子どもは、つくれない」

「そうか……ならお祖母ちゃんのところに入れてもらうしかないかねえ」

上着のパーカーの右のポケットにスマホをしまっている。お守りのように、あの人がくれた〝愛していたよ〟の言葉を大事に持ち歩いている。俺はもう変われない。

「いまつきあってる相手いるの？」

「……いない」

「そう。ゲイならちゃんと相手つくりなさい。ひとりで生きていかれるのは母さん心配だよ。普通に平和に歳とっていけたら母さんも先に死んじゃうし、一緒にいてあげられないんだから。孤独死とかやめてよ？」

「う、んー……」

「恋人でも友だちでも、ちゃんとつくっておきなさい。どんな人生を生きたっていいけど最期だけはひとりでいないで。父さん、幸せでしょ？　最後のひと月、息子に傍にいてもらって、しっかり看病してもらって、最期もわたしたちに看取られて。ほんと、自由に生きてみんなにかこまれて逝って、幸せな人生だよ。先に逝ったもん勝ちだよね」

「勝ちって……。それも、ちょっと、わかるけど」

たしかに俺も母さんもお祖母ちゃんたちも、みんな健在で、みんなに看取られて、父さんは自由に生きて幸福に逝った。俺は母さんもお祖母ちゃんたちも送って、ひとりになって、彼氏がいなかったら、母さんの言うように孤独死だ。

「寂しく死んで逝くのだけはやめて。誰好きになってどんな生きかたしてもいいから。ね？」

母さんがくり返して、埃《ほこり》まみれの本をジャンル別に積みあげていく。窓から入る日ざしが、部屋に舞う埃を銀色にちかちか照らしている。

「……ありがとう。受け容れてもらって驚いた」

そう言ったら、ふふと笑われた。

「わたしより、きっと父さんのほうが寛容だったと思うよ」

「え、なんで。俺に興味ないから？」

「違うよ。そういう人だからよ。……どんな恋愛も生きかたも、父さんは否定しない人だよ。〝だからなんだ、いいだろべつに〟って言ってたと思う。自分もそうだったたじゃない？」

「……たしかに」

親父に非難されたら俺もぶちギレるかもしれない。好き勝手してるおまえが言うな、って。

「ねえ、」

でっかいハードカバーの本を拭いている俺の手もとを、母さんがとんとんと叩いて呼んだ。

「あんたの名前は？」

「え……佐東要」

「そう。〝必要〟の〝要〟――父さんがつけたんだよ。最期まで父親にはなれなかったけどね、その名前は父さんが要に遺《のこ》した愛情だよ」

母さんがにっこり微笑んでいる。親父と出会ったころの、無邪気であどけない少女みたいに、愛らしく小首を傾げて笑っている。

親父がいなくなってから、おそらく二歳とか三歳ぶりに親父の本を読んだ。

書店でさえ探そうともしなかった本には、無論、息子の俺の名前が隠されているとか、母さんへの告白がひそんでいるとか、そんなありがちなロマンチックなことは一切なかった。最期まで〝愛してる〟と母さんに言うことさえしなかった、徹底した硬派な作家っぷりに、それはそれで、いまは感心している。

だけど親父がいた。本のなかには、俺が知らない親父がつまっていた。優しさ、思いやり、いたわり、恋情、慈しみ、尊さ、苦しみ、哀しみ、懊悩、弱さ、傷、愛情、家族愛。

……あんた、こんなこと知ってたんだ。人間に感情があるってこと、知ってたんだね。てか、親父にもちゃんと感情があったんだね。人を愛すること、知ってたんだね。

親父の本には夢が生きている。たくさんのきらきらした、嘘みたいに温かで、幸福な夢が、輝いて生きている。柏樹さんといった、あの遊園地みたいな。

母さんの予言どおり、素敵な家族でしたってオチもくれず〝ありがとう〟もなく逝ったから、あんたがどう思ってたかはなんにもわからずじまいだけど、でも俺は、いまは親父を看取ってよかったと思ってるよ。俺自身がそう思って、納得してる。

この気持ちを言葉でうまく表現できる日がきて、気がむいたら、また会いにくる。恋人も、もしできたら連れて会いにくるよ。〝だからなんだ〟って言って、つまらなそうに迎えてよ。それが嬉しいからさ。

たとえばその厳格で誠実なドーベルマンは、わんこの国の王子さまだった。

無愛想なくせ、じつはドーベルマン王子のことが好きでしかたないツンデレのキジトラ猫は、にゃんこの国の王子さま。

恋は難しいものだ、と悩むドーベルマン王子を助けるため、キジトラ猫王子は偽者の恋人になりましょうと提案し、双方の国の者たちに内緒のまま逢瀬を重ねるようになる。

やがてドーベルマン王子はキジトラ猫王子の想いに気づき、想いを返してくれるようになるけれど、ふたりは同性なうえ種族も違う。性別の問題以前にセックスもできない、子どももつくれない。それにこの関係が知れ渡れば、王さまたちや国民たちを裏切り、傷つけてしまう。

誰ひとり幸福にはなれない恋だった。

『わんこはわんこと、にゃんこはにゃんこと。オスはメスと結ばれなければいけないのです。おたがいお姫さまを探して、ちゃんと結婚しましょう。そうして、国のみんなから祝福される幸福な道を歩みましょう』

ふたりはそう決めてお別れをする。

……この先を、親父ならどんな幸福な物語にしただろう。

「――……要《よう》、おまえあんま呑むなって」

「大丈夫です、まだ酔ってません～」

「帰れなくなっても知んねーからな」

「タクシー捕まえるから平気だもん」

べ～、と舌をだしたら、カウンターのなかにいるイサムに頭をぺいっと叩かれた。

「いたっ」

「うっせーな、軽くやったろっ」

「ひどい……イサムの作った梅酒がおいしいせいなのに……悪いのはこれなのに……」

「へへ……そりゃ嬉しいけどよ」

今度はふたりで、へへ、へへ、とにやにや笑ってつつきあう。

そのイサムの左腕には俺がつくった二本のミサンガ。俺の左腕にも一本のミサンガがある。あれから二年経過して、おたがいのミサンガはだいぶくたびれ、色褪《いろあ》せてきていた。

「……ふたりは本当に仲がいいね」

俺の左隣に座っている前山《まえやま》さんがぼそりと呟いて、微笑んで感心する。

あの『エデン』の〝危ないお客さん〟だった前山さんは、いまイサムと〝お友だち〟になっていて、このイサムのお母さんのお店でイサムが手伝いを始めてから、常連さんになっているのだった。

「ストーカーから友だちに昇格した前山さんのほうがすごいですよ？」

「っ、ぼ、ぼくは、す、ストーカーじゃ……なくも、なかったけど、」

彼はイサムに〝追っかけまわすだけじゃなくて本気の想いを見せてみろ！〟と叱られたのをきっかけに、ダイエットを始めてお洒落を勉強した。それでかなり格好よくなったんだけど、イサム的には『外見変えろって言ったわけじゃねーんだよ、そーゆーとこなんだよな……』ということらしく、一応〝お友だち〟止まりのまま、ゆるゆる仲を深めていっている。

「前山さんは、いつイサムを落とすの？」

「えっ」

ぎょっと目をまるめて赤面し、狼狽《うろた》えながらイサムお手製のはちみつ梅酒を呑む彼は、前髪がちょっと長くて目もとが隠れ気味だけど、本当に外見だけは昔より断然いい。

「お、落とすとか……そ、そういうのは、その、俺だけの、問題じゃない、っていうか……」

中身は相変わらず昔のままだ。

「前山さんも、もう三十歳になるんでしょう？」

「は……はい」

「ご両親に〝結婚しろ〟とか言われませんか？」

訊ねたら、へはは、と力なく苦笑いした。

「そういうのも、なくもないんですけど……ぼくは、その……人生にイサム君が必要なので」

イサムが前山さんの頭をチョップする。

「あんたもなに人の友だちに恥ずいこと言ってんだよ」

まんざらでもない赤い頬をしたイサムが、俺の知らない顔をしていて、胸いっぱいにきゅんきゅんした気持ちがひろがっていく。

「いいな〜っ、そういうのすっごく素敵だな〜っ……」

「おめーもはしゃぐな。こいつが調子に乗ンだろ」

「イサムもとっとと落ちてあげればいいのに……素直じゃないよ」

「殴んぞ」

「はいはい、イサムはちゃんと、好きだ！　って言ってくれるの待ってんだもんね」

「おい」

「はやく告白してくれたらいいね。じゃないと、前山さん三十歳になっても童貞で、魔法使いになっちゃうし」

デリホスで出会ったのに、前山さんはイサムとキスをして身体に触れはしても、最後まではしなかったらしい。イサムはそれも『ばかな奴だ』って言う。

「なるほどな。要の言うとおり、この人は魔法に頼るっきゃねーかもな」

イサムが俺につっこむのも諦めて肩を竦め、はーあ、と息をつく。前山さんだけが激しく動揺していて、俺たちは「ははは」と笑った。

「要はどうなんだよ。カッシーからまた連絡きたか？」

手もとのグラスのなかで揺れるはちみつ梅酒の琥珀色《こはくいろ》が綺麗。

「ンー……そうだね。元気そう」

笑ってこたえた自分の声のほうが、さっきまでの元気を失っている。

柏樹《かしわぎ》さんとはメールで連絡をとり続けていた。最初は、彼が京都へ帰ってふた月後の十一月。俺の誕生日に届いたお祝いメールだ。

——要、誕生日おめでとう。生まれてきてくれてありがとう。

ちょうど親父の遺品整理なども落ちついてアパートへ帰り、彼がいなくなった上階の部屋のしずけさや別れの喪失感を、ひとつずつゆっくり心と肌で理解し始めていたころで、恋しさが減るどころかまだ自分のなかに息づいているのを感じた。

——ありがとうございます。憶えていてもらえて嬉しいです。

誕生日は、彼の姪っ子さんがきたときにスマホのパスワードにするからって教えあったんだった。

——もちろん忘れないよ。

『エデン』のバイトに復帰しても、当然柏樹さんはこない。淋しかった。ずっと恋しいままだった。そうしているうちに就活や行事や試験に忙殺されて師走《しわす》も過ぎ、クリスマスのバイト、年末に実家へ帰省、と、ばたばたして年も明けた。

二月は柏樹さんの誕生日だ。祝ってもらったお礼だから、と言いわけめいた気持ちで、俺も日づけが変わった瞬間にメールを送った。

——柏樹さん、誕生日おめでとうございます。生まれてくれてありがとうございます。

すでに彼女さんができていたら、おなじタイミングでメールしてるかもとか、もしかしたら今夜一緒に過ごしていたかもと、考えつつ送ったんだけど、返事はすぐにきた。

——ありがとう、要。要に祝ってもらえるのがなにより嬉しいよ。

要に、という言葉が嬉しくて苦しくて、優しすぎる彼がすこしばかり憎くもあって、さらにつっこんだ返事をしてしまったのを、いまはすこし後悔している。

――誕生日プレゼント兼バレンタインチョコは、お姉さん以外の人にもらえましたか？

――もらったよ。

――そうなんですね。

――会社の女の子が嫌々配ってくれてる職場チョコと、取引先でもらった営業チョコ。

――なんだ。職場とか営業とか淋しい。

――要は？

――俺は一個もない。

――要のほうが淋しいじゃないか。義理すらないなんて。あらあら。

これが発端で、俺たちはまたおたがいの恋人について話すようになってしまったのだった。

――大学生でエッチなことも大好きなのに、要はどうして彼女ができないんだろうね。

――大好きじゃない、普通だよ。そう言う柏樹さんは大学生のころ彼女いたんですか？

――いたさ、もちろん。モテたんだから。

――じゃあなんで結婚してないんでしょーね。

――出会いがないからですよ。職場恋愛もしない主義ですし。

――帰ったら結婚したいって言ってたのに、相手のあてがあったわけじゃないんですね。

――ないです。

――すごく自信満々に言ってたじゃないですか。お見合いとかするつもりでいたの？

——じつはこっちに別れたり復縁したりをくり返していた幼なじみがいた。結局最後は彼女と腐れ縁的な感じで結婚して一緒にいるのかなと思って東京へいったんだけど、東京で過ごしていた三年のあいだに俺も彼女も変わったよ。彼女は結婚して、先日お母さんになった。

彼の過去と女性関係の事情を、別れた数ヶ月後に突然知った。……やっぱり素敵な人だから、深い縁で繋がった相手もいたんだ。別れと復縁をくり返していた腐れ縁の女性。何度も好きだと確認しあって、柏樹さんと人生をともに生きてきたその人に、嫉妬も覚えた。

——はやく捕まえておかないから逃すんですよ。

——たしかに。……それは胸にずっしりくる言葉だ。

彼女を失った柏樹さんが哀しんでいるのも感じた。京都で、彼は失恋していた。

その後、四月になると俺は大学四年生に無事進学し、勉強もさることながら本格的に就活を始めた。春が一瞬で終わったと思ったら梅雨も過ぎていき、なかなか内定がとれず鬱々《うつうつ》としながら、大嫌いな夏をなんとか生き抜けた、と安堵していると再び秋がやってきた。その間も、柏樹さんと時折メールで話していた。

——九月になってもまだ暑いね、要。

——うん。最近は秋がないですね。暑い暑いと思ってたら急に寒い冬になる。

——まったくだ。要と一緒にいたころを想い出すよ。

親父の一周忌や、それによってまた作家仲間の人たちがひらいてくれた悼む会にも追われて忙しくしていたなか、二度目の俺の誕生日がきた日にも彼はメールをくれた。

——誕生日おめでとう要。二十二歳の要はどんなふうに変わったかな。

——ありがとうございます。なんにも変わってませんよ。

——どうだろう。

——素敵な想像されても困る。

そして俺が小さな編集プロダクションの内定をとったころ、彼は婚活を始めたのだった。

——違うってば。婚活じゃないよ。友だちに婚活パーティに一緒に参加してくれって強引に連れていかれただけ。

——動きだせって、神さまが言ってるんですよ。

——俺は三十までひとりでいい。そうしたら要が助けてくれるからね。

——他力本願《たりきほんがん》はいけません。

——神さまより、要に叱られるほうが辛いな。

やがて大学を卒業して『エデン』も辞め、社会人一年目として懸命に働いている間《ま》に、彼と別れてからあっという間に二年。

「カッシーなんて？　またパーティだか合コンだかにいったって？」

イサムがそっと、俺の手もとに酔い醒ましのお水をおいてくれる。

「うん。……同級生の友だちが、相変わらず柏樹さんを誘ってくるんだって。縋りつかれてしかたなくついていっている、って本人は言ってるけど、いい人がいればつきあうんじゃないかな。ちなみに柏樹さんがいってるの今夜です。今回は街コン」

「今夜？　はあ、街コンねえ……どうせ要が好きなんだろうに、カッシーなに考えてんだか」

「イサムはずっとそう言ってくれてるね」

あの日のことを、イサムは『カッシーは俺に会いにきたんだぜ』とふり返る。

――まっすぐ俺のとこきて、要のこと訊いてきた。『イサム君は要がいまどう過ごしてるか知ってますか?』って。『エデン』にきたんじゃねーんだよ。おまえのこと訊きに、俺のとこきたの。だから〝泣いてたぜ〟ってだけ教えてやったら慌ててでてったんだ。

「適当な慰めじゃねーよ。傍から見てっからわかるんだ」

二年経過してもなお、イサムのところへくると、イサムはいつも夢みたいな話をしてくれる。『エデン』で一緒に働いていたときも楽しかったけど、イサムがここで手伝いを始めてからはお酒を呑みながらおしゃべりする時間も好きだった。ふんわり酔って、薄暗い店内のオトナな雰囲気に浸りつつ現実逃避させてもらえる。

「……おたがい好意を持ってるのはわかるよ。だけど俺たちはそれだけなんだよ。別れるって決めてたから柏樹さんも男同士でつきあう夢に酔えたんだと思うし、ふわふわメール交換だけ続けてくれてるのも、この距離が心地いいからじゃないかな」

「おまえらダメダメだな」

「俺は駄目だけど、柏樹さんは他人の幸せを願って行動できる、真面目で誠実な人だよ。でもそもそも、いまはまだ幼なじみに失恋して傷心中なの。結婚に消極的になってるのもそのせいだろうから、俺は癒やしになれたらいいな」

「けっ」とイサムが舌打ちしてお酒を呷《あお》る。

「よし。じゃー俺が要に新しい男紹介してやる」

「え、まじで」

「おう。最近知りあった奴で、なかなかいいおっさんがいるから今度会わせてやるわ。おまえおっさんがいいだろ？　そんで、このことカッシーに言っとけよ」

「なんでさ」

右の口端をにぃっとひいて、イサムが色っぽく笑む。

「当て馬作戦さ」


深夜一時を過ぎるころ、ママことイサムのお母さんに「あんたたち、うちは女の子が男のお酒の相手をしてあげる店なのっ。男だらけでたまらないでって言ってんでしょ」と、いつもの文句で叱られて、笑いながら「すみませ〜ん」と前山さんと一緒に店をでた。

駅前のタクシー乗り場で前山さんとも別れると、タクシーに乗ったところでスマホが鳴った。柏樹さんのメールだった。

『こんばんは要。もう眠ったかな』

街コンの報告だろうな。

『こんばんは柏樹さん。まだ寝てません。イサムの店にいってて、いま帰ってるところです』

夜道を走るタクシーの車内にいると、柏樹さんの運転する車の助手席に座って、実家へ帰った日のことを想い出す。

あの日帆布バッグに入れて届けてもらったノースリーブは、彼と抱きあった最後の夜の記憶と、彼が触れて洗ってくれた跡を消したくなくて、一度もとりださないまま、バッグごとたたんでクローゼットにしまっている。ほんとキモいぐらい、俺はまだこの人に傾倒している。

『羨ましいな。俺もいつかイサム君のお店にいってみたいよ』

『男だらけでたまってると、ママに怒られるんですけどね……店員さんみんな明るくて楽しいし、お酒もすごくおいしいですよ。今日はイサムの手作りのはちみつ梅酒を呑みました』

『要らしいね。甘くておいしそうだ』

——要の印象はずっと甘いお菓子みたいだったよ。

——……口のなかまでやわらかくておいしいね、要は。

なに想い出してんだ俺。

『柏樹さんは街コンにいってたんでしょう。どうだったんですか？』

『素敵な人はいたよ。でも年収は？　とか、子どもは何人欲しい？　親との同居は？　って、訊かれてるうちに冷めてくる。俺はそういう細かいことを好きな相手とふたりで、受け容れあったり、努力しあったりしながら計画していきたいよ。ばかだよね、つまりは恋がしたいんだ。こういうこと言ってる奴があぶれるんだよ』

……好きな男に〝女の人とこんな恋がしたい〟と聞かされるんだもの、ゲイは哀しい。

『ばかじゃないですよ。出会いさえあれば、柏樹さんは恋愛結婚できますよ』

『要は優しいね。ごめんね、愚痴につきあわせて』

『ううん』

アパートの前に着いてタクシーをおりた。柏樹さんが住んでいた上の部屋を見ると、灯りがついている。あそこは彼がいなくなってすぐ、大学生っぽい女の子が入居した。

またスマホがぽこんと鳴る。

『うちは姉がふたりともはやいうちに結婚して子どもを産んでるし、会社でもしょっちゅう「結婚しないのか」って訊かれて、周囲がそういうかたちを求めてくる。でも俺は、結婚は、もういいや。友だちは連絡先を訊いて頑張ってたな』

届く言葉には、この人は幼なじみの女の人のことをひきずっているんだな、と感じる無気力さが常にひそんでいる。三年間転勤しようとも、当然のように繋がっていると信じていた腐れ縁が切れてしまったんだものね。喪失感も拭えないよね。

『要は？』

『俺はいまは仕事で精いっぱいです。会社で働くの初めてだし、覚えることもたくさんで』

『そうか。でもそろそろ新しい環境に慣れてきたんじゃない？　俺はそっちにいったのが就職して二年目だった。それで四人の新人を育てたから、恋愛よりは上手に励ませると思うよ』

リュックをおろしてから、冷蔵庫に作りおきしている麦茶をとってグラスについだ。二年前から作り始めた麦茶。冷たくておいしい。飲みながら部屋へ戻って、また返信を打つ。

『俺にはおなじことできそうにないです。慣れるどころかずっとあっぷあっぷしてそう』

『はは』と二文字届いて、そこから彼の笑い声が聞こえた。……どうして俺たちは電話をしないんだろうね。俺は想いをこじらせすぎて、声で友だちの演技をする自信がだんだんなくなってきたからなんだけど、柏樹さんはどうなのかな。やっぱり文字の友だち程度が楽なのかな。

『傍にいって励ましたいよ。要はいまも俺のヒーローだからね。いつだって自信を持っていてほしい。おなじアパートに住んでいた、あのころに戻りたい。本当に毎日楽しかった』

傍に。

ぽこんぽこんとメールが続いて届く。

『あの遊園地のそばのホテルに泊まりたかったね。ホテルから観るパレードもきっと素敵なんだろうな。音楽やマスコットキャラクターたちの動きにあわせて水が生きているみたいに噴きだして、虹色の光と一緒に弾けて。花火が夜空いっぱいに咲いて、雨みたいにきらきら輝いて降ってくる。綺麗だった。また要と観たかった』

彼の文字から青や赤や黄や緑の虹みたいな光の色彩が見えた。幸せの国、に生きていた色。涙があふれそうなほど嬉しい反面、メールだけで酔う夢に甘えちゃ駄目なんだ、と思う。

『そっちにもパレードをやってる遊園地はあるでしょう？　恋人をつくって、ふたりでいかなきゃ』

『そうだね』

お酒も呑んで眠たくなってきたし、〝そろそろお風呂に入ります〟と打っていたら、途中でまたぽこんと追送がきた。

『じつはね、要。来週そっちへ出張することになったんだ。ひさびさに会ってくれないかな』

え……会う？

『出張ですか』

『うん。平日ど真んなかの水曜から一泊。週末なら日曜まで泊まって、こっそりプライベートの時間も長くつくれたんだけど、今回はしかたない。おたがいの仕事が終わってから会って、夕飯だけでもつきあってもらいたいな。どうだろう』

会う……彼の言葉を読んで茫然とした。電話より、もっと現実的なことを願ってもらえた。

たった一泊の忙しい仕事のあとに、ほかの仕事仲間や誰かじゃなく、昔のアパートの住人で、近所のレンタルショップのバイト店員だった子どもの俺と会いたがってくれるなんて。

『……嫌かな？』

メールの返事を打つ、ってところまでも感情が到達せず、現実を受けとめきれずにぼんやりしていたら、不安そうな問いかけも届いた。は、と我に返って気持ちを整理し、文字にする。

『びっくりしました。俺でいいんですか』

スマホを持つ手が震えている。麦茶を飲んで深呼吸した。グラスも冷たくて気持ちいい。

ぽこんと彼の返事が続く。

『そっちに要以外会いたい人はいないよ。すこしでもいい。要の時間をもらいたい』

カレンダーを確認すると、来週は九月。水曜は六日だ。……彼と偽者の恋人だったころから本当に、綺麗に二年経った秋。

『はい。よろしくお願いします』

会って平気かな。昔の自分とおなじ態度をとれる気がしない。めちゃよそよそしくなりそう。でも会いたい。

『よかった。楽しみだよ』

『うん。俺も楽しみです』

楽しみ、とか送っちまった。

『じゃあまた時間と場所が確定したら連絡するね』

『はい』

最後に『おやすみ要』と届いて、俺も『おやすみなさい柏樹さん』とこたえると、メールがとまった。

二年ぶりに会う……怖くて、嬉しくて不安で、まだ動揺してるけど、どうしたって嬉しい。まさかまた本当に会えるなんて。

胸を押さえてまばたきをして現実を確認する。うん、俺浮かれてるな。すごく喜んでるな。……うん。俺、まだ二年前とまったく変わらない気持ちで、あの人が好きだな。


『イサム。今日、いまこれから、柏樹さんと会う』

『え、これから？　どうした？　わーってなって京都にいっちゃったのか』

『わーってなに。違うよ、柏樹さんがこっちに出張するから会おうって誘ってくれたの』

『まじか、急だな』

『急ではないよ。誘ってもらったの先週だから』

『は？　じゃあなんでこんな直前に報告なんだよ。もっとはやく言えよ』

『なんか、いちいち報告するのも浮かれすぎかなって悩んでたら今日になった』

『ばか』

水曜日、約束した駅の喫茶店でイサムとメールしながら待っていたら、ぽこんとべつのメールも届いた。

『要、お疲れさま。ごめんね、遅くなって。もうすぐ着くよ』

柏樹さんだ。

『大丈夫です。待ってます』

時刻は夜の十時過ぎ。結局彼は会社の人に捕まって呑み会に拉致《らち》られ、会う時間もこんなに遅くなってしまった。当然と言えば当然だ。こっちには三年間一緒に仕事をしてきた仲間と、彼の育てた後輩がたくさんいるんだから。

「——要、」

ふいに、うしろからぽん、と左肩を叩かれた。懐かしい声に息を呑んで、喉がつまったまま顔をあげたら、スーツ姿の男の人が俺を笑顔で見おろしていた。……柏樹さん、だ。

彼が微笑みながら俺のむかいの席へまわる。横の椅子をひき、すこし大きめの黒いボストンバッグをおくと、俺の正面の席へ腰かけた。

「本当にごめんね、こんな時間になって」

髪が二年前よりちょっと伸びて、綺麗に切りそろえられている。スーツも俺が見たことない新しいのだと思う。眼鏡も違う。頰の笑いじわや、大きな掌と綺麗な指は変わらないけれど、ふたつ歳をとってまたさらに大人の男らしく、たくましくなっていた。

「……いえ」

やっと声がでた。周囲のお客さんや音楽や場所、時間……そういうなにもかもがすっ飛んだ。すっ飛んで、この人しか意識のなかに入らなかった。

「要はお腹空いてるよね」

「あ、ええと……大丈夫です」

空腹感もよくわからない。彼の服からお酒の香りがする。俺も一緒に呑み会に参加したかった、と無茶な悔しさまで湧いてきた。一緒に過ごせる時間を奪った呑み会が妬《ねた》ましくて。

「そう？　要、すごく申しわけないんだけど、じつはホテルにチェックインするって約束していた時間がもう過ぎていて、部屋にいかないといけないんだよ」

「え……そうなんですか」

「だから一緒に部屋で軽く呑んで食べて、ゆっくりしない？」

部屋で……。そうか、ホテルの予約も大事だし、柏樹さんは食事もすませているうえに疲れているだろうから、俺が部屋にいったほうが安らいでいいのかな。

「……うん、ですね、そうしましょう」

京都から新幹線できて、一日仕事をして呑み会まで参加していたんだ。休ませてあげたい。それにたぶん気兼ねなく、すこしでも長く一緒に過ごす最善策だと思う。

「じゃあごめんね、いこうか」

飲みかけのアイスティを、彼に「すこしちょうだい」と言われて、「どうぞ」とふたりで飲み干し、そのお金を、いいです、と断ったのに彼がだしてくれて、喫茶店をでた。

ホテルは歩いて数分の近場にあるという。賑やかな繁華街を歩いて、お酒やおつまみをそろえるべく、途中でコンビニにも寄った。

「要はおにぎりが必要なんじゃないの？」

そんな懐かしいことを言って、彼がいたずらっぽく俺の顔を覗きこむ。

「……うん、じゃあ食べようかな」

繁華街にあるコンビニは、さすがに夜でも種類豊富に残っている。近所のコンビニでは買い逃していた珍しいオムライスのオムにぎりを選んだ。

「それはおにぎりではないよ」

ものすごく純粋な抗議が飛んできた。

「オムライスをこんなコンパクトに楽しめる、素晴らしいおにぎりですよ」

「いや、おにぎりではない」

しつこく言い張る彼は、すこし酔っ払っている。

——王子さまに会いにきたよ。

アパートの裏庭に忍びこんできた、あの夜みたいに。

「じゃあもうひとつ選びますよ」

空腹感は麻痺していても、俺も一日仕事をして昼間からなにも食べていないから、おにぎりふたつは食べられると思う。買っておいても無駄にはならない。で、炒飯おにぎりを選んだ。

「それもおにぎりではないよ」

吹いてしまった。

「おにぎりですよ」

「違うよ、炒飯って書いてあるしね？」

そんな必死に否定しなくても、と思いながらも笑いがとまらない。

「いいの、いつものコンビニだとこういうの人気ですぐ売り切れちゃうから食べたいの」

「人気なの……」

子どもみたいに唇を尖らせて、不服そうに観念するようすが可愛い。おにぎりをめぐるこんなおかしげなやりとりで、距離もちぢんだ気がした。それで買い物も終えた。

「よし、じゃあ充分買いこんだからいこうか」

「はい」

週の真んなか水曜日。ネオンで輝く騒がしい街を彼とふたりで歩いている夢みたいな夜に、解放感もぐんぐん増して体内へ満ちていき、緊張も薄れて楽しく幸せな気分に包まれていく。

ホテルはとても立派なビジネスホテルで、安っぽさとかは全然感じられなかった。淡いライトが照るフロントもしずかで落ちついた雰囲気がただよっており、彼がチェックインをすませてくると、ふたりでエレベーターに乗って部屋へ移動した。

部屋はひとり用でそんなにひろくないものの、ベッドとお風呂はもちろん、液晶テレビや空気清浄機、電気ポット、窓辺にテーブルと椅子のセットもあって充分だった。

「――要」

俺がテーブルにコンビニ袋をおくと、柏樹さんはボストンバッグをベッドにおいて突然俺をふりむき、深刻な表情になった。

「……なんですか?」

俺の左手をとり、ベッドに座る。俺も横に座るようにひき寄せられ、え、と困惑しながら腰かける。むかいあって手を握られて、その熱さに思考力を失くしたら、彼が口をひらいた。

「話したいこともいろいろあるし、今夜はひと晩、ここで俺と一緒にいてくれないかな」

絶句した。

「一緒に……泊まり、ですか」

心臓が鼓動し始める。彼は真剣な目をしている。

「俺のせいでこんな時間になってしまったわけだけど、終電を考えるとたぶん一緒にいられても一時間程度でしょう。それじゃあせっかく会えたのに、ろくに話せない」

「そう、ですね……」

「酒呑んで食事して、また可能な限り深夜まで一緒に話そうよ」

また――それは、もちろん恋人でいたころ、深夜二時ぐらいまでいつもおしゃべりしたり、抱きあったりしていたときのことだ。

目の前にある大好きな、温かい瞳が本当に懐かしい。あのころみたいに過ごせるのは嬉しい。

俺も、一時間で別れたくはない。

「……うん。わかった、泊まります」

うなずいたら、彼が満面の笑みをひろげて嬉しそうに微笑んでくれた。

「よかった……ありがとう」

「ううん。お礼言われることじゃ、ないですよ、全然」

ふたりではにかんで、すこし笑いあう。喜んでもらえて俺も嬉しい。ちょっと照れくさい。

「よし、じゃあ……そうだな、先にシャワーを浴びてきちゃうよ」

「あ、はい。俺、なにも用意してないけど……そうか、明日ここから出勤なんだな」

どうしよう。

「あの、とりあえずコンビニかなんかで、下着買ってきます」

「ここはランドリーがあるよ。ワンピーススタイルの寝間着もあるから、それ着ていいし」

「あ、そうですか……じゃあ洗濯すればいいかな」

柏樹さんが微笑んで俺を見つめている。手を握って、まだ動かない。

「……どうしたんですか」

「いや、可愛いなと想って」

ぼわ、と顔が熱くなって狼狽《ろうばい》した。

「なに、言ってるんですか」

うつむく額のあたりで、「はは」と彼の朗らかな笑い声が響く。

「素直な気持ちだよ」

「俺みたいなモブに可愛いって言ってくれる変な人、柏樹さんだけだから」

「俺にはヒーローだもの。……要はまだ自分のことモブだと思ってるの？　心配になるな」

うつむいていても、彼のスラックスや、自分の手を握る大きな手があって落ちつかない。

「ああ……そういえば、この部屋おばけがでるらしいんだよな」

「えっ」

「会社が出張する社員にあてがうビジネスホテルっていくつか決まっててね。このホテルの、この一〇一六号室はやばいって聞かされてた」

「おばけっ？」

「嘘だ。嘘でしょう？」と、へは、と笑って疑っても、彼は「ううん」と頭をふった。

「霊感の強い同僚は、ブラック企業でこきつかわれてここで自殺した男の霊だって言ってた」

「やだ！」

「そこのテレビのうしろにある絵画……あの裏にはお札が貼ってあるらしい」

「嫌だ、怖いよっ」

ぞくっと鳥肌が立って肩を竦めたら、抱き寄せられてなだめられた。

「なんでそんな話したの」

「俺が風呂に入ってるあいだ、要がひとりで待つことになるなと思ったから」

「ひどい、ますます知りたくなかったよっ」

胸を叩いてやっても、柏樹さんは「いてて、親切心でしょ？」と笑っている。

どんな自殺なのか、このベッドで絶命したのか、そこの床に転がってなのか、はたまたお風呂で？　とリアルに妄想してしまう、嫌すぎる、帰りたいっ。

「わかった、痛いよ要、ごめん。じゃあ、また一緒に風呂へ入ろう」

「え……でも、ユニットバスじゃ、ふたりで入るのは難しいんじゃ、」

「試してみる？」

優しく、やわらかい瞳で彼が微笑んでいる。……一緒に、お風呂へ。どうしよう。

「要。霊はセクシャルな事柄に弱いんだよ、知らない？」

「え、ううん……なにそれ、知らない」

「下ネタ話ではしゃいでいたり、セックスで昂奮していたりする人たちの前には、呆れてでてこないんだ。……だから今夜だけまた恋人になろう。それならおばけも怖くないでしょう？」

ホテルも脱衣所はない。湯船にお湯をためながら、ころあいを見てふたりで服を脱いだ。

「要はスーツを着ないの？　要のスーツ姿も見てみたかったな」

俺は二年前と変わらない普段着だけど、新品のパーカーと長袖シャツとパンツ姿だ。

「仕事柄、スーツを着ることは少ないですね。入社式のとき、高校生みたいってからかわれました。制服と変わらないって」

「ひどいな、そんなことないでしょう」

柏樹さんは今夜もスーツ姿。上着を脱いでハンガーにかける背中も素敵だった。

……ネクタイの結び目をほどく仕草が恐ろしいほど格好いい。見惚れて、胸が苦しくなる。首から紺色のネクタイをとると、その刹那彼にふと見返されて、自分の手がとまっているのに気づいた。慌てて目をそらして、長袖シャツを脱ぐ。

シャツのボタンをはずす指も、眼鏡をとる横顔も、セクシーで素敵。こんなに格好いい人間がいるのも信じられない。自分とふたりきりでいて、目の前で裸になって、俺とひと晩だけ、もう一度恋人になろうなんて、言ってくれた人だってこともなにもかも信じられない。

「……お湯、あふれてるかも。先入りますね」

言いおいて、笑顔を繕いながら浴室へむかった。お湯を肌になじませて入ることもできない。やっぱりユニットバスは不慣れなうえに不便だ、と困りつつ浴槽へ浸かったら、彼もきた。

「あったかい？」

「……あ、はい。あったかいです」

最初にふたりでお風呂へ入ったときのことを想い出した。見ないようにしてたこと。

「要と一緒に入ってたころ、ふたりだとお湯があふれるって知って、少なめにお湯を張るようにしてたんだよね。あのころの癖が残ってて、じつはいまもすこし少なめにしちゃうんだ」

「……肩、寒いですね」

「そうそう」と苦笑しながら彼も俺の横に入ってドアのほうをむき、膝を抱えてならんで座る。

彼の左手首にあるほつれたミサンガが、俺の想いをかき乱す。

「……初めてふたりで風呂に入ったときも、こんなふうだったね」

彼の低い声が心に沁み入った。

「うん……ならんで、座ってましたね」

ただ会っておたがいを懐かしんで、友人としてつきあっていく覚悟をかためていくような、そんな再会を想像していたのに、裸になってお風呂に入って、恋人だったころをふたりで懐かしんでいるのが不思議だ。

「どんな会話したか、憶えてる……？」

柏樹さんが俺を見る。大好きでしかたなくて、でも二年間見ていなかった、あの温かい瞳。もう見られないと思っていた、やんわり微笑む優しい表情。目尻と頬の、甘い笑いじわ。

「……キス、したことあるかって」

そうなる、と理解した瞬間に彼の唇が近づいてきて、目を閉じて受けとめた。……あのときは烈しく獰猛で強引だったけど、今夜はまだ乾いていたおたがいの唇の表面をふわりとあわせただけで終わった。乾いていたから半端に湿ったところだけくっついてしまい、剝がれるみたいにぺりと離れた。それがすこし恥ずかしくて、潰れそうなほど幸せだった。

「なんか……切なくなるよ」

また偽者の恋人になるなんて面白い、おかしな夜、というふうに笑ったのに、彼はそのとたん俺の肩をひき寄せて、今度はあの、烈しい、獰猛なキスをしてきた。乾いていた唇はすぐに濡れていった。奥までひらかれて、舌も吸いあげられた。なんでこんなキスしてるんだろう。なんで柏樹さんと、男の自分が。

「……要、」

愛していたよ、と文字で聴いた彼の声に似た熱量で呼ばれて、すこし涙がでた。こんな熱い声音じゃないかと想像していた。

「透、」と俺も呼んだら、彼がもっと大きく口をひらいて俺の唇を覆った。俺も応えた。

婚活パーティいくって聞いたとき、本当にもう恋人じゃないんだって思った。幼なじみの彼女に失恋して淋しそうで、俺も淋しかった。また会おう、の言葉、考えないようにしてたけど心の奥の底のほうで待ってた。二年経とうとずっとあのころのままこの人のことだけ想ってた。

「……のぼせてない？」

俺の上唇を舐めて、下唇を吸ってから、彼が口を離した。でも顔はすぐ傍の至近距離に近づけたままでいる。

「うん……まだ平気」

「要は細いからすぐ身体が熱くなるんだよ」

「透がエロいことするから、熱くなるんでしょ」

「……そうか。俺のせいで熱くなってくれてたのか」

嬉しそうに微笑む彼が、「じゃあちゃんと責任をとるよ」と囁いて、俺の背中を抱いて立ちあがった。風呂の栓《せん》をとって、お湯を抜いてしまう。竜巻みたいな小さな渦とともに、まるい穴へ吸いこまれて減っていく透明なお湯。

「身体を洗おうか」と彼がキスを続けながら、ボディソープを手にとって俺の身体を撫でた。右肩から背中、腰、上に戻ってきて、右の胸。

「ンっ……ユニットバスって、こうやって入るの」

「そうだよ」と下唇を吸われつつ、乳首を親指でこすられる。足もとでお湯がわだかまっていて、そこにボディソープの泡が落ちていく。

「なんか……汚い」

「え、こういうことするのが……？」

ぴた、と動きをとめた彼が顔をしかめて哀しげに訊いてくるから、ふ、と笑ってしまった。

「ユニットバスがだよ。いままで、正しい入りかたってよくわからなかったから」

「いつもどうしてたの？」

「シャワーだけしてた。いつもってほど利用したこともない」

「なら要のユニットバスバージンも俺のものだ。恋人とふたりで入るユニットバスの初体験」

「なにそれ、変なの」

泣きたいぐらい嬉しくて苦しい想いをしまって、ふふ、と笑ったら、彼も笑った。

「……要のここも、ここも、初めては全部俺のものだよ」

彼が俺の口にキスをして、乳首をこすって、性器に触れる。いままた全部を触ってくれる。

——初めてのキスをもらうのはさすがに申しわけないよ。

——さとう君の唇にキスがしたい。でも俺はきみとずっと一緒にはいられないから、そんな奴に大事なファーストキスをもらう権利はないと思う。

俺も彼の首に両腕をまわして、上唇を舐めて、舌を吸った。俺がそうすると、彼の愛撫に烈しさと熱が増していく。昂奮してくれているのが伝わってくる。

俺の腰を抱き寄せて、彼がおたがいの性器を重ねてこすってくれた。

「あ、ぁっ……」

ボディソープのせいで、滑る。気持ちいい。……そうだ、こんなだった。この人と抱きあうときの感覚は、いつもこんなふうに、至福感に溺れて、包みこまれていくみたいだった。

「要っ……」

がむしゃらに、どうしようもなく舌を吸いあって、彼の手にすべてを委ねて幸福に沈んだ。透、と俺も呼んでいたけど、声になっていなかった気がする。朦朧と、ぼんやりと温かな想いに覆われて満たされているうちに、果てがきて、達してしまった。いつまでも続けていたかったのに、おしまいはある。俺をきつく抱いてこすり続け、彼も達する。いつの間にかお湯がなくなっていた浴槽に、俺たちの液がぱたぱた落ちる。

でも彼はキスをやめなかった。「洗ってたのに汚しちゃったね」と苦笑してシャワーをだし、俺の身体と浴槽の液をながしながら、唇を食み続ける。遊園地のパレードのあともそうだった。この人は淋しい終わりをつくらない。

「……透のは、汚くないって、俺言ったよ」

お腹についたのを指で掬って舐めたら、覚えのある苦い味がした。

「ああ、菌が入るからうがいしないと」

口もとにシャワーをかけられて、ぶくぶくあふれて笑った。

「ここには菌はないから」

彼も俺とかわした会話をたくさん憶えていてくれている。

唇と唇を離さないで、キスをくり返して、ある程度シャワーで液を落としたあと、彼がまたボディソープをとって俺の身体を撫で始めた。

「俺も、透の身体洗わせて」

「……いいよ」

ふたりで掌についたボディソープをおたがいの身体に撫でつけながら、隅々まで触っていく。肩幅も、胸板も、掌も、柏樹さんは大きい。身長も高いから背中に手をまわすのに苦労する。大好きで、焦《こ》がれてやまない人の身体。体温。また手放さなければいけないすべて。

「あっ」

いきなり背中とおしりを抱き寄せられて、すこしつま先が浮いた体勢で右の胸を吸われた。気持ちいい……嬉しい。淋しい。

「……優しく、吸って、」

懇願したら、大きく咥えこまれて嚙みつくように歯を立てられ、乳首を舌先で転がしながら強く吸われた。ちっとも、優しくない。

「いた、ぃ……」

「要が悪いんだよ」

薄くひらいた目を浴室のライトに焼かれる。痛みまで、この人がくれるものは温かい。

両方の胸と、肩先と、内腿に、歯形をつくってお風呂からでた。

「呑もうか」

彼が爽やかにそう言って、窓辺のテーブルにおいたコンビニ袋から食べ物をだしていく。

俺は彼に借りたホテルの寝間着を着て「うん」とこたえた。ワイシャツの裾《すそ》がだらっとのびたようなワンピース型の寝間着の下はノーパンですかすかする。

「でも先に、服洗ってきちゃいます」

「ああ、そうだね」

寝間着で外を歩いていいのかな、と不安になりつつも、部屋がある階にもランドリールームが設置されていたので、ささっと走っていった。で、イサムにメールした。

『ねえイサム、おばけってエロいこと嫌いなの？』

今夜も店の手伝いをしてるはずだから返事は期待していなかったのに、すぐにくれた。

『あー、聞いたことあるぜ。ちんちんだして踊るんだっけ？　そうすっと撃退できんだろ？』

『なにそれ⁉　まじっ？』

『まじまじ。あとオナニーしたりAVながしたりすっと「あほか」って帰っていくらしいな。わりと有名じゃね？　てかなんでカッシーと会ってるおまえがこんな話してんだよ』

『ありがとう……事情は今度会ったとき説明するね。仕事中にサンキュ』

そうか……冗談じゃなかったんだ。しかしちんちんだして踊るってなんだろう……そりゃあそんな危ない奴、死んだって近づかないよ。納得して洗濯機のタイマーを確認し、部屋へ戻る。

「おかえり、要」

部屋ではベッドの足もとのほうに柏樹さんが座って待っていてくれた。テーブルが近づけてあり、ベッドにならんで座って、窓の外を眺めながらお酒を呑めるってあんばいになってる。

「このほうがゆったりできるよ」

「うん、ありがとうございます」

右隣に座ったら、自然な仕草で腰を抱かれてキスをされた。灯りも暗めに調整されていて、ベッドの清潔な香りもして、ホテルにいるっていう特別感がある。柏樹さんの唇が冷たい。

「……先に、お酒呑んでましたか？」

「いや、水を飲んだだけだよ。どうして？」

「口と舌が冷たいから」

微笑む彼にちゅちゅちゅとお遊びみたいなキスをされながら、左手で寝間着の裾をたくしあげて脚を膝から撫であげられた。内腿まで、いやらしい手つきで入ってくる。

「ン……今日は、もう、」

「うん……触るだけだよ。なんせ、この部屋はおばけがでるからね」

「……わかってる」

わかった、嘘じゃないのは。でもたぶん俺、ばかなことしてる。幼なじみの女性に失恋して傷心の彼と、雰囲気に呑まれてシてしまったような……そんな状況、かもしれない。これは。

「どうぞ」

彼が、俺の選んだ秋限定のブドウサワーの缶をとって俺にくれる。

「ありがとうございます」と受けとって、ふたりで乾杯して呑んだ。続けて、微笑む彼は割り箸をわり、それも俺に「どうぞ」とくれた。二年前と変わらず、優しく大事に恋人扱いしてくれるのに、この状況について考え始めると気持ちが暗く沈んでいく。……きっと、イサム怒るだろうな。俺絶対、ばかだよな。

「……俺はね、」と彼が焼き鳥の盛りあわせからつくねをひと粒とって口に入れた。

「俺は、自分が失礼なバイだって結論をだしたよ」

「え、失礼なバイ、ですか……?」

「うん。性別問わず恋に落ちる。でも身体に関しては、かなりこだわりを持っているらしい。女性の身体には比較的昂奮するって言ったけど、そうでもないな。男女ともに、自分の好みのスタイルがとても事細かにあるんだよ」

うなずいて、生春巻きを頬張った。

「事細かって……たとえばデブ専とかはあるわけじゃないですか。それよりもってこと?」

「たいそう失礼なことだから要にだけ言うけど……乳輪や乳首や性器の大きさ、色、とかね。自分のなかにある〝美〟だと感じるかたちからすこしでもはずれると、昂奮しないんだ」

「えっ……それは、難儀ですね。裸を見てから恋できるわけでもないのに」

「そうなんだよ。性格は好きでも身体が好みじゃなかった場合、みんなどうしてるんだろう。それこそAVや風俗で満たすんだろうか」

「ど……どうなんでしょうね。みんな裸で歩いててくれればいいんですけどね……」

「最低ながら、俺は身体的なフェチの強い汚い人間だった。そうわかった。ただ、要のことは全部好きなんだよ。身体や性格だけじゃなくて、モブだって悩みながらも優しくまっすぐに、真心をこめて他人と接する生きかたも尊敬してる。奇跡的な出会いだった」

　奇跡的な――。

「尊敬なんて、畏れ多いです。でも俺は、結婚できないから……ごめんなさい、本当に」

　男の俺の身体をこの人が気持ち悪がらずに触ってくれたらいいのにと、願った日もあった。欲したとおりのこんな言葉をもらえて、あまりに淋しすぎて、涙をこらえて、へへっと笑う。勢いつけてブドウサワーを呑みこみ、サラダのブロッコリーもふたつ口に放った。

「俺は身体の好みって考えたことないな。たくさん見たことないせいかな……」

　明るさを装って笑っていたら、ふいに彼が「――ねえ、要」と、深刻な声で割り箸をおき、身体ごと俺にむきあった。

「要は、あのころ俺と恋人として、こういうふうに過ごすことを楽しんでくれていた？」

「え……はい、楽しかったです」

「至福感のようなものも、感じてくれていたかな」

　……至福感。はい、とこたえていいのかわからなくて、彼の温かい表情を見つめた。

「二年前、きみとは身体から始まる関係だった。俺の悩みのために、とても大事なところまでさらして協力してくれたよね。本当に嬉しかったよ、ありがとう」

　真剣な瞳に、前橋のコーヒーショップで過ごしたひとときを想い出した。

「いえ、……お礼、言われることじゃ、ないです。俺も、気持ちよかったから」

へへ、と尻軽っぽく笑う。ばかみたいに笑い続ける俺の手を、彼がまた握りしめた。

「メールでも言ったけど、俺は心から要のことを想ってた。要の身体だけが目的だったわけじゃない。もちろん、今夜のこともだよ。それは信じてほしい」

あ……そうか。柏樹さんもばかだな。べつに、いいのに。そんな言いわけ、いらないのに。

「俺は要と、」

「ありがとうございます、大丈夫です。俺、平気です」

「え、」

「二年前も言ったけど、俺はいつでも透さんの助けになりますよ。どんなときも味方になって、精いっぱいあなたのことを支えます」

人生の傍らにずっと寄り添っていた女性を失って、辛くて恋もできないから、婚活もうまくいかなくて、俺の身体は奇跡的に好み……うん、わかった。それ以上言わなくていいよ。

「またメールをもらえたら、愚痴でもなんでも、ちゃんとつきあいますから。恋して、一緒に結婚の計画していける女性に、あなたなら絶対に出会えるから。頑張って」

もらった想い出、いっぱいあります。俺にとっては、いまでも光です。今夜も幸せでした。偽者でもまた恋人になれて、とても幸せで、気持ちよかったです。それで俺、納得してます。

「要……」

泣きそうで、辛くて、彼の大きな掌から自分の手を抜きとり、彼がおいた箸をとって「ほら、食べましょう」と笑ってすすめて強がった。

「ひとつだけ訊かせて要。要は俺のことを、どう想ってた」

目をあげると、真摯な表情で俺を見つめている彼がいた。遊園地のパレードを観ていたとき、手を繋いで俺を見返してくれた、あの幸福そうな笑顔とぶれる。

「……ドーベルマン王子」

ひひっ、とからかうように笑った。

顔をしかめて首を傾げる彼を見たら、おかしくってちゃんと笑えた。箸をずいと押しつけて、「さあさ、食べましょうね」ともう一度料理をすすめる。

しばらく神妙な面持ちでいた彼も、俺が「いま愚痴はないんですか」と訊いたながれで徐々に普段の彼に戻っていき、おたがいの会社の先輩や同期の仲間の話をした。わざわざこんなこと、とメールでは遠慮していた事柄を、こうやって会って、お酒を呑んで寄り添っているひときには、伝えることができた。

彼も俺に、おなじように、「そういえば話していなかったけどね、」とうち明け話をしてくれる。引っ越しのとき家具をすべて処分したけれど、あのラグだけは持って帰った。いまでも敷いて大事につかっている。姪っ子の愛希ちゃんは相変わらずひとりで上京していて、叔父さんまた東京にいってよ、ホテル代なくてすむんだから、と勝手な文句を言っている、とか。

婚活のことも訊いたら、渋々教えてくれた。パーティや街コンの内容と、女性たちに聞かされた結婚願望のいろいろ――。苦笑いしながら話す横顔に、また幼なじみの女性の存在が過る。この人を、こんなに哀しませることができる人。腐れ縁の、若いころからおたがいのすべてを見せあい、受け容れあい、愛しあってきた女性。

二年間の距離がちぢまっていく。

メールでは、おたがいの生活を全部把握することが不可能だったんだと思い知る。

「要がいい」

真夜中に、突然腰をひいてベッドの上へ倒された。彼の頬がお酒ですこし赤くなっている。

「……何人も後輩を育てたけど、もし要と会社で出会っていたら俺は社内恋愛だとしてもしていたよ」

酔って潤んだ、真剣で温かな瞳。……右手で彼の赤い頬を包んだ。

「こんな、〝高校生〟ってからかわれてる男の新人に手をだすの」

「そう」

また寝間着の裾をくぐって、彼の左手が入ってくる。右脚の膝を伝って内腿から腰へ、お腹から胸へ。

「……ン」

「要も、俺が先輩でもこういうことをさせてくれたかな」

乳首をそっと撫でながらキスをされた。重なるやわらかい唇を、目を閉じて受けとめる。

「男同士は、大変ですよ」

「……。そうだね」

胸のまわりの、噛みしめられて歯形がついたところを彼の指が掠《かす》めると、ひりと痛む。それでもかまわずに耐えてキスを続けた。もう一回、もっと。

「……アダムとイブは、最初裸だったでしょう」と彼の口端を吸いながら言った。

「エデンがあったら、透さんは、好きな身体を選び放題だったね」

苦笑した彼が俺の右頬を噛む。

「駄目だよ。エデンでは恋が生まれないもの。禁断の果実を食べて羞恥心を得て、楽園を追放されてからふたりの恋が始まるんだ」

「うん……そうか。エデンにいたころは裸の価値がわかってなかったのか」

「でもたとえエデンにいても、俺も禁断の果実を食べるよ」

「そうなの」

寝間着のボタンをはずされて、首筋と鎖骨にも彼の唇がおりてきた。

「地上でこの身体を探す」

鎖骨も甘く噛まれる。俺も彼の頭を抱きしめて、痛みに耐える。ふたりで泊まったホテルのシャンプーの香りがする彼の髪。朝がきたらまた友人に戻ってしまう存在。ぬくもり。

「アダムと、……アダム、だね」

男の身体を探したって、あなたは幸せになれないのに。

「エデンは自分たちでつくるものなんだよ」

物語の主人公みたいなセリフを言って、どこか物憂げに俺を見つめる彼のしずかな瞳を見返す。心のなかにまた、一緒にいった遊園地の情景が蘇ってひろがった。『幸せの国だ』と言う彼の声も。

だとしたら、妄想や偽者でしか彼の恋人になれないこの世界は、俺にとって不幸の国だ。

ほとんど眠らないまま朝がきて、ふたりで出勤の準備をした。そのあいだどういうわけか、柏樹さんも俺も、もうひとこともしゃべらなかった。

ほつれてすこし汚れたミサンガをつけている彼の左手が、大きなボストンバッグを持つ。俺も酒缶とおつまみのゴミが入ったコンビニ袋を捨てて、リュックを左肩にかける。

朝日が眩しい。ちょっと乱れたベッドの白いシーツも、視界の端で照ってかすんでいる。

「……要」

ドアノブに手をかけたとき、うしろから抱きしめられた。リュックが肩から落ちて腕に絡まる。スーツとネクタイが背中のあたりでごわついて、密着している。

「……柏樹さん」

彼のミサンガのついた左腕を摑んで俺も抱きしめた。

——愛していたよ。

俺も愛してます。会えて嬉しかった。呼んでくれてありがとう。またいつか。

「――要、おまえばかだろ」

ずっと抱えていた厄介な仕事が片づいて、ようやくイサムと会えたのは一週間後だった。

「……うん、知ってる」

一緒にお酒を呑んで諸々報告しつつ、さっきからイサムにばかにされ続けている。

「おまえそれ都合のいい男でしかねーからな」

「うん……事情はあったにしろ、エロいことしてるしね」

「あほか。霊っつーのも嘘に決まってんだよ、ばか」

「でもイサムもちんちんだして踊るって教えてくれたじゃん」

「ばか野郎、じゃあ絵のうしろのお札見たのかよ」

「見ないよ、怖いもん」

ゴチン、と頭をぶたれた。いたっ。

「あんまばかなことして、心配させんじゃねー！」

やっぱり予想どおり叱られた。じんじんする頭をさする俺を、左横から前山さんが「大丈夫？」と気づかってくれる。

「でもまじで見損なったぜカッシーよ。そのタイプだと思わなかったのになあ～……」

「ははは」と右隣ではさっき知りあったばかりの男の人が笑っている。

「セフレなら、もっと軽く遊べる相手選ばなきゃだよねえ～」

葛西《かさい》さん、という彼はイサムが紹介してくれたゲイの人だ。二十七歳の会社員で、仕事後にスーツ姿のまままきてくれた。二十七歳のスーツが似合う会社員——恋人でいたころの柏樹さんを想い出す。だけど葛西さんは細身でハンサムで若々しくて、なんていうか……すごく軽い。

「——で？　俺は当て馬クンすればいいんだっけ。チュー写真でも撮る？」

ふわんと笑ってお酒を呑み、本気なのか冗談なのかわからない口調でこんなことを言う。

「ばか、そこまではいいよ。けどやっぱ、当て馬作戦の必要はあるな」

イサムが両腕を組んでうなずき、俺は「ないよ、そんなことしたくない」と拒否した。

「あのな、要。言うて、俺はいくら失恋して辛いからって、カッシーが要のこと弄ぶってのが信じらんねーんだよ。二年経って変わったんなら、それ確認しよーぜ」

「嫌だ。人を試すようなことしたくないから」

「ちゃんと聞け。いいか、二年前のカッシーは要が好きで触ってた。今回はおかしい。だから確認するだけだ。クズってわかったらわかったで、おまえも心おきなく次の恋していけンだし、いいだろ、ノれっ」

心おきなく、次の恋。

「まあ、なんにせよ、せっかくだから知りあった記念に写真だけ撮ろうよ」

葛西さんがスマホをだしてカメラ画面にかえ、寄り添ってくる。ぎょっとしたけど、馴れ馴れしく肩を抱いたりはせず、普通にならんでいる写真をカシャと撮られた。

「はは。可愛いな要君、めっちゃ警戒してる。本当にいい恋だったんだね」

ほわほわ笑って小首を傾げる葛西さんに、いやらしいものは感じない。むしろ言動が未知すぎて摑みどころがなく、血が通っているのかも疑わしい人形めいていた。でもその飄々《ひょうひょう》と淡々としている感じに好奇心を煽られる。……この人、会ったことないタイプ。

「葛西さんは、どんな恋をしてきたんですか？」

「俺は恋したことはないかなあ。ひとりの人を狂おしいぐらい愛したことならあるよ」

あ……血が、通った。

「素敵ですね。その人とは？」

「ふられちゃったんだよねえ、ノンケだったから。俺らの世界じゃよくある話だよ。ははは。けど俺は一生彼しか愛さない。そう決めてるんだ」

ほわほわ、と笑って、俺が聞かせてもらってよかったのかもわからない誓いを言う。一生、彼だけ……。

「ほら、要」

イサムがソーセージとハムのおつまみをくれた。

「いいか？　おまえはとりあえず、こうやってゲイの友だちつくれよ。こいつは無害だから、まずは仲よくなって世界ひろげな」

「世界？」

「そんでカッシーとの仲をもっとちゃんと考えてみ」

……世界と、柏樹さんとの仲。箸を持って生ハムを一枚食べた。

「忘れられるまで、好きでいちゃ駄目なのかな」

「駄目って言ってるわけじゃねーんだよ」

「気持ちは簡単に捨てられないよ」

恋は、落ちたときから手が届かない。心に灯った瞬間から触れられない炎みたいな光だ。

「捨てなくていいんだよ」と葛西さんが言った。

「ゆっくり小さくなって消えていくから。でね、必要なら、要君の隣にべつの人が現れるよ」

淋しくなった俺を気づかって、葛西さんがほんわか笑ってくれる。

「そうだ。要君、さっきの写真送りたいし、連絡先教えてくれる？」

誘ってくれた葛西さんの言葉を受けて、イサムも「そーしろそーしろ」とすすめてくる。

「てか、俺も要と写真撮りてーな。せっかくだし全員で撮ろーぜ」

それでイサムが提案して、俺と前山さんも巻きこまれて突然撮影会になった。急に撮影を始めた自分たちがおかしくなってきて、「なにこれ」と笑いながら自分のスマホでも撮る。

「ちょっとあんたたち、ここはゲイバーじゃないって言ってるでしょーが！」

気づいたママも寄ってきて怒鳴るから、もっと楽しくなって笑いがとまらない。

ぷりぷり怒る美人なママと、ママと瓜ふたつの美人なイサムと、ほわほわした葛西さんと、幸せそうな前山さん、それと自分。みんなの笑顔をおさめた写真画像を眺めていて、……あ、たしかにこれは新しい世界だ、と思った。

毎日おなじ日が続いていくわけじゃない。京都で柏樹さんが運命の女性と出会うのも明日や明後日や、もしかしたら今日だったかもしれなくて、俺も自然と、知らないうちに彼を過去にしていくのかな。おたがいがなんの意図も作為もなく、ふいに新しいエデンを見つけるのかも。だとしたら、それはいちばん幸せな気もする。嫌うことも、哀しむこともない別れ。

「要、いいか。今日のことカッシーにちゃんとメールしろよ。男紹介されたって言うんだぞ」

「なんで……」

「当て馬作戦だからだよ」

「しないよそんなこと」

「しろ、ばかっ」

「いたっ」

帰り際、店の外まで見送りにきてくれたイサムに、また頭を叩かれた。

「あのな要。あのとき俺のとこに会いにきたカッシーは、まじでおまえのこと好きだったよ。保証する。だからカッシーもばかなんだよ。わかったな？　メールしろよ？」

「意味わからないし痛い……」

うしろで葛西さんが「俺を利用していいからね～」と笑っている。「しません」と憤慨して、それから酔っ払い三人でふらふら肩を寄せ、「またなー」とイサムと別れて駅へむかった。

今日は金曜の夜。まだ九時だったからどこかへ寄って呑み続けたかったけれど、前山さんも葛西さんも明日土曜出勤だというので、しかたなく別れた。

コンビニへ寄ってお酒とおつまみと朝食のおにぎりを買う。すこし沈んだ気分を変えたくて、そのまま歩いて帰ることにした。駅前の喧噪がだんだん薄れ、しずかな住宅街の夜道が続く。

……柏樹さんと話したい。イサムに散々、メールしろと言われたせいかもしれない。月と星を眺めて、彼がいなくなったアパートへ帰る道すがら、唐突に彼の存在を感じたくなった。

『柏樹さん、こんばんは。今日はまたイサムの店へいってきました』

ママもいる笑顔の集合写真もつけて雰囲気を届ける。お酒の瓶がずらっとならぶカウンターを背に、みんなが笑っている。……この俺の顔、変だったかな。でもほかにマシなのないな。

『こんばんは要。俺はいま仕事が終わったところだよ。電車で帰宅中』

『お疲れさまです。すみません、残業後に浮かれたメール送っちゃって……』

『いや、要の可愛い顔を見られて元気がでた。これは誰？　要とイサム君しかわからないな』

『女の人はママで、イサムのお母さんです。左からイサムの彼氏の前山さん、俺、葛西さん』

『イサム君、彼氏がいるんだね。葛西さんっていうのは？』

『今日できた友だちです』

『二組のカップルに見えるな』

……あ、やばい。ほんとに当て馬作戦みたいなながれになってる。

『カップルじゃないです。葛西さんとはそういう仲ではありません』

『じゃあどういう経緯で友だちになったの？　そばの席で呑んでたとか？』

『イサムの友だちなんです』

『紹介されたんだ。まさか彼の恋愛対象は男とかじゃないよね？』

どうしよう。イサムが〝送れ〟って言ってた内容に近づいてきた。

『俺たちはカップルじゃないです。でも葛西さんはゲイです』

否定だけはきちんとくり返した。

『カップルじゃないならセフレかな』

なのにとんでもない文字が返ってきて瞠目した。

『違いますよ』

『要は求められたら身体をさしだすじゃないか』

――きみはこんなに、性行為に奔放な子だったの……？

『違うったら』

『女性のほうが好きなんだよね？　要は、男に恋愛感情を持たないんでしょう？　俺の認識が間違ってた？』

なんでこんな会話に……。しかも柏樹さん怒ってる気がする。嘘がばれてしまう。

道ばたに立ってスマホを見つめ、返信を打てずにいたら追送がきた。

『要が男ともつきあえる子なのだとしたら、俺は黙っていられない』

やっぱり怒っている。……もう正直に言うしかないのか。

『柏樹さんに、触ってほしかったんです』

『どういうこと？』

『ノンケって言わないと、俺のこと好きに触れなくなると思ったから』

『要は男に触られたくて、ゲイなのを隠して、俺に身体を委ねていたってこと？』

『ごめんなさい。嘘ついたほうが、遊びで気兼ねなく触ってもらえると思いました』

『女性は駄目なの？　男を好きになる子なの？』

文字の力が強すぎて、目を半分閉じる。

『ごめんなさい。傷つけるつもりはなかったんです』

『傷つけたのは俺のほうじゃないか』

『違います。そうやって柏樹さんが罪悪感を抱くのが嫌で黙ってたんです。俺は平気です』

『誰でもよかった？　男と寝てみたかったのか』

心臓がぎりと痛んだ。左腕で押さえたら、まだわずかに残っている胸の、彼の歯形の傷も服にこすれて痛んだ。二年間意識し続けて、一週間恋人になれて、またさらに二年経ってもなおこんなに恋しい人に失望されてる。……俺、気持ち悪い奴って思われてる。

『柏樹さんと寝たかったんです。男、じゃなくて柏樹さんと。不快にさせてごめんなさい』

メールでこんなふうに終わるなんて最悪だ。涙がでてきた。洟をすすって指で拭っていたら、またぽこんと返事がきた。涙でぼやけた画面を見る。

『いまからそっちへいく』

え。

『まだ新幹線の最終に間にあう。ちゃんと会って話そう』

『そんな、申しわけないです。電車をおりたら電話で話しましょう』

『会ってむかいあって、きみの口から聞きたいことがある。言っておくけど俺は怒ってるよ』

……怒ってる。

『うん、すみません』

『なにに対して謝ってるの？』

『嘘をついてたことです』

『それはこの際おいておく。俺が怒っているのは、俺の告白を何度も無視したことだよ』

何度も告白……？　想っていた、愛していたよ、ってメールのことだろうか。

『嬉しかったけど、柏樹さんは結婚したがってたから』

『したがってはいないよ』

えっ。

『したがってましたよ。最初からそういう条件だったじゃないですか。婚活もしてた』

『最初の件は会ってから話す。婚活については嫌々いってたし、結婚はもういいとも言った。そもそも二年前も先週も、要は俺が告白したら話をそらしただろう』

『先週？　そらす？　そんな憶えない』

『腹が立つよ。それで急に男の写真を送ってくるなんて』

『葛西さんは本当に関係ありません』

そこで返事がとまって顔をあげた。闇夜がひろがっている。まばたきをする。ここが現実だ。現実なのに柏樹さんの怒りが自分を幸せにしてくれるもののような気がする。性指向を探るための偽りの戯《たわむ》れや、身体目的のものではない、未来の幸福まで予感させてくれるようなもの。

いま彼は電車を乗りかえたり、新幹線のチケットを買ったりしているんだろうか。俺も前へ足を踏みこんで走りだした。一目散にアパートへ帰ってコンビニで買ってきたものをしまい、いま一度家をでる。スマホが鳴った。

『そっちに泊まる準備も整えた。幸い月曜日は祝日だ。要もそれまでの三日間、なにか予定があるなら全部キャンセルしてね』

強引すぎる。けど、身体を弄びたいから一緒にいろって意味じゃないのはわかる。

『うん、予定はないです。俺もいま東京駅へむかってます』

『着くのは十一時過ぎだよ。まだ急がなくてもいい』

『家で待っていられないから』

『あまり可愛いことを言わないで。二時間が辛くなる』

『可愛いことなんて言ってない』

『言った』

再び駅に戻ってきて俺も電車に乗った。十時過ぎには着く。東京駅なら暇を潰す場所もあるから十一時もあっという間だ。心臓が高鳴っている。柏樹さんがきてくれる。会える。

『柏樹さんは宿泊はどうするんですか』

『ホテルに泊まらせたいの？』

『そういう意味じゃない』

『俺は要がいるならどこでもいいよ。要はどうしたい？』

『ホテルだとお金がかかるし、うちにきてほしいです。でも狭くてベッドでは眠れないから、ホテルのほうがよければ、俺がいまから予約をとっておきます。あのおばけの部屋』

電車のドア横に立ってメールを打ちながら、何度も顔をあげて周囲を見まわした。疲れきったサラリーマン、シートで船をこいでいる酔っ払い、大声で話す女の子グループ――現実だ。メールだけ見ていると、うっかり忘れそうになる。彼との本物の恋人みたいな会話に没頭して、幸せに包まれすぎて、自分の身体はいま空に浮いているんじゃないかとすら錯覚する。

『やっぱり要はエッチなことが好きなんだな』

『柏樹さん限定だって、さっきから言ってます』

『ほかの男とは寝たくない？』

『うん。柏樹さんだけ』

『ごめん。煽っておいてなんだけど、全部声で聞きたい。確信に触れることは言わないで』

偽の恋人としてじゃなく、俺自身の甘えた言葉を柏樹さんが喜んでくれている。嘘みたい。信じられない。奇跡みたい。

『じゃあ俺もちゃんと声で言う。いままで一度も言わないできたから、メールでは言わない』

『俺は一度メールで言っちゃったな。忘れてくれる？』

『忘れないよ！　ずっとお守りにしてました』

『この二年間？』

『うん』

『俺が要に会いたくて淋しがってた二年間？』

やばい……電車内で顔がにやけてきた。

『うん。柏樹さんが結婚してもこれがあればいいって思って大事にしてた』

『無駄な二年間だった。さっさと攫いにいけばよかった』

お守りが増えていく。多すぎる。

『あと要、いい加減〝柏樹さん〟はやめてほしい。きみは何度もそうやって線をひいて、俺を哀しませてきたんだよ』

『結婚を望んでる人だって自覚しておきたかったんです。ごめんなさい透さん』

『要は同性愛に怯えていて、俺は要に怯えていたね。俺もばかだった。もっと強引に、気持ちを伝えておけばよかった』

気持ち……あの『愛していたよ』っていう想いは一週間で終わったものじゃなかったんだ。

『俺も言えばよかった。嘘をついていたこと、さっさと謝ればよかった。傷つけて、嫌われて終わるって思って、怖くて、俺は結局自分のことを守っていたんです』

『いや、いい。うん。ごめん。要は悪くない。要はずっと俺のために我慢してくれていたんだ。俺の覚悟が足りなかったんだよ』

『俺は我慢してないよ。透さんが性指向で悩んでるって知って、触ってほしくて嘘ついたんだから。欲望まみれだった』

『要、嘘は俺もついてる』

……え。透さんの嘘？

『透さんもゲイだったの？　腐れ縁の幼なじみの女性がいたよね』

『会ってから言うよ。本当に、とんでもない嘘つきだから』

『とんでもない？　怖い』

『先週は最初から要と夕飯を食べる気がなかった。それは先に謝っておく』

『え、なんで』

『出張したら、夜に呑み会へながれるのはわかりきっているからね。会ってすぐホテルへ直行することは計画していたよ。ふたりでいたかった。あの日のミッション』

嬉しい……嬉しすぎる、そんなミッション。

『おばけも嘘？　でもおばけがエロいことに弱いのは本当だよね、イサムも知ってた』

『うん、それは本当。おばけもいる。お札が嘘。おばけの力を借りてまた要と恋人になれた』

お札はしようよホテルっ……。

『透さんは、エロいこと目的だったのかなって、俺疑っちゃった』

『そんなわけないでしょ。そんな気持ちでいたの？　哀しませた？』

『ううん、疑ってごめんね』

『いや、それも俺が悪いな。一緒にいてほしかったのは、告白が目的だったからだよ。なのに、二年分要を抱きしめたくて欲がでた。本当にごめん』

幸せな嘘と欲に、いまさら遅れて胸いっぱい満たされていく。

『透さん、悪い大人みたい』

『嫌いになった？』

『ううん、好き』

あ。

『メールで言ったな～……要』

『いまのは恋愛の意味じゃないから！　悪い大人が好みって意味だから』

『それはあまりいい趣味ではないね』

『そんなことない。いい趣味ですよ』

『そうですか？　あなたの彼氏さん、あまりいい人じゃなさそうですよ』

なんで他人事、と照れながら顔面が紅潮する。彼氏さん。かれしさん。カレシサンっ……。

『いい人です。いい人だし、格好いい。真面目で誠実でエッチなところもすべて素敵な人』

『俺の彼氏くんのことも教えてあげましょうか』

『はい』

『穏和で思慮深くて、他人を真剣に想える子で、人生に一生懸命な尊敬できる人間だよ。自信がなくて臆病なのに、怯えていても投げやりにならない。人に八つ当たりもしない。きちんと自分とむきあって真面目に物事に挑む。人生で初めて出会った、世界一素敵な子だ』

自分じゃないみたいな言葉が羅列されていて焦る。

『そんなふうに見えるんですか』

『見えるよ、全部真実だ。顔も可愛い。身体も美しい。声も色っぽい。瞳が綺麗。唇がおいしい。ほっぺたがやわらかい。乳首の勃ちかたがいやらしい。おしりがもちもち。手も小さくて繊細。ミサンガを編んでくれて、可愛すぎて意味がわからない』

思わずスマホを胸に押しつけて隠して車内を見まわした。まわりに洩れ聞こえてないかってぐらい俺の耳に、心に、響いた。『この先揺れますのでご注意ください』とアナウンスが入り、揺れに負けないよう足を突っ張って深呼吸してから返事を打つ。

『八つ当たりより身勝手に、他人を責めたりもします。親父のことも責めました。透さんとの時間を邪魔するなって腹立てて、それでイサムに泣きついたんです。全然いい人間じゃない』

『それを聞かせてほしくて、あの夜会いにいったんだよ。お父さんとの軋轢《あつれき》については、またゆっくり聞かせてほしい。でも俺は、いま要がお父さんの影を感じられる仕事をしていることがなによりの答えだと思ってるよ』

……たしかにそうだ。飲食店に歯科助手にテーマパークの職員……彼が提案してくれた仕事も考えたし、遊園地で働いてみたいとも思ったけど、なんでかな。あんなに大嫌いだった親父とおなじ、本をつくる現場にいる。物語を創る人たちに関わる仕事を選択した。この人は全部わかってくれている。

『うん、いままで言えなかったいろんな話も聞いてください。あのときもそのあとも、俺は、結婚したがっている透さんの未来を守っているつもりでいたんです』

『泣きながら高速走って帰ったよ』

『ごめんなさい』

『おんおん泣いた。引っ越し準備中も後輩に「なんかへこんでないっスか」って笑われてた』

『後輩さんに？』

『送別会でも「こっちでつくった彼女に失恋したんだろ」ってからかわれてたから』

『そんなにあからさまに沈んでくれたんですか』

『当たり前だよ。家具のなくなった部屋をひとりででるときの淋しさったらなかった』

『ごめんなさい。俺もいま淋しい。あのアパートにまだ住んでるから』

『すぐにいくよ』

『うん。嬉しい』

『どれぐらい？』

『めっちゃ』

『伝わってこない。あーあ……本のお仕事してる人なのに』

口を押さえて電車の走行音に隠れて小さく吹いた。

『月曜日まで一緒にいるあいだ、服なんか着たくないぐらい嬉しくて浮かれてるよ』

『それが要の〝月が綺麗〟的な告白なの？』

『うん』

『エッチ』

またスマホを胸に押しつけて身をちぢめ、胸に熱くあふれあがってくる至福感を抑えこんだ。ここが自分の部屋だったらじたばた暴れてた。

『裸でいるなんてエデンの園みたいだね』と追送がくる。俺の部屋が楽園。

『うん。狭くてベッドも小さい楽園だけど、冷たい麦茶は作ってあるよ』

『要がいればそこが楽園だよ』

心臓がきゅと痛んでとまらない。呼吸しづらい。

『ふたりで裸で麦茶を飲む図はシュールだね』

『そんなことないよ。嫌なら要に口うつしで飲ませてあげる』

苦しい、イチコロ抱きされてないのにしにそう。

『ぬるくなるよ』

『そう言って笑って。その笑顔が見たい』

うぅ、う。

『透が胸のなかにいっぱいになって気持ち悪くなってきた。吐きそう』

『ひどいなっ』

『いい意味でだよ』

『ばかなこと言いすぎたか』

『うん、ばか。ずっとメールしてるのもばかだと思う。でも大事。またお守りにする』

『要はちゃんとスマホにパスワードかけてる？』

『透の誕生日にしてる』

『うん、俺たちばかだな』

ドアの横で手すりを握りしめて、にやける顔をうつむいて隠した。

自制の糸が切れて、この二年間、ひと月に数回ぽつぽつとしかかわしていなかったメールを、こんなにたくさん送りあっていることにもおたがいの喜びと高揚を感じてたまらない。

『もう新幹線に乗ってるよ』

『俺もそろそろ東京駅に着く』

アナウンスに耳を澄ませる。ガラス窓越しの外の夜景が綺麗、っていま気づいた。

『メールでいろいろ話しすぎたから、会ったら困りそう』と続ける。どんな顔しよう……。

『改札口の前でキスでもしようか』

『駄目だよ』

『男同士だから？』

『ほかの人にもばかがばれるから』

『それは由々しき事態だ』

『うん。てか、こういうこと言ってると余計に意識する』

『意識したら要はどうなるんだろう』

『顔見ないでよね！　ってツンデレになる』

『楽しみだ』

『そんな言われたらツンデレもできなくなるよっ』

駅に着いてホームへおりた。姪っ子さんを見送りにきた透さんと東京駅で落ちあったとき、利用したコーヒーショップがあったので、入って席につく。スマホの充電も減っていたから、リュックのなかからあのランチバッグにしまっている携帯充電器をとってくっつけた。

『着いたよ。前に待ちあわせしたコーヒーショップで時間潰します』

『前って、遊園地へいった日の？』

『うん』

『そうだ、あそこのホテルなら泊まってもよかったね』

キャラメルラテを飲みつつ、頭にもわんと夢がひろがる。ふたりで泊まる遊園地のホテル。

『泊まりたい。それはまた今度にしよう』

『いいよ。遊園地にも、これから何度でもいこうね要』

あのパレードの色彩。繋いだ手の大きさと温かさ。ジェットコースターでずっと笑っていた透さんの笑顔。淋しかったおしまい。

『透さんの狂気じみた笑顔また見たい』

『狂気って』

『恐怖がないって、サイコパスだよ』

『だから泣いたって言ったでしょう。俺の怖いものは要以外ないんだよ』

『はい。……ホテルのおばけ、もしでてたら怯えてた？』

『要がいれば平気かな』

『うん。俺も透さんのためならちんちんだして踊れるよ』

『それはおばけ関係なく個人的に見たいね』

嘘でも演技でも、いまだけ限定でもなく、本物の恋人同士として甘い会話をかわしている。

二時間ずっとそうやってメールを続けて、違和感もすっかりなくなってきたころ、新幹線の到着時刻が近づいてきた。

コーヒーショップをでて改札口へむかった。近づくにつれ心臓がどきどき鼓動して、緊張感が増してきた。メールとリアルはやっぱり違う。ほんと、どんな顔しよう。人の波と一緒に、現実がぶつかってくる感覚がある。もう改札が目の前だ。胸に、腕に、脚に、顔に、現実の――透さんの存在感が迫って、ぶつかってくる。

手に持っていたスマホが鳴った。電話だっ。

『要、いまホームから階段おりて改札にむかってるよ』

いつもどおりの落ちついた声色をしてる。

「うん……俺も、改札の目の前にいます」

俺も普通にしたいのに、声が強ばってる。

『緊張してるな……？』

低い色っぽい声で囁いて、くすくす笑われた。きゅんっと心臓が潰れて痛苦しい。

「全然……平気」

『それがツンデレ？　ちっともツンツンしてないね』

　メールの会話、持ちだすのも、狡くないですか……っ。

「これから、ツンツンするから」

『お〜、楽しみだ』

「すごい、むかつく」

　声も、煽りかたも、大人で、格好よすぎて。

『怒ってるのは俺のほうだって言ってるでしょう』

「うん……ごめんなさい」

『男の写真送ってきたことは大いに反省してもらいたい』

「あれは、ただの記念写真だよ。イサムと、イサムの彼氏もいる。男だけじゃなくてママも」

『不愉快千万だ。ツーショット写真なんかあったら一生根に持つ』

「一生……。ツーショットもあるよ。あんまり気持ちいい感情じゃないけど、透さんの一生を縛れるのは嬉しい」

『あー一生ものだ。罰として事故物件で同棲して、死ぬまで毎晩エッチな踊りしてもらおう』

　ど、同棲っ……。幸せキャパオーバーすぎる、と焦っていたら、改札口に彼を見つけた。

　左手でスマホを耳につけて、鞄と買い物袋をさげた右手でチケットを通し、すこし視線をめぐらせてから俺を見つける。目があう。遠くからきてくれるといつもちょっと乱れている髪、先週も見た眼鏡とスーツ姿。それに、とんでもなく格好よくて素敵な笑顔。俺の恋人——。

無理、帰る、と茫然としていたら彼が正面まできた。歩きかたにまでそつがない。世の中の格好いい人はなんなの、なんでもできるの？　俺はいま歩いたりしたら絶対脚がもつれるよ。

「——……こら」

スマホを胸ポケットにしまった透さんが、微笑みながら左手で俺の右頬をぺちんと撫でた。

……しぬっ。

「遊園地で先に要とツーショット撮ってなかったら、もっと嫉妬に狂って暴れてたよ」

なにか言ってる……嘘じゃない本気の、恋人の言葉で、なにか幸せなこと言ってくれてる。

「こんな……素敵な透さんが、見られるなら……何度でも嫉妬、させたい」

「どういうこと？」

「もっと〝こら〟されたい」

ふわ、と彼の身体が近づいてきたと思った瞬間、腰を引き寄せられて強く抱きしめられた。

「俺も〝こら〟して。……身体目的だなんて思わせて本当に悪かった。ごめんね要」

耳に囁いてくれる。嬉しくて「ううん」と頭をふると、唇にもキスをくれた。

「……ひとまず、帰ろう。俺たちのエデンに」


金曜の夜で、都会ど真んなかで、終電近い。おまけに連休前とあって、電車内は俺がきたときよりも満員だった。さっきまでメールであんなに話していたのに、他人との距離が近すぎて大事な話ができない。でもかわりに、どさくさにまぎれて彼に抱き寄せられるまま、ドア横でずっとくっついて立っていた。

ドアがひらくと人が出入りする。その波にひっぱられないよう、守るみたいにして彼が俺の肩を抱いてくれている。さりげなさを装いつつも、うわあこんなカップルたまにいる～……と思って恥ずかしくてしかたなかった。しかたないけど、俺も守られるふりして彼のネクタイの真横に頬をつけて、彼の香りと体温に浸っていた。

話したいことがたくさんあるし、伝えたいこともあるんだから、こんな幸せな抱擁はそのあとだろ、と、もうひとりの自分も俺を叱る。でもまたドアがひらいて、ミサンガをつけた彼の左手が、俺の肩をぎゅと強く抱いて守ってくれると、心が蕩けていく。全然真面目じゃない。俺は彼と違って不真面目だ。俺がわざと抱きついてるのきっとわかってるよね、嫌われてないよね、と恐る恐る顔をあげると、彼もふと俺を見おろして唇をひき、微笑んでくれる。しぬ。

ガタンゴトン電車が走りだす。揺れるとまた、彼の手が俺を支えて強く抱いてくれる。しぬ。ずっと走り続けてもいい、と思うぐらい夢心地に溶けて幸せだった。この電車でのひとときも、永遠に忘れない。

「――この二年のあいだ、本当は告白したいと何度も思ったんだよ」

最寄り駅に着くと人けもなくなって、手を繋いで歩きながら、彼がぽつぽつ話し始めた。

「でも自分は京都にいるし、要も就活と卒業と、社会人一年目で、人生の大事な時期をずっと忙しく過ごしていたでしょう。お父さんのこともあったし、そんなときに〝ノンケの要君〟に、好きだのなんだのって話をするのはちょっと待とうと思ってたんだ」

恋人繋ぎにした手の指を強めに握って、彼がため息まじりに苦笑する。

「すみません……そうですね、忙しい二年間ではありました。でも嘘ついたせいで、透さんに同性愛の困難さも感じさせてたんですね」

「性指向に悩む俺に、要はつきあってくれているだけだ、って信じてたからな」

「ごめんね。触ってもらって、ずっとこそこそ喜んでました」

ははは、と嬉しそうな笑い声を、彼が夜道にひろげる。

「じつを言うと、東京にも何度か出張してたんだよ」

「え、本当に?」

「うん。要に会いたかったけど、それも我慢してた。隠れて『エデン』を覗きにいけば、姿を見ることぐらいできるかな、それストーカーだな、俺やばいな、みたいに考えてもいたよ」

今度は俺も、ふふっ、と笑ってしまった。

「覗かなくていいよ、会えたら普通に嬉しかったよ」

「や、でもだからね、会おうって誘って先週一緒に過ごしていたときに、俺が告白していたら要は笑って遮ったでしょう」

「あ、うん。……ごめんね、その〝先週告白〟ってわからない」

「〝最初は身体から始まった関係だったけど、愛していたんだよ〟って。そうしたら、要は〝大丈夫です。あなたは結婚できるよ〟って笑った。だから俺はふられたと思ったんだよ」

あ……エッチの言いわけだと思ったときのっ。

「ごめんね。〝身体が好みでエッチしたけど二年前は愛してたんだ〟みたいな勘違いしてた」

「ああ、そこでか……最悪だ、告白でずれてたのか」と透さんがうなだれてため息をつく。

「完璧に失恋したんだと思ってたよ。〝気持ちいいことするのはいいけど、リアルで男同士とか無理だから結婚してくれ〟って」

「そんなこと言わないっ。ごめんね、ちゃんと理解してたら泣いて喜んでたよ。二年どころか、この一週間まで無駄にしてたね」

「や、おばけに便乗して欲をかいた俺がばかだった。要を抱きしめたくて我慢できなかったんだよ。本当にごめん」

「……ううん。いちばん初めに触ってほしくて嘘ついたのは俺だから。最初からずっと誠実だった透さんを疑ったりしたのも、大事な告白を聞かずにながしたのも、本当にごめんなさい」

くい、と右手をひかれて、足をとめた彼に、また唇を近づけてキスをされた。外でのキスは一瞬で終わる。目をあわせて、照れてふたりで苦笑しあって、再び歩き始める。

「でも透さんも、京都で幼なじみの人に失恋して哀しんでたでしょ」

「失恋？　ははは。やめてよ、そんな仲ではない。戻ったら言えばいいと思って、子どもが生まれてから『じつは身をかためたの。結婚したことも報告してこないで』って、そんなだよ」

晴れ晴れと、けらけら笑う横顔に、俺は嫉妬を覚えて手を握り返す。

「そういう適当なのも羨ましい。何回も喧嘩して別れてつきあって、ずっと人生を一緒に生きてきたんだって感じるところに、入りこめない絶対の絆《きずな》も見えた。だから失っておかしくなるのも無理ないと思った。俺が知らない、京都の透さんだった」

突然、手をほどいて腰を抱かれ、今度は唇を容赦なくむさぼられた。

「……ばかだね。要がそんなこと思う必要ないのに」

まだ暑さの残る夜風に彼の髪がながされて、蠱惑的な瞳を邪魔している。はむ、と彼の唇に歯を立てた。やわらかいふくらみを嚙みしめたいけど、ほんのすこしだけ甘く嚙む。

それで、またおたがいを見つめて照れて笑いあってから歩き始めた。

「じゃあ、俺の嘘を話そうか」

「あ、メールで言ってた透さんの嘘……？」

「そう。要の嘘の比じゃないよ。じつは全部がすこしずつ嘘だった」

「えっ」

「最初のころ話した恋人の設定、あれが真実だ。東京にきて住み始めたのはなんの娯楽もないしずかな町で、『エデン』で借りた映画を観るのだけが楽しみだった。そうしたらあるとき、きみがきた。ひと目惚れだったよ。俺が性指向に悩み始めたのはハガキの友だちじゃなくて、要がきっかけなんだ」

「え、俺が……？」

「ＡＶでヌけなかったのは本当。触りたかったのは要だった。結局告白もできないまま京都へ帰る日が近づいていたころ、突然要から俺の部屋にきてくれたよね。神さまがくれた奇跡だと思った。でもまさか、触っていいなんて要から言ってくれるとは思わなかった」

……頭が、追いつかない。透さんは口調も表情も淡々としている。

「性指向の解明は？」

「それも半分本当。バイなのはなんとなく自覚してた。ただ、異性と同性、心と身体、そのなにをいちばんに求めて、愛したいのかはわからなかった」

……たしかに透さんにとってこの世には選択肢が多い。性格に惹かれれば身体が好みじゃなくても受け容れていくのか、身体が好みなら性格に難があっても納得していくのか。

「すごく難しいですね……性格と身体どちらも好みぴったりってことは、じつはなかなかないのかも。それこそ同性愛だと、友だちならいいけどセックスは無理、ってあからさまだし」

「ン。だから俺には要が奇跡なんだよ。もともと容姿が好みだったのに、身体を見せてもらったらどこもかしこも可愛かった。生きかたまで全部愛おしくて、本当にまいったな……」

――どうしてだろう……本当に昂奮するよ。ここまで欲望に狂ったのはさとう君の身体だけだ。

そういえば、思い当たる節はある、かな。それに加えて、恋人になる前からおたがい気にかけていたっていうのが俺には奇跡なんだけど……。

「結婚はどう思っていたんですか？」

「家族が求めてくるのは本当。でもさほど焦ってはいなかった。この二年間も、将来のことを考えたよ。でも考えるほどに、要といたいって、その意思だけが強くなっていった」

きっぱりとした断言を聞いて胸が熱くなった。涙がでそうで、目を伏せて「嬉し」と笑う。

「会社はね、俺を東京にこさせたいんだよ。それで家庭があったり結婚予定があったりすると転勤の妨げになってしまうからって感じで、そういう将来について意識させられる機会も多かったんだ」

「え、透さんが、また東京にくる可能性もあるの？」

歩きながら、彼がちらと俺を横目で見た。

「可能性、ではない。じつは二年前から俺自身も、自ら異動願をだしてた。その希望が通って、準備も整って、来月こっちに戻ってくるよ」

「えっ」

「先週、告白にこたえてもらえたら、それも伝えて、ふたりでこう……いろいろすすめたいと思っていたんだけど、俺はふられてまたひとりですごすご帰ったんだよ」

「ふってないっ」

「そうしたら、ゲイの男を紹介されましたって、にこにこ可愛い笑顔の写真が送られてきて」

「違う！」

「下心で要を傷つけた自分のばかさ加減にも呆れて情けなくて、哀しみでいっぱいだ」

「哀しまなくていいからっ」

手をひっぱって彼の身体を抱きしめた。襟もとに顔を押しつけて背中に手をまわして、まわりきらないからスーツを摑む。彼がくすくすおかしそうに笑っている。顔をあげて見つめた。

「一緒に、事故物件探そう。もう部屋決めちゃった？」

真剣に申しでたのに、ぶはっ、と彼が吹きだした。

「まだいくつか内見しただけだった。……じゃあ事故物件も候補に入れつつ、明日からふたりで新しい部屋を探そうか」

「うん」

彼が眉をさげて笑っている。以前はふたりで住んでいた想い出のつまったアパートが、もうすぐそばに見えている。

「ぁ、……ン」

部屋へ入ってすぐに腰を抱き寄せられてキスをされた。靴も脱がずに、突っ立ったまま唇と唇をあわせて、上顎や、歯列の内側を舐めたり、見つめあって笑って、ちゅとしてから、舌と舌を舐めたり。さっきまで外ではできなかったキスをする。

「……甘い味がする」と彼が言う。

「ン……どんな？」

「カフェオレ……？」

吹いてしまった。俺も彼の腰に両腕をまわして、背のびして見つめて、唇のすぐ傍で笑う。

「うん、待ってるあいだコーヒーショップでキャラメルラテ飲んでた」

「どうりで」

納得して、彼も微笑みながら確認するみたいにまた俺の唇をまとめて食む。彼が持っている荷物が、狭い玄関で俺たちのことも微妙に圧迫している。九時まで残業したのに、荷物を抱えてここまで飛んできてくれた透さん。

「……きてくれて、本当にありがとう。嬉しいです」

眼鏡の奥の瞳が幸福そうににじんで、左腕だけで強く抱きしめられた。

「喜んでるのは要だけじゃないんだよ」

「透さんも嬉しい？」

「もちろん」

「どれぐらい？」

「めっちゃ」

ふたりで吹きだした。彼の胸を叩いて「それ駄目なやつ」とつっこみ、笑いあう。

「要の真似だよ」

「そうだけど」

笑いながら後頭部を撫でられて、俺も彼のネクタイの結び目に顔をつけて笑った。

薄い玄関のドアから、外へ笑い声が洩れていきそう。一秒たりとも離れずにくっついていたいけど、疲れているであろう彼を立ちっぱなしにさせるのも申しわけないし、もっとちゃんと触りあいたい。抱きあいたい。

「透、お風呂に入ろう」

見あげたら、俺の髪を梳いて「そうだね」と彼も優しく同意してくれた。

まずは一日働いて疲れた身体を清めよう。……と、言いつつ、また三分ぐらいキスをして、おたがいの唇を存分に味わってから、俺たちばかだね、みたいに苦笑いしあって奥へ移動した。

透さんが荷物をおいて、「ハンガー貸して」と言い、俺が渡すとスーツの上着をくぐらせて本棚の横の長押《なげし》にかける。この光景も懐かしい。

俺もリュックをおろしてからお風呂を追い炊きして温め、グラスに麦茶をついで戻った。

「これどうぞ」

「うん、ありがとう。要も麦茶作ってるんだね」

「作るようになった。くれる人がいなくなったから」

ふふ、とはにかむ彼が、麦茶を飲んで俺の肩をひく。にまにまして、飲みこまないでいる。あ、と思ったら、唇を寄せてキスをして、口内にすこしずつそそいできた。

「ん、っン、」

麦茶が口いっぱいになって、飲みこみたいのにさらにながしこんでくるからあふれてしまう。待って、と彼の肩を押して慌てていても伝わらない。おかしくなってきて、笑いもこらえないといけないのが辛くて、結局やっと解放された瞬間にすこしこぼしてしまった。

口端を拭いながら鼻で呼吸して、気持ちを整えて、一気にごくと飲む。

「ぬるいし難しいっ」

「ははは」

口をひらいて大笑いする彼は、楽しそうで、幸せそう。俺も笑った。

「口うつししたの初めて。こんなふうなんだね」

「うん。ほかの男とさせる気もないよ。またしたくなったら言って」

「……。しばらくはいいかな」

ひき寄せられて笑いながらイチコロ抱きをされた。しぬっ……、と苦しみつつ俺も笑う。

「呑み会で強要されるかもしれないよ、男に」

「そんなノリの職場じゃないよ」

「じゃあイサム君の店だ」

「ないってば。イサムの店ではイサムとイサムの彼氏さんとしか呑まないし」

腕がゆるんで、じろと睨まれた。

「嘘をついても、こっちには証拠写真もそろってるんですよ」

ドラマの刑事みたいな口調で尋問が始まる。ぶふ、と笑ってしまう。

「葛西さんとは本当になんにもない。ゲイの友だちつくれって、イサムが紹介してくれたの」

「ソウイウことでしょう」

「違うよ。透のことばっかりじゃなくて、世界ひろげろって。葛西さんには大事な人もいる。それと、本当の目的はイサムが考えてくれた当て馬作戦だったんだよ」

「当て馬作戦？」

「透にアクション起こして、反応見てみろ、みたいな。葛西さんは協力しようとしてくれた、ただのいい人。嫌だったのに、結局作戦実行した感じになっちゃったのは不本意だった」

「要が〝いい人〟と思ってるのが、すでに好きになりかけてた証拠じゃないの？」

……すごく嫉妬してくれている。

「葛西さんは二十七歳で、スーツだったでしょ？　ノンケの男を愛して失恋したこともある、って教えてくれて、俺はずっと〝透と似てる〟って思ってたよ。透のことしか考えてなかった。それに、ほんとに、葛西さんも俺に興味ないから」

「似てるって驚いた瞬間から次の恋が始まるんじゃないか。あー……最悪だ。浮気だ」

「浮気っ？」

俺の肩にうなだれて、透さんが大きくため息をつく。

「でもイサム君には感謝しないとな。今度、店へ連れていってよ。イサム君ともいろいろ話したい。彼のなかで俺はそうとう駄目な男で、ＡＶ好きの変態だろうからな……」

「あははっ」と笑ってしまった。

「変態なんて思ってないよ。AV借りること、イサムは変態だと思わないし」

「でも要には、アパートの住人にAVの喘ぎ声を聞かせたがる変態だと思われてたからな」

「それも、べつに本気じゃなくてっ」

ふたりで笑った。懐かしい想い出話が、俺たちの胸を弾ませる。高揚させる。

「とりあえず、イサム君たちに礼を言いたい」

「……うん、俺も。イサムは、透が俺を好きだって、ずっと言ってくれてたよ。二年前に透がイサムに会いにいったときのこと、何遍も持ちだしてきて、励ましてくれた」

「うん。わかった。俺もイサム君の酒が呑んでみたかったしな。すぐいこうね。葛西さんにもご挨拶しておくべきかな？」

にこりと脅されて、「葛西さん、そんなノリでこられたら笑うよ」と苦笑して抱きしめた。

ふたりでまた笑って、透が「そろそろ風呂入れるかな」と俺のパーカーを肩からずらし、脱がせてくれる。抱きしめたまま、左腕、右腕、ととって、俺もそれを手伝って脱いでいく。

「最初のとき、ふたりですごい淡々と脱いだね。……俺、こういうふうに脱がせたりしないんだなって思ってた。透は、淡泊な人なのかなって」

そう言ったら、俺の長袖シャツをめくりながら、彼が右の口端をひいて、ふっと笑った。

「照れてただけだよ」

「え、照れてたの？」

「そうだよ。風呂に一緒に入るなんて、あの日のミッションにはなかったからね」

……俺を家に誘って、キスして、泊まらせて、毎日会う約束をする、のがミッションだったね。嬉しすぎるよっつのミッション。

「でも透は真面目だし、店に通ってくれていたころから、むっとした顔して、かたい厳格なイメージがあったから、やっぱりどこか淡泊っていうか、そういうところもあるかと思った」

「俺が厳格？　……まあ、仕事は真面目にやってるけど、どうだろうな」

長袖シャツの裾を持ちあげられて、俺は両腕をばんざいにして脱がせてもらった。裸になった背中をまたひき寄せられて、左胸を軽く吸われる。

「ンっ……厳格じゃない？」

「嘘つきだって教えたのに、まだそんなこと言ってる要が可愛い」

「それは、それだよ」

「店に通ってたころも緊張してたんだよ」

今度は横抱きされて、パンツのホックをはずされた。ジッパーもさげて下着ごと脱がしてくれるから、俺も腰をあげて手伝う。

「緊張して、ああいう顔になってたってこと？」

「そう。想いを寄せてる子は大学生の男の子だよ？　で、こっちは変態サラリーマンだ。話しかけたくても店員さんだから電話番号なんて訊けないし、店内で遊びに誘ったり、告白したりするわけにもいかないし、でも近づきたいしって、悶々としながら会計してもらってたから」

「めちゃ考えてくれてる」

「そりゃね。今日もなにも話せなかったな、でも声が可愛かったな、とか想ってたさ」

驚きつつもすっかり裸になって、今度は俺が透さんにむかいあい、ネクタイに手をかけた。「ネクタイほどくのどきどきする」と言ったら、「はずせる？」と訊かれてその艶っぽい瞳にはやくも殺された。うぅ。胸が苦しい。この人が俺に片想いしてくれてたなんて幸せすぎる。する、とはずす。ほどけて、服が乱れた姿もセクシーでたまらない。正面から見つめられているから余計に緊張して、顔を伏せて隠してシャツのボタンに手をかけた。彼がくすくす笑いながら、右手で俺の腰を撫でる。

「……二年間のあいだ、一度だけ要と話せたんだよ」

その瞬間、台風がくる前の夜の、彼を想い出した。

「憶えてる。透が、ポスター持ってきてくれたとき」

「そう。風が強くてポスターが剝がれてて、これはチャンス！　って持っていってさ」

「チャンス？　そんな気持ちできてくれたの？」

「当たり前だよ。あれはもうスキップだった。強風に感謝して、うきうき持ってったんだよ」

大げさに声を荒げて言うから、嬉しくて「うふふふ」と笑ったら、彼も笑った。

「要が、いつもと違う声を聞かせてくれたよね。〝貼りなおしておきます〟って。それで舞いあがって、そのポスターの新作が面白いかって会話を持ちかけたんだ」

「うん、俺も透が格好よくて見惚れて、あ、いつもより話せてる、って嬉しかった」

「本当に？　要も？」

「うん」

ボタンが最後のひとつになった胸に、ぐいと抱き寄せられた。

「そうか……じゃあもっと調子に乗って、いろいろ話せばよかったな。恋愛要素もある、とかそれっぽいながれにもなってたのに、やっぱり萎縮しちゃったんだよね。〝いや、俺この子のなかで変態サラリーマンだしな〟みたいな」

「ぶふっ、変態ってすごい言う……」

「だって俺の印象はそれだけだったでしょう？　あのときも要のことをノンケだと思ってたから、普通に受けこたえしてもらえるだけで充分満足してしまった。口説くにしても映画のおすすめばっかり訊いていたところで進展しないし、べつのSF映画を観にいこうとか、そのために電話番号教えてとか、ひとこと発するだけで警戒させるに違いない。そうしたら終わりだ。悩みは尽きなかった」

　彼の首筋にキスをした。こんな奇跡あるだろうか、と思っていた。信じられない。彼は俺以上に、俺との恋愛について長いあいだ悩み続けてくれていた。記憶の色が変わっていく。きらきらの温かい、幸福いっぱいの極彩色。

「透がゲイのAV借りてたのは、ありがたかったよ」と彼のベルトに手をかけたら、彼も「うん？」と相づちをうちつつ、俺の手をひいて立ちあがってくれた。心おきなくベルトをゆるめて、スラックスをおろしていく。

「俺、中学のとき先輩がゲイってばれて、転校していった経験があるのね。それでゲイなのを隠して生きてたんだよ。ばれるのがすごく怖かった。『エデン』ではその怖さをイサムが和らげてくれて、透にも会えて。透が本当にゲイなら友だちになりたい、あわよくば恋人に……、って気にしてたんだ」

「そんな辛い経験をしてたのか」

「ん？　辛かったのは先輩だよ。友だちのこと好きになって告白して、みんなにばらされて、いじめられて、最後にその友だちのこと定規で殴って去っていった。先輩には悪いけど、ゲイってばれたらああなるんだ、って勉強させてもらったっていうか……うん。〝世間〟を見せてもらった。それで俺は隠れてモブとして生きてた。だからほんとに『エデン』のイサムと透は大事な存在。先輩もいまはあの苦しみが癒えていたらと思う」

「そうか……」

「透宛てのあのハガキがうちにきたときは、俺もチャンスって思ったよ。しかも、彼女さんがいるのかなって疑ってたのに、ハガキは男に告白したっぽい内容だったから、会いにいこうって決めた。ゲイの自分にむきあってみろって、イサムにも背中押してもらってたから」

過去のさまざまな記憶と情景、もらった言葉や想いを頭にめぐらせながら、ふふと照れ笑いしてうち明けた。この話を、彼に聞いてもらえる日がくるとも思っていなかった。

奇跡だ、と何度となく感じ入る俺に、「そう」と彼はちょっと声を大きくしてうなずく。

「ほんとに、あのハガキには感謝してるよ。いまになってどうしたんだって内容だったけど、彼のおかげで要がきてくれた。嬉しかった」

透さんの下着もおろして、おたがい裸になったとたん、彼に抱きあげられた。「わあ」と、お姫さまだっこで浴室へいく。笑ってしまう。彼も俺のこめかみに額をこすりつけて笑う。

「透はほんとにハガキの友だちのこと未練はなかったの？」

「ないよ。遠い苦い想い出だ」

「そっか。そうだね。幼なじみの女の人もいたもんね」

「要は彼女を根に持ってる？　だとしたら俺の嫉妬作戦も成功だな。今度会ったら、彼女に〝きみの存在がとてもいい働きをしてくれたよ〟って感謝しておくよ」

「だから、そーいう失礼なことを気軽にできる仲なのが羨ましいんだよ」

「可愛い要」

「ここで可愛いって言わないで、不愉快千万っ」

「ははは」

浴室にくると、そのまま浴槽まで抱いて入れられてしまった。熱いお湯が肌に急速になじんで、「ひぃっ」とふたりで熱がって笑う。

透さんの唇が近づいてくる。なんだか急にとても恋しくて照れくさくなってうつむいたら、なんで逃げるの、というふうに彼も笑って、すこし強引に唇をくぐりこまされて塞がれた。

「ンっ……ん、」

表面を舌で舐められて、唇で挟んでしゃぶられる。

「……俺は、要が初恋だと思うよ」

囁きながら、口端や頬も舐められた。

「初恋……？」

「いままでは親しい相手に対して、嫉妬とか、恋のような感情を持ってなんとなくつきあってきた。それはその幼なじみの彼女も言ってた。俺らはなんとなく一緒にいた。ハガキの友だちも嫉妬心や、抱いてみたい欲求が好意の確信だったよ。要だけが嵐みたいな愛だった」

彼の頬に右手で触れて、「……嵐、」と復唱した。

「人並みに恋をしたつもりでも、本当の初恋を経験していない大人はたくさんいると思うよ。俺もそのひとりだった。要が初めて人を愛することを教えてくれた」

微笑む彼が俺の額に額をつけて、無邪気にこすりつけてくる。俺も照れて笑った。

「……なら俺は、初恋しか知らないし、いらない」

あむ、と唇を食まれる。

「……要の初恋は俺ってこと？」

「うん」

「嵐みたいな、真実の愛？」

「……うん」

舌を入れられて烈しいキスに襲われる。舌同士を搦めとられて強く吸われる。腰と背中にも腕をまわして抱き竦められ、いまの言葉ごと全部食べさせてくれ、と訴えられているみたいなキスに翻弄される。

「……ねえ、要」

「ん……？」

「俺のほっぺたつねって。夢じゃない、って」

キスにすこし疲れて、意識が朦朧としていたところで笑ってしまった。包んでいた彼の左頬を、むぃとつまむ。お湯がついて湿った、やわらかい頬。

「夢じゃないよ」と囁くと、「痛くない」と真面目な顔で返されてもっと笑えた。

「痛くないからやっぱり夢だ」

「優しくしたんだよ。でも俺もずっと思ってた。これ現実かなって」

「そうか……。じゃあ要が、これが現実だ、って確認してくれる？」

「うん、いいよ」

けらけら笑って頬をつねられるのを待っていたのに、彼は俺の腰を抱いていた左手をさげて、お腹を撫で、右脚のつけ根から膝のほうへ内腿をさすっていった。それから再びつけ根のほうへ戻して、おしりのあいだへ指を忍ばせる。

「あ、」

「……あの恋人計画表の続きをすることは、もう諦めてた。まだ夢みたいだよ」

あったかくて大きな掌が股間のところを覆っている。自分のより太い綺麗な指が、中心について、撫でている。

「ン、ん……」

明るい浴室で、こんな間近で、顔を見つめられてそこを愛撫されるのが恥ずかしい。でも、してほしい。

「……挿入ったら、痛い、かな」

「うん……お湯だと痛いと思う。ボディソープも染みるかな」

冷静にこたえて、彼が微笑んでいる。……嬉しそう。

「それでも、透がシたいなら……いいよ」

「……ありがとう要。幸せだよ。けど無駄に痛めつけはしない。いますこし触るだけさせて」

する、する、と窄まりのところをひとつの指先でこすられる。普段自分でも触らない箇所を、透さんにいじられている。こんな部分の、どこに快感がひそんでいるのかわからないけれど、彼の指に秘部を探られている事実と、表情を見つめられている状況とで、羞恥心も相まって、変な疼きが湧いてくる。くすぐったいような、ぞくりと快感がひろがるような。

「……要、気持ちよさそう。これだけでも感じる?」

「うん……いやら、し、くて……ごめ、ね、」

「うん、謝ることではないね」

苦笑しながら、額にキスをされた。手がそっとそこから離れていく。

「ベッドでゆっくりしよう。……これが夢じゃないように、祈ってるよ」

「……うん、俺も」

ふふ、と見つめあって笑いあって、お腹の底にたまりかけていた疼きが落ちつくと、ふたりで浴槽からでて、髪と身体を洗った。

「透、ほんとに遅くまで残業してて疲れたでしょう?」

「要もおなじ時間まで浮気してたから疲れてるでしょう」

「も〜それいいからっ、浮気じゃないしっ」

シャワーをゆずりあいつつ、泡を落としておしゃべりして、俺たちずっと笑っている。

おたがい洗い終えて、抱きあってキスをして最後のシャワーで身を清めたら、お風呂もでた。

「九月はほんとまだ暑いね」と、腰にタオルを巻いたまま、テーブルの前でならんで座って、麦茶で涼む。今夜はクーラーもつけていい。

「でもお腹を冷やすとよくないから、暑くても上着はちゃんと着な」と透さんが言う。あ、と想い出して、クローゼットからあの帆布バッグをだした。

「これ、受けとってからずっとしまってた。ひさびさに着るよ」

ノースリーブをとりだして、頭からくぐって身につける。これも、なんだか懐かしい感触。

「着てなかったの？」

「うん。着て洗ったら、想い出ごと透が消えていく気がして」

透さんが唇をへの字にまげて、両腕を組む。

「要ってさ、感覚がすごく可愛いよね？」

なにかの研究員みたいな迫力で言った。

「女々しいのは自覚してる……」

「いや、ご両親と神さまに感謝だよ」

彼も買い物袋を探って灰色のTシャツと下着をだす。俺がハサミを貸してあげてタグをとると、身につけた。

「三日分の服買った……？」

「うん、着まわすけどね、いくつか買ったよ。要の部屋においていってもいい？　どうせまた引っ越し準備のために上京する予定でいたから」

微笑んで俺を見返しながら、服を整理する。もちろん「うん」とこたえた。

「抱きあうための用意もしてきたから」

小さなボトルをだす。これは……ローション？

「ん……ありがとう。京都、なんでも売ってるね」

「うん、京都の印象おかしくするのはやめてね？」

ぶはっ、と吹いて笑ったら、彼も笑ってふたりで大笑いになった。

「でも、ほんとベッドにふたりで寝られるかな？　透でかいからな……」

「言いかたが」

俺がベッドの上にいって布団を整えると、透さんもきて座った。「横になってみ」と言ったら、転がった透さんの脚が、予想どおりすこしはみでた。横幅もふたりだときつそうだ。

「大丈夫。とりあえず床で要を抱くわけにいかないんだから、ここで一緒に過ごそう」

「うん。ごめんね、安ベッドで。枕の位置がひくいかな……」

「新居にはキングサイズのベッドでもおく？」

ふふ、と笑ったら、手をひかれて俺も寝転がされた。透さんが上に重なって、微笑んで俺の前髪を撫でる。飽きることもなく、またキスをする。今度のは、ふんわり愛情で撫でてくれるような優しいキス。どのキスも違って感じられるから飽きないのかもしれない。一回一回、そのときの透さんの想いが聞こえる。

ノースリーブのなかに彼の右手が入ってきて、胸を触られた。かすかに撫でて、先っちょをこすられ、じんと痺れるような快感が湧いてきたあと、やんわりつままれた。

「……もう、きもちい」

「うん。ずっと気持ちよくするって約束するから。痛かったら抗議していいよ」

温かい瞳で、俺を守ると誓ってくれている。恐怖が薄れていく。

「……大丈夫。俺も、我慢する」

笑顔でこたえたのに、唇を噛まれた。

「いた」

「そう、こうやって抗議して。我慢はしなくていい」

「いまのは条件反射だから。痛くないから」

「セックスは苦行じゃないんだよ。要も俺と一緒に幸せになってくれないと困る」

真剣な、叱る目で厳しく見つめてくる。愛しあうことを、教えてくれている。

「……うん、わかった。じゃあ痛かったら言う」

「ン、そのほうが俺も安心で嬉しいから」

俺のノースリーブをめくって、右胸に彼が顔を埋めた。舌で舐めあげて、唇で挟んで吸う。

右手は俺の左側の胸をたどってさがり、腰を撫でて、お腹を探る。

「ん、ン……」

「要、気持ちいいときも言ってくれていいんだよ」

「きもちぃ……舐め、てもら、の、きもち、……」

「うん、嬉しい。よかった」

乳首にちゅとキスされたり、胸の下あたりを食まれたり、指で撫でたりされているうちに、赤く腫れていった。胸から快感が上半身いっぱいにひろがっていく。……苦しい。

「……俺が噛んだ痕、まだ残ってるね」

「ン……また、して、……いいよ」

左右の胸と、脇腹を嚙まれた。脇腹はくすぐったくて、ふたりで笑ってすこしじゃれた。

「Mってわけじゃ、ない、けど……やっぱり、嚙んでもらったほうが、快感、……和らいで、破裂しそうにならないで、いい……」

「要はツンデレではなくて、Mだね」

「違う。透以外の、人に、……いじめられたら、は？　って、なるから」

ははは、と透さんが笑って、俺のお腹を舐めている。

「うん……性癖は奥が深いな」

右脚と、左脚を胸のほうへ折られて、恥ずかしい格好になった。透さんは俺の身体の下に腰を寄せて座っている。

「すこし濡らしていくね」と、ローションのボトルをあけて液を右手に乗せ、彼がそっと俺のうしろへ手を入れた。さっきお風呂でしたよりさらに丁寧に、まわりと中心を撫でてくれる。

緊張して強ばっていたら、「要、眉根が寄ってるよ」と苦笑された。

「うん……次にどうなるかって、予想できなくて、どきどきする」

「大丈夫、ちゃんと逐一言うから。じゃあ指を一本だけ挿入れてみるね」

「……はい」

知らず知らずのうちに力んでいた右手を、彼の左手に摑んで握られた。指がそこについた、と思った瞬間には、つると挿入っていた。

「わ」

こんな、簡単に。

「痛い？」

「ううん……痛くはない」

挿入ってる、っていうのはわかる。透さんの指の長さや、太さを、リアルに想像できる。

「濡らしておけば指一本はちゃんと挿入るね」

自分のなかで、彼の指が奥へきたり、でそうになったり、窄まりの縁をなぞったりして動いている。気持ちいいというより、なにかある、っていう違和感。触られている緊張と羞恥と、これが彼の指だっていう現実に、感情が乱れる。いっぱいいっぱいなのに、幸せでならない。

「要、平気……？　要のおしりが俺の指をきゅって摑んだり、やわらかくなったりしてるよ。痛いところがあるなら言って」

「痛く、ないよ……うっ、てなるだけ」

「それ痛いんじゃなくて？」

「違う……透に、触られてるって、どきどきしてるの」

ははは、と彼が笑う。

「風呂で触ったからすこし慣れたかと思ったけど」

「好きな人に触られるのに、慣れるわけない」

「要……いま告白したね？」

あ。

「してない。男の人、女の人、変態な人、好きな人、ってそういう、形容だから」

「うーん……ひとつ除いて全部俺だったたな。そうか、告白じゃないのか、セーフか」

思わず吹いてしまった。ふたりでまた笑いあってから、「じゃあ二本に増やすね」と彼が優しく囁いて再び俺のおしりを押しひらく。

「んっ……」

「辛い？」

「ううん……まだ、二本も、平気」

違和感と圧迫感は強くなったものの、痛みはない。深呼吸して、頬の汗を拭う。瞼をひらくと透さんと目があう。お風呂とおなじで、明るい部屋で見つめられて、いじられているのが、恥ずかしい。

「あまり……見ない、で」

「見るよ」

や、と左腕で顔を隠して笑ったら、一緒に笑ってよけられた。

「自分の手を、好きな子が感じてくれてる姿なんか見ないわけない」

「透も……言った、告白、」

「これはセーフだから。ノーカンだから」

笑いながら、綺麗な指で俺の汗ばんだ前髪をよけて、頬と、唇も撫でてくれる。

おしりをほぐしながらも、彼がしゃべってリラックスさせてくれているのがわかった。だから俺もこたえて、落ちついて、彼の指と、指の動きを受けとめ続けた。

「……ン、透、指……ねじって、ぐるって、まわしてくれる、の……きもちい」

「うん、じゃあそうするね」

傷つけないように、ゆっくり円を描きながら挿入れて、ぎりぎりまでだすのをくり返してくれる。「ここ気持ちいい？」と、ふいに一点をこすられたとたん、強い快感が走って「あっ、」と震えてしまった。

「だよね、さっきからここの反応がすこしよかった」

「や……こまる、」

「困るの？」

「ン……気持ちよすぎる、そこ、」

でもだんだん辛さも増してきた。

「透……あの、きもちいいけど、ちょっと、……ひりひりもしてきた」

「うん、わかった。なら休憩しようか」

驚くぐらいあっさりと、透さんが愛撫をとめて、指をそっとだしてくれた。呼吸を整えている俺に、「無理に起きなくていいよ」と優しく声をかけてくれて、指をティッシュで拭き、テーブルから麦茶のグラスをとる。こくと飲んで、俺のところにきて、口うつしをしてくれる。今回は少量をそろりとそそいでくれたから、ちゃんと飲めた。

「……まあまあ冷たくておいしい」と笑いながら感想を言うと、彼も笑ってくれる。

「透、ごめんね、休憩……ありがとう」

「お礼を言うのはこっちでしょう。……ありがとう要。俺のために我慢してくれて」

俺の頭を撫でて、横に寄り添ってきた彼が抱き竦めてくれる。

「俺のためでもあるよ。ふたりで、幸せになるため」

俺も両腕をあげて彼を抱きしめ返す。意識していなかったけど、全身にかなり力を入れて緊張していたみたいで、疲労感が腕や脚のそこかしこから湧いてくる。重たいような怠さ。でも彼をしっかり抱きしめた。

「透こそ、こんなセックスで、嫌じゃない……？　ごめんね、丁寧にありがとう」

「嫌なわけないでしょう。恋人計画を短縮してるし、これでも急いて無理させてるほうだよ」

「ふふ……そうか、計画表では指一本の日と、二本の日も分かれてたもんね。ずっと我慢する予定でいてくれたんだよね」

「そうだよ、好、……――あぶなっ」

温かく囁いてくれていた透さんが突然言葉を切って、目をまるめて慌てた。ははっ、と俺は笑ってしまう。

「いまなに言おうとした～？」

目を覗いて、くふふっ、とからかって笑う。

「なんでもないよ。アレだったけど、べつに、ゆっくり一日ずつ大事に抱かせてもらえれば、充分幸せだったんですよって話です」

丁寧語になってごまかしている。嬉しくて可愛くておかしい。

「なんで俺たち、こんなに告白にこだわってるんだろ。もう会ってるから言っていいのにね」

「適当に言いたくないんだよ。体育館裏に呼びだして言う的な、ちゃんとした告白がしたい」

「うん、俺もながれで言いたくない。そういうつもりじゃなかった。体育館裏の感覚だった」

「ね。あとでちゃんと時間をとって、しっかり言おうね」

ばかなふたりして、うんうんうなずきあってくすくす笑った。気持ちも、身体も落ちついてきた。あったかくて、優しくて、真面目で誠実で、笑顔をいっぱいくれる、この人が大好き。

「……ありがとう透。透以外の人にバージン捧げる人が心配になるぐらい幸せだよ。みんな、痛いのめっちゃ我慢させられてるんじゃないかな……セックスも誠実で、透は本当に素敵な人だね」

「要が俺をこうさせてるんだよ。二年前もそう。ただ触れればいいんじゃなくて、恋人として大事にしたいと想った。要だから」

「うん。俺も、透だから触られたかった。一ヶ月だけでも恋人になりたかった」

「……ありがとう要」

また、ふふふ、と一緒に笑って、「じゃあ続きしようか」と再開した。

今度は透さんが俺の腰の下にバスタオルを敷いてくれて、改めてローションを掌に乗せ、撫でつけていってくれる。

「指三本にしてみようか。痛かったり、痛みで気分が悪くなったりしたらちゃんと言ってね」

「……はい」

そうっと二本挿入った。さっき頼んだように指をまわして刺激しながら、彼は俺の上へきて、目を見つめてキスをしてくれる。微笑んでくれる。

「平気？」

「うん……まわすのは、きもちい」

「よかった」

傍でキスをしながら愛撫してもらえると、安心感と至福感は強くなった。俺も彼の背中に手をまわしてキスに応えた。舌を搦めて、舐めて、吸いあう。キスと、下半身にある彼の指の動きが劣情を駆り立ててきて、なんだか、昂奮してくる。……指じゃなくて、透さんのが挿入ってたら、こんな感じなのかな。唇でも、身体の奥でも、繋がりあえる感覚。……嬉しい。

「要……苦しくない？」

「……ん、」

「指、三本挿入ってるんだよ」

「え」

知らないあいだに、挿入れてくれてた……？

「とくに、苦しさは……変わらない」

「よかった。またしっかり濡らしたからかもね。あと、要が頑張ってくれたから」

褒めるみたいに唇をふわふわ食んでくれる彼が、奥の気持ちいいところを刺激してくれる。

「あ、ぁ、」

快感がのぼってくる。待って、と彼の腕を摑む。

「なら、もう……透のが、いい。透の、挿入れて。それで、感じたいから、」

「要、それは俺のが指三本程度の大きさだと思ってるってこと？」

「冗談、いいから、」

「ちょっと」

真剣なのに、彼のせいで笑ってしまう。俺が笑うと、彼もつられて一緒に笑う。

「ひどいな」とごちながら、彼はそっと指を抜いて、俺の脚のあいだに腰を寄せた。

また上へ戻ってきてくれる。微笑む彼を抱きとめて、おしりの奥に彼が触れるのを感じつつ、息を吸いこみ、力まないように心身ともに和らげる。

「……無理そうなら言ってね。俺のはとても立派だからね」

また笑わせる。うふふ、とにやけながら、「……うん」とうなずいて深呼吸をくり返した。

濡れているそこに、指より太い彼自身が、挿入ってくる。目を閉じて見た。自分の身体が口をひらく感覚、彼が奥へすすんでくる感触。太さ、かたさ。……大丈夫、痛くはない。……いや、すこし痛いけど、平気、裂けるとか切れるとか、そういう痛みじゃない。ただの圧迫感。

「……要、」

「ン……とお、る……感じるよ、いたく、ない」

「俺も、……要のこと、感じる」

目を閉じた彼が息をつめて、苦しげな表情ですこしずつ腰をすすめてくれている。俺のほうが心配になってきて、彼の頬に触れた。包んで撫でる。彼の瞼があいて、目があう。また笑顔が戻る。

「要の……いいところ、いま、こするから」

「うん……透も、よくなって」

「なるよ、大丈夫」

彼が分け入ってくる感触に反応して、自分が彼を締めつけているのもわかる。でもどうにもできない。自然と身体が窄んでしまう。肩も竦んで震える。自分の全部で彼を受けとめてる。

「ぁ、あ……」

「きちんと、挿入った……わかる？　要」

「ん……指より、大きい、」

ひろげられている違和感が、下半身にずっしりとある。……これが透さん。俺の恋人。

「立派だったでしょう……？」

俺の額や頭を撫でて微笑みかけてくれる。動かずに、落ちつかせようとしてくれている。

「ん……立派で、すごく、感じる、よ。……ひとつに、なってる、て……感じる」

「うん……やっぱり夢みたいだ。本当に現実だよね」

「ン、現実……夢みたいな幸せな現実だよ」

また深呼吸して、彼の身体を抱きしめた。

あのハガキを持って、透さんの部屋へいったときのこと。

恋人になるって決めたのに数日会えなくて、どうしたらいいのかなと悩んでいたら、彼が『エデン』へ電話番号とメアドの記されたメモを持ってきてくれたこと。

初めてしたキス。

イサムと喧嘩して、慰めてくれたときのたくさんの温かい言葉。

呑み会だから会えないって言ってた深夜に、きてくれて、床に転がって一緒に眠ったこと。

姪っ子さんの嫉妬事件。

楽しくて幸せだった遊園地で、パレードが終わっても閉園近くまでいて名残惜しんだこと。

幸せの国だ、と微笑んだ彼の表情。

親父が倒れて、俺が恋人でいることを勝手に終えても、このノースリーブを持ってわざわざ会いにきてくれたこと。別れたあと道ばたに突っ立っていつまでも泣いたこと。

あのときみたいに想い出があふれてきて、涙が目の端からこぼれていく。

「……要、痛い？」

「ううん……違うよ。幸せなの」

彼も嬉しそうに、幸せそうに頬をほころばせて、俺を抱き竦めてキスしてくれた。

蘇ってくる記憶のすべてが、彼の人柄とおなじように温かくて、優しくて、この人の恋人にさせてもらえたことは、自分の人生のなかのなによりの幸福なんだと感じ入る。

「要、」

俺を呼んでくれる彼が、加減しつつ腰をすすめる。

この名前を教えたときから、彼はずっと呼び続けてくれていた。俺みたいに名字呼びに戻したりしないで、その意思と想いを、一度もぶれさせることなく、要、と。

「……透、」

俺も、もう迷わない。この人から心をそむけない。傍にいる。生涯かけて想い続ける。

抱きしめて、キスにこたえて、吐息を洩らす。俺が感じるところを巧みに、約束したとおりに気持ちよく刺激してくれる彼と、ふたりで快感を分けあう。

いやらしくって、気持ちよくって……とんでもなく幸せだ。とんでもなくこの人が好きだ。

ふたりで一緒に、のぼりつめていくのが嬉しい。男同士なのに、こんなにしっかり愛しあえるのが嬉しい。特別なものであるはずの奇跡を、この人は俺にたくさんくれる。

「と、る……とお、る、」

「うん……ここにいるよ」

要、と強く抱かれながら耳に囁かれたすぐあとに達してしまった。終わりたくなかったのに、彼もやがて達して、ふたりで乱れる呼吸も絡めあった。

……腰をひいて、彼が離れていく。いかないでと手をのばしてミサンガの揺れる腕を掴むと、戻ってきてくれる。もう一度、俺を安心させるように、大きな胸のなかに抱き包んで、温めて、撫でてなだめて、いてくれる。


火照って疲れた身体を、彼がきちんと綺麗に拭いてくれたり、何遍も口うつしでぬるい麦茶をくれたりしているあいだも、ふたりでずっと笑ってじゃれていた。

とっくに真夜中で、もしかしたら俺たちの声が、ほかの住人に聞こえているかもしれない。透と違って、俺は喘ぎ声とかいちゃいちゃ声とかを聞かせる趣味はないです、すみません、と思う。

「——はい、要。じゃあこっちにきて」

結局、一緒に床で眠ることになり、簡易お布団をつくり終えたら彼に手をひかれた。布団の横に正座する彼とむかいあって、俺も「なに?」と正座する。今度はなにが始まるんだろ。

「告白ミッションです」

「あ。……はい、わかりました」

こたえて、ふたりで吹いて笑う。

「ちなみに、要はどの段階の告白の言葉を言うつもりでいた？」

「段階？」

「みっつあるでしょう」

「みっつですか、先生……」

「駄目な生徒ですね」

かたい表情で、彼が俺を睨み据える。でも俺は笑ってしまう。

「じゃあいいですか、聞いてくださいね。……ふ、ふ」

口を閉じて、彼が喉でなにかしゃべった。ん……？　ふ、ふ？　もしかして〝好き〟？

「それと、次が、ふ、ふ、ふふ」

……うん、これは〝大好き〟。

「で、最大級が、ふふふ、ふふ」

わかった〝愛してる〟だ。

俺がぶふっと笑ったら、彼も俺の左手を握って一緒に笑った。

「要は、このどれを言うの？」

「んー……わかった。決めたよ。二段階目のはおふざけ感があるから、今回は言わない」

「うんうん。そうだね、わかる。じゃあ俺も決めたから一緒に言おうか」

「いいよ」

透がくすくす笑って俺の手の甲にキスをする。俺も、うふふ、と笑う。

せーの！

「透好き」

「愛してる要」

あ……。

透ががっくりうなだれて、ベッドに寄りかかった。

「ああ最悪だ……俺たちは想いが通じあってないよ。要はなんでここへきて初期段階なの？意味がわからない」

「待って」と俺も訴える。

「だって、初めてでいきなり最大級は嘘くさいでしょ？」

「え？　じゃあ要は俺が言ったとき嘘くさいと思ってたんだ。あーあ……がっかりだ」

「違うよ、透のは嬉しかった！　でも俺はまだ愛してるって言うにははやいと思ったから遠慮したたんじゃん」

「遠慮の意味がわからないしなー……」

視線を下に落として、可愛い大人が拗ねている。しかたないから、俺は正座の脚を崩して横にいき、傾いた身体を抱きしめた。

「じゃあ言うから。……透、あいしてる」

想いをこめて囁いたのに、彼は横目で俺を睨んだ。唇を尖らせている。

「いま噛んだでしょう？　にゃいしてる、って聞こえたもん。にゃって。にゃってなあ……」

ぶふっ、と吹いてしまった。

「ちゃんと言ったたっ、すこし照れたけどっ」

「駄目だよ、心に響かなかったもの。要の気持ちはそんなだよ、哀しいよ、ちぇだよ」

「もう～っ。じゃ透言ってよ、こんなおかしげな感じになって格好よく心に響かせられる？」

「られるよ。なら要は俺の告白が心に響いたらきちんと応えてね。どうせ返事はひとつだ」

めっちゃ得意げに言った。

「いいさ」と俺が受けて立ったら、彼もふふんと笑んで、またふたりで吹いた。

それから彼は身体をいま一度起こして、俺の腰を抱きしめた。すぅと深呼吸してから優しくそっとキスをする。

「――……愛してる要。俺と結婚してください」

一年後のエデン

……瞼をひらくと、ガラス戸から入る真っ白い朝日が室内を満たしているのが見えた。布団と壁紙も白いから、どこに視線をめぐらせても眩しい。透が好きな光景だ。

彼はまだ隣で眠っている。仰むけで寝ている俺の胸に右手をまわして、俺の顔のすぐ右横で、寝息を立てている。

今日は祝日で、ふたりして一緒に仕事も休み。連休になると時間をかけてたっぷり抱きあうのが常で、今日もろくに食事と睡眠をとらないまま朝になった。……お腹がめっちゃ空いた。たぶん放置しておいたらぐうぐう鳴りだすし、それで透を起こすのもな、と思って、胸から彼の腕を慎重によけ、そろっとベッドをでた。

先に軽くシャワーを浴びて、透に叱られないようノースリーブと短パンを身につける。

それからキッチンへいき、冷蔵庫にある麦茶をとって、グラスにそそいで飲んだ。あらかじめこうなると予想して、昨夜コンビニで買っておいたおにぎりとフランクフルトもあったから、レンジでチンして温める。

おにぎりは、今日は梅干し。透にも『うん、これはおにぎりだよ』と合格をもらえた。彼のおにぎりの基準は、海苔を巻けるかどうか、なのだそうだ。だからお赤飯も駄目らしい。なんとなく言いたいことはわかる。

ちなみにこのことをイサムに教えたら『うまければよくね？』と笑われた。それもわかる。

細かいこだわりを持っている透も、さっぱりなんでも受け容れていくイサムも、どっちの価値観も俺は好きだ。

麦茶をつぎ足して、透が眠っている寝室へ戻った。まだすごく眩しい。

持ってきたものをベッド横のテーブルにおいて、緑色の芝生ラグの上に座った。まずは、あっつくなったおにぎりを包みからだす。次にフランクフルトを袋からだして、お店でもらったマスタードとケチャップのプッチン容器をあけ、たら〜とかける。で、左手にフランクフルト、右手におにぎりのゴールデンコンビをもしゃる。おいしい〜……幸せ。

「――……要、起きてるの」

うしろで透も目を覚ました。

「うん、おはよう透」

ふりむくと、こっちに身体を傾けて真っ白い布団を胸までかけ、瞼を半分あけて眠たそうに微笑む彼がいる。顔の横にある左手には新しいミサンガ。最初のミサンガは、去年同棲を始めてすぐに千切れた。いまは赤と白と水色の、明るい色で編んだ小花柄のミサンガだ。

「おはよう要。おいしそうなの食べてるね」

「うん、おちんちん食べてる」

笑って言ったら、彼も眠そうな顔のまま、ふっと笑った。

「俺以外の食べてるのか……あー浮気だ」

「うん、太くてジューシーだよ」

「いやらしい〜……」

寝起きのすこし乱れた髪と、色っぽい声と頬の笑いじわ、太陽の光に照る肩先、綺麗な色をした裸の身体……透の存在のほうがいやらしいよ。

「……要は、俺のことちゃんとにゃいしてる？」

まだ寝起きの蕩けた声で、半分笑いながら怒っているように訊いてくる。その色気が本当に罪深い。

「もちろんちゃんとにゃいしてるよ」

俺たちにしかわからない、猫語の告白をして俺も笑う。

「ちょっとー……いま口にもの入ってるから、もごしてる、って聞こえたよ？　なんなの要は、にゃいしてるも言えないの？」

ぶふふっ、と笑いすぎて、口からご飯粒が飛んでいきそうになった。

「最低だよ、要なんかは……俺のことちっともにゃいしてないんだから……」

ぶつぶつ言いながら枕に突っ伏してしまう。神さま……この人今年三十歳の俺の恋人です。これ以上可愛くしないでください、困ります。

「にゃいしてるってば」

「そーいう〝てば〟みたいなの嫌だ。適当感あるもん」

「適当じゃないい〜」

「先に起きてるのも嫌だ。淋しいのに」

「もう」

いったい誰が彼を厳格だと言ったんだろう……こんな透、誰にも見せたくない。好き。

「いま食べたらいくから待って」

「五秒で食べて」

「無理っ」

「やっぱにゃいされてないな……にゃいが足りないな」

「三十歳児め」

ふたりで笑ってしゃべっていたら咀嚼するのも遅くなる。味わいながら急いで食べて、麦茶を飲んでひとまずお腹を満たした。

ゴミを捨ててベッドへ戻る。ふたりで家具屋さんへいって選んだベッドはダブルベッドだ。クイーンやキングの大きなサイズも検討したけれど、縦は変わらず横幅がひろくなるだけだったので、おたがいの距離が遠くなるからやめた。

「どけにゃい」

大きいベッドなのに端っこに寄っていた透を、どいてと押しのけて俺も転がる。笑う俺につられて、拗ねる演技をしていた彼も笑いだし、俺を抱きしめてくれた。俺の上にきて、目を見つめる。白い朝日の光にきらめく綺麗な瞳。唇をひいて微笑んでいる格好よくて甘い表情。

「……おちんちんおいしかったの？」

「うん、おいしかった」

「許せん」

右頬をがぶっと噛まれた。大笑いして、俺は「いた〜っ」と肩を竦める。顔をふってよけようと試みても、押さえこまれて逃げられない。ふたりではしゃいで、じゃれて暴れる。

唇がゆっくりとおりてくる。目を閉じながら受けとめて、舌を搦める。

「シャワーも浴びたの？」

「うん……透が淋しいなら、もう一回一緒に入ってもいいよ」

「淋しくないけど、エッチだから一緒に入ってほしい」

囁きながら、ノースリーブの胸もとのボタンをはずされる。俺はまた笑ってしまう。

「透おじさんはエッチなんだね」

「うん」

右側の乳首をだされて、寝ぼけ眼《まなこ》で咥えられた。口のなかで転がされて、吸われる。

「ん……ン、」

「でかける準備もしないとね」

今日はデートもする。午後から遊園地へいく予定だ。

「うん……透、いまもジェットコースター怖くない？」

「怖くないよ。おじさんだから心臓ちぢんでると思ってる？」

「うん。ぎゃーって言う透も見たい」

「言わないよ、好きな子の前ではいくつになったって格好よくしなくちゃ駄目なんだよ」

「朝からにゃいにゃい甘えてる人がなにか言ってる」

「それとこれは違うの」

左の胸も舐めて吸われた。右手がさがっていって、短パンの上から性器も撫でられた。

「ん、ンっ……」

「要のほうが怖がりなくせに」

「うん、まだ慣れない。でもチャレンジ精神は褒めてほしいよ」

遊園地にはもう何度かいった。でもいちばん怖いジェットコースターはいまだに苦手だ。

「たしかに。やっぱり要はMなんだな」

「かな。透と一緒に楽しみたいって思うと、我慢できちゃうから」

顔をあげた透に目を細めて睨まれて、今度は唇を噛まれた。

「んーっ」

「要は俺を幸せにしすぎる」

「痛い、なんで痛めつける……」

短パンと下着をさげて脱がされて、ベッドの下へ落とされてしまった。

唇と頬、顎から鎖骨、と彼の唇と歯が俺の肌を強く吸って、甘噛みしながらさがっていく。

「ん、ぁ……」

彼が痕を残したところからじわりと快感が生まれて、ひろがって、身体の全部が痺れてきた。気持ちよく、溶けていく。

「と、る……ンっ、ぅ、」

「……要にもらいすぎてるなって、俺は常々思う」

「なん、……急に、しみじみと、」

「さっき、夢を見てた。要とふたりで、どこかわからないけど、芝生の綺麗な広場でおにぎりを食べてるの。ピクニックかな?」

あはは、と笑ってしまった。

「うん……いろいろ、キーワードが重なるね」

芝生はラグ、おにぎりは俺の好物。

「俺の心のなかに要がいる証拠だよ。この夢がどういうわけか、とっても幸せだった。……夢のなかでも、要は俺を満たしてくれる」

「そんな」

「この家へ疲れて帰ってきても、一年間ずっと笑顔で迎えてくれた。要も仕事で疲れてるのに、玄関まで迎えにきて『おかえり』ってさ」

「それは、俺も毎晩迎えられるのが嬉しいから」

「ほら、また。そうやって俺を幸せにする」

腰を噛まれた。「んぅっ」と声をあげてしまう。

ひどい、と笑ったら、彼も俺の腰のあたりで愛撫を続けながら笑った。

「……要にはもらってばかりなんだよ。『エデン』でバイトをしてくれていたころから」

同棲を始めて、来月で一年。彼は彼で、なにか思うところがあるらしい。

「透は、自分が俺にしてくれていることを、自覚してないだけだと思うけどな」

彼はとても濃《こま》やかで愛情深い。同棲を始めてからまず、昔できなかったことを全部叶えてくれた。たとえばカラオケデート、映画デート。休日だけじゃなく仕事後も利用して、これも、もうふたりで何度もいっている。あと、お母さんみたいに叱ってもくれる。食生活は彼のおかげで整った。最近はふたりで自炊しているし、外食するにも高級レストランばかり。

お風呂あがりには、服を着なさいと叱る。お腹をだすと風邪ひくでしょう、と。脱がしてしまうのも彼だけど。

それと、仕事がたまにとても遅くなる俺のために、車まで購入して迎えにきてくれるようになった。それこそ彼も残業して辛いだろうに、『心配だから』とわざわざ運転してきてくれて、そのまま夜の街をドライブしてくれたりもする。玄関まで迎えにいくのと、比較にもならない王子さま対応だと思う。

温泉旅行にも連れていってくれた。『夢だったんだ』と彼は微笑んでいたけれど、こっちもですって話だ。

彼は、俺が彼の夢につきあっている、と勘違いしているようだけど、彼が叶えてくれているのはふたりの夢に違いない。

「いや、要のほうが俺を幸せにしてる。最近はスマホを見るだけでも幸せで困る」

「ん？　お弁当？」

「そう」

俺が自信を持って、彼のためにできている、と言えるのはお弁当作りを始めたことぐらい。おにぎりにこだわりのある彼を想って、おにぎりやご飯のところに、必ず海苔で顔や絵を作るようにしている。会社でひらいて笑ってくれるかと思いきや、笑うどころか彼は毎日スマホのカメラで撮って、大事に保存してくれているのだった。

「先週も可愛かったな……ひさびさの動物シリーズだった」

「あはは。ありがとう。ライオンは海苔がいっぱいでいいね。白猫は全然海苔なかった」

ふたりで笑った。べつに上手なわけでもない海苔アートを、透は楽しんでくれる。それが俺も幸せだった。

「ドーベルマン王子も海苔がいっぱいでおいしかった。キジトラ猫王子は模様を頑張ってくれたのがよくわかって嬉しかったよ」

俺のおへそを舐めて、彼が戻ってきた。幸せそうに微笑んで、俺の髪を梳いてくれる。

動物シリーズを初めて作ったとき、俺は、自分が妄想から創ったわんことにゃんこの物語も彼に教えてあげた。

彼はふたりの物語に、魔法も夢も利用しない、と言った。双方の国の者たちをキジトラ猫王子への愛情をもって説得する、と言い切ったのだった。

——そこに奇跡だけ起きてくれたら嬉しい。奇跡はあるから。

やっぱりドーベルマン王子は、どんなに可愛くても真面目で誠実で、厳格でもある。

「ありがとう。透が喜んでくれるから楽しく毎日作れるよ。俺もたくさん透に幸せにしてもらってるから、心配しないでね」

にい、とにやけた彼に、唇をちゅちゅちゅと吸われた。そしてぎゅっと背中まで抱いて抱き竦められる。きた、イチコロ抱きっ……。くるし、ょ……。

「可愛い要」

「なんで……これ、するの……いた、よ、……」

「好きだっ！　って燃えあがると、こういうふうに抱き潰したくなるでしょう？」

すこしずつ腕がゆるんでいく。息が、できるようになっていく。

「わ、わかるけど……透の、すごい、苦しい」

「要が悪いから、我慢してもらわないとな」

胸を押さえて、はあ、はあ、と呼吸しながらふたりで笑う。

一緒にいてずっと笑っていられるって、そうとうすごいことだと思う。それこそ奇跡に近いような。……と、考えていたところで、ふいに、自分の左手に違和感を覚えた。

「あっ、ミサンガがないっ！」

三年前、透に結んでもらったミサンガ。近ごろだいぶ汚れて、ほつれてきていたから、そろそろ千切れるかなとは思っていたけど、どこに落としてきた⁉

「わっ」

透を押しのけて起きあがり、かけ布団もよけてベッドの上を探してみる。

思い返せば、シャワーを浴びたときもなかった気がする。でも昨晩はつけてベッドまできたから、ここの周囲にあるんじゃないだろうか。

「要のもやっと千切れた？」

「ん〜」と唸って、枕の下も見る。かけ布団をどんどんよけて、笑いながら眼鏡をかけて俺を眺めている透もよけて「うわ」と言われて、ふたりで笑って、――見つけた。

「あったっ」

「よかったよかった」

「自分のならいいんだけど……透に結んでもらったやつだから見つけたかった」

あの夜の彼の指の余韻が、埃にまみれて真っ黒いゴミくずになってしまうのが嫌で。

「また可愛いこと言う……」

千切れたミサンガを見つめていたら、うしろから抱きしめられた。

「要の願いは叶った……？」

左肩に彼が顎を乗せて、甘い声で訊ねてくる。

「透のミサンガが千切れたときに、俺も一緒に幸せにしてもらってるんだよ。……いまさら、願いってなんだろう」

贅沢は言わない。これからも、笑ってばかりいる今日とおなじ毎日が続いてくれればいい。いや、それも贅沢だな。

透が、ミサンガを持っている俺の手を上から両手で包む。

「じゃあ……それっぽいの、要に言っちゃおうかな」

「ん？　それっぽい……？」

俺も彼のほうをむいて、頬をすり寄せた。ふふふ、と無邪気な子どもみたいに笑った彼が、その俺の頬にキスをしてくれる。

「……要の誕生日、遊園地のホテルのスイートを予約できたよ」

「えっ！」

びっくりした。

「スイートって、誕生日って！　値段も高いだろうにっ」

「とれたよ、当日。ただ平日ど真んなかの水曜日だから、一緒に仕事も有給をとってほしい。大丈夫かな」

「大丈夫もなにも……ちゃんと、休めるように仕事頑張るよ」

「よし」と手ごときつく抱き竦められて、「楽しみだね」と彼が喜んでくれている。俺の誕生日を祝うことを、楽しみにしてくれている。

「ありがとう透……涙がでそう」

ていうか、ちょっと泣いてる。だって大事な場所だから。いまでも特別な想いのつまった、幸せの国だから。

「……でも、このミサンガは透が幸せになれますようにって願って編んだんだよ」

「間違ってないよ。要が俺のために肌身離さず身につけ続けて、俺の夢を叶えてくれたってことだよ。あのとき要に持っててって頼んだのは俺でしょう？」

「わかってる……透も幸せだと想ってくれてるのも、一緒に幸せなのもわかるよ。だけど俺のほうがいっぱいもらってるよ」

話しながらも、心には最初にいった日の遊園地の光景を軸に、一年間一緒に通い続けた想い出まで蘇ってひろがっていく。

何度いっても、あの日をたどるような遊びかたをしている。

午後に着いて、ジェットコースターをまわってから、ほかのアトラクションを楽しむ。

夜のパレードの時間がきたら場所とりを始めて、ふたりで手を繫いで眺める。そうしてもちろんすぐには帰らずに、再び船に乗って奥へ移動して、食事をすませたあと暗いしずかな遊園地のなかを散歩してキスをする。

偽者の恋人でいたころの、唯一のデートの想い出。忘れられない一生ものの宝物だ。

嬉しすぎてぱらぱら本当に涙がこぼれてきた。

「ホテルに泊まる夢の、叶う日が、……俺の誕生日なんて、透……ありがとう」

「泣かなくていいよ」とうしろから指で涙を拭ってくれた。俺が照れて恥ずかしくて笑うと、彼も笑ってくれる。目もとににじむ涙が、朝日の光をひろって眩しい、きらきらする。

「……要がいないと俺の夢は叶わない。俺と一緒にホテルの部屋から遊園地のパレードを観て、幸せいっぱいに笑っていてほしい。要が生まれた大事な誕生日の一日を俺にちょうだいね」

またふたりのためのミサンガを編もう。それで透の誕生日もめいっぱい祝おう。

「……うん。もらってください。俺も透のこと幸せにさせて。これからもずっと、いつまでもにゃいしてる」

あとがき

『夜明けの嘘と青とブランコ』に続いて、カズアキ先生とつくらせていただきました二冊目、『エデンの初恋』をお贈りいたします。

スピンオフというわけではありませんが、中学生のころ要に〝現実〟を教えてくれた先輩は『夜明けの嘘と青とブランコ』の眞山《まやま》なので、ご興味を抱いてくださいましたらぜひ彼が幸せを得る物語も、カズアキ先生の絵とともにお楽しみいただければ幸いです。双方が〝期間限定の恋人〟〝嘘〟〝楽園〟などの繋がりを持ちながら世界を共有しています。

ずっとカズアキ先生と歳の差の恋を描きたいと願っていて、今回柏樹と要に出会えました。誠実なばかりに不器用で、欲しいばかりに臆病になるふたりの恋でしたが、何気ない日々や、触れあうということの深く強い温かさを、じっくり大事に描けて、彼らと過ごす時間がとても幸せでした。長年書きたかった、わたしの思う〝幸福なセックス〟も、きちんと描けました。読者さまにも彼らと一緒に幸福に浸っていただけたら幸せです。

カズアキ先生に生かしていただいた彼らと、そして〝エデン〟の輝きは、わたしにとって、今後の活動の道を拓き、夢をくれる革命的なものになりました。改めて心から感謝いたします。

今回もお仕事できて嬉しかった校正者さん、ふたりの〝エデン〟の門のような素敵なデザインをくださったデザイナーさん、修正にも真摯におつきあいくださった印刷所さま、いつも力強く支えてくださる担当さんと、ダリア編集部のみなさまにもお礼申しあげます。

そして『エデンの初恋』を手にしてくださった読者さま、本当にありがとうございました。みなさまにもたくさんのにゃいを感じていただけますよう祈っております。

朝丘　戻

イラスト担当カズアキです。

表紙は2人だけのエデンのイメージで描きました。
幸せと希望と何気ない生活と
2人でこれから作りあげる部屋です。

ちょっと遠回りしたけど
想いが通じ合って本当によかった！
前山さん含めてみんなで飲みに行って欲しいですね。

初出一覧

エデンの初恋 …………………………………… 書き下ろし
初恋 ……………………………………………… 書き下ろし
エデン …………………………………………… 書き下ろし
一年後のエデン ………………………………… 書き下ろし
あとがき ………………………………………… 書き下ろし

ダリア文庫をお買い上げいただきましてありがとうございます。
この本を読んでのご意見・ご感想・ファンレターをお待ちしております。

〒170-0013 東京都豊島区東池袋3-22-17　東池袋セントラルプレイス5F
(株)フロンティアワークス　ダリア編集部
感想係、または「朝丘 戻先生」「カズアキ先生」係

エデンの初恋

2018年11月20日　第一刷発行

著　者
朝丘 戻

発行者
辻 政英
発行所
株式会社フロンティアワークス
〒170-0013 東京都豊島区東池袋3-22-17
東池袋セントラルプレイス5F
営業　TEL 03-5957-1030
編集　TEL 03-5957-1044
http://www.fwinc.jp/daria/
印刷所
図書印刷株式会社